庫

迅　雷

黒川博行

文藝春秋

迅雷

1

街灯に明かりが入った。降りはじめた雨がルーフを叩き、フロントガラスにはじける。エンジンをかけてワイパーを作動させ、デフロスターのスイッチを入れた。

「見えんな……」稲垣《いながき》が助手席のウインドーを下ろして、油膜とりのスプレーを吹きつける。白い泡が散り散りになって流れ落ちた。

「そろそろ一時間やで。いったい、いつになったら出てきよるんや」

じりじりする。友永《ともなが》はステアリングを強く握りしめた。

「ひょっとしたら、追い込みかけてるんかな。組長が取り立てに出て、手ぶらで帰るわけにはいかんやろ」

緋野《ひの》が訪れたのは箕面《みのお》市外院《げいん》の新興住宅地、周囲にモクセイの生垣をめぐらせた、こぢんまりしたプレハブの一戸建だった。片屋根のカーポートに年式の古いコロナ、玄関先に柴犬がつながれ、たたずまいに堅実な暮らしぶりがうかがえる。緋野がチャイムのボタンを押して家に入ろうとしたとき、犬に激しく吠えたてられて、いまいましげに唾を吐きかけたことから、緋野とこの家の住人が親しい間柄だとは思えない。緋野が運転してきたベンツＳ６００Ｌは、カーポート前の路上に駐められている。

「――どこでやる」ぽつり、リアシートのケンが訊いた。

「こんなとこでは無理や。人目がある」稲垣が答えた。

「面倒や。やってしまえ」

「まぁ、待て。このあと緋野は女のとこへ行くはずや。今日は日曜やし、佳代《かよ》は店に出てへん」

緋野は西区北堀江のマンションに女を囲っている。井本佳代、二十三歳、宗右衛門町のクラブ『ソワール』のホステスだ。緋野の私生活と行動は、服の好みから行きつけの散髪屋まで、稲垣が徹底的に調べ上げた。

「箕面から北堀江までは新御堂筋と御堂筋の一本道や。緋野をさらう場所がないで」

ショートピースをくわえて、友永はいった。火はつけずに香りだけを吸う。

「緋野が女の部屋に泊まることはない。マンションから自宅に帰るとこをやるんや」

いって、稲垣は右膝を押さえた。顔をしかめている。

「なんや、痛いんかい」

「くそったれ、雨が降ると調子がわるい」

稲垣の右膝関節はあまり曲がらない。走ることはできず、歩くときも右足を引きずっている。

「出てきた……」ケンがいった。

見ると、緋野が玄関先でビニール傘を広げている。フロントにメッシュを入れたオールバックの髪、金縁眼鏡、ぞろりと長いチェスターコート。車に乗り込むまでせいぜい十メートルを歩くのに、いちいちコートをはおって傘を使う神経が気に障る。

緋野はベンツに乗り、テールランプが点いた。エキゾーストパイプから蒸気がたちのぼって動きだす。

「あんまり近づくな」

ヘッドライトを点け、五十メートルほどの距離をとって追走する。

稲垣がグローブボックスの蓋を開けて、整備手帳の下から拳銃を抜き出した。前を行くベンツに照準を合わせて「バンッ」と銃口を撥ねあげる。

しのつく雨、水しぶきがホイールハウスを打つ。


午後五時二十分、ベンツは坂を降り、国道一七一号線を左折した。新御堂筋とは逆方向、茨木に向かう。走行車線をゆっくり走るから尾けるには都合がいい。

「どこへ行くつもりや」

稲垣が舌打ちする。「緋野のガキ、昼からなにも食うてへんのとちがうか」

「それはおれらもいっしょやがな」

緋野の尾行は朝からはじまった。——午前十時すぎ、旭区のマンションを出て、淀川区東三国の組事務所に着いたのが十一時前。午後三時、組員にベンツを運転させてキタの阪急デパートへ行き、ショッピングバッグを提げてもどってくると、組員を車から降ろして、ひとりで箕面へ向かった。緋野がなにを買ったかは分からないが、さっきの家に入るときは手ぶらだった——。

ベンツは茨木市に入り、名神高速道路茨木インターにさしかかった。右のウインカーを点滅させる。

「あかん。高速に上がるつもりやで」

「このオンボロではな……」

友永たちの車はライトエースだ。最高速はせいぜい百二十キロか。

ベンツは料金所を抜けて、名古屋・京都方面行き車線に入った。見るまに車間距離が開き、友永はアクセルペダルをいっぱいに踏みつづける。前に大型トレーラーがふさがって、追い越したときはベンツのテールランプを見失っていた。

「ふん、六リッターの値打ちやな」

稲垣がラジオのボタンを押した。ダイヤルを高速道路情報に合わせる。天王山で二キロの渋滞だという。

「飛ばせ。追いつける」

「恵みの雨かい……」

友永はくわえていたショートピースをレッグスペースに放った。

天王山トンネルを抜けて、車が流れだした。ベンツはまだ見つからない。パッシングと追越し。まさか緋野が尾行に気づいたはずはないが、ベンツとの距離がちぢまっているとも思えない。

——と、京都南インターの手前で走行車線の車のスピードがダウンし、左前方にベンツが見えた。緋野は京都で降りるつもりなのだ。友永はウインカーを出すなり強引に割り込んで、ベンツの三台後ろについた。

「ぎりぎりセーフやな、え」稲垣が笑う。

料金所を出て、国道一号線に入った。あいだにトラックをはさんでベンツを追う。京阪国道久世橋《くぜばし》交差点を左折した。

「これを行ったら？」

「桂川にぶつかるはずや」

ダッシュボードの時計を見た。六時五分、箕面を出発して、まだ一時間も経っていない。

久世橋を渡り、右折して新幹線のガードをくぐった。標識は《西京区下津林》となっている。ベンツは薬局の角を左に曲がってバス通りを走る。

やばいな——二十メートルほど離れて後ろについた。ほかに車のないことが気がかりだが、あまり離れるわけにもいかない。稲垣はいらだたしげに煙草を吸い、ケンはじっと前を見つめている。

小さな商店街を通りすぎ、白いマンションの前でベンツが停まった。追い越して走りつづける。ルームミラーに映ったベンツはヘッドライトを消し、バックで一段高くなった車寄せに上がっていく。

そのまま走ってコンビニエンス・ストアの角を左に折れ、急ブレーキを踏んだ。ケンがドアを開けて外へ飛びだし、友永もあとを追った。

ケンは電柱の陰から顔をのぞかせた。

「緋野は」

「いま、中に入った」

ケンは走りだした。友永も走る。

そのマンションは真っ白な磁器タイル外装の四階建、テラスハウスのような外観で、雁行式とでもいうのだろう、各住宅のバルコニーが少しずつ斜めにずれている。ベンツは車寄せの左端に駐められていた。

「どの部屋や」

「分からん」

「くそっ……」

《パレ・カツラ》というプレートを横に見て敷地内に入った。階段を上がり、玄関のガラスドアを押す。エントランスホールの左にメールボックス、右にエレベーター。

「三階やな」エレベーターは三階にとまっている。

メールボックスを見ると、各階に四つの部屋があって、二階は一号室から順に『鈴木』『松下』『米崎』『牧野』といった名前が並んでいる。建物の造りと大きさから考えて、どの部屋も百平米以上はありそうだ。

「どないする」と、ケン。

「緋野は傘をさしてたか」

「さしてた」

「そら、ええ」

エレベーターのボタンを押した。降りてきて扉が開く。床に水滴が落ちていた。

「ここで待っててくれ」

エレベーターに乗って三階に上がった。廊下にぽつり、ぽつりと水滴。足音をしのばせてたどっていくと、三号室につづいていた。それだけを確かめて一階に降り、ケンに合図して玄関を出る。

「緋野が入ったんは『米崎茂樹』の部屋や」

「なんで分かった」

「滴《しずく》や。廊下が濡れてた」

「へっ、それだけかい」

「なんの見当もつかんよりはマシやろ」

友永はケンが嫌いだ。ケンもたぶん友永を嫌っている。

無口で無表情、他人に好かれようなどという神経はかけらもなく、ケンと込み入った話をしたことは一度もない。年齢《とし》は三十すぎ、その本名も素性も、ほとんどなにも知らないといっていい。

車のところにもどると、稲垣がコンビニエンス・ストアの庇《ひさし》の下で煙草をくゆらしていた。

「寒うないんか」

「ちょっと歩きとうてな。今日は朝から座りづめや」

「緋野はしばらく出てこんと思う」

「ちょうどええ、腹ごしらえしよ」

稲垣は煙草を捨てて、「ビールと弁当を買うたんや」

「その前に、車をまわさなあかん」

「あのマンションの向かいに路地があったやろ。そこに駐めんかい」

車に乗ってUターンし、《パレ・カツラ》に向かった。

八時十五分、緋野が姿を現した。傘をさし、さも疲れたようにゆっくり歩いてベンツに乗り込む。右のウインカーを点滅させ、来た道へ走りだした。友永はシートベルトをつけ、路地を出てベンツを追う。

「こんな尾行してたら、いずれは気づかれてしまう」

低く稲垣がいう。「綁野は大阪へ帰るやろ。名神に入るまでにけりをつけんといかん」

「さっきの新幹線のガードのあたりけどうかな」

ガード周辺の道路脇は、確か、畑と宅配便のトラックヤードだった。

「そういや、近くに横断歩道があったな」

「信号が赤やったら、突っ込む」

「よっしゃ、そうせい」

商店街を抜けて、バス通りから府道に入った。行き交う車は少ない。

稲垣が野球帽をかぶり、ケンが黒縁の眼鏡をかけた。友永も帽子をかぶり、眼鏡をかける。三人とも紺の作業服を着ている。

距離をつめてベンツのすぐ後ろについた。頭の芯が熱くなり、掌が汗ばむ。

前方に黒いガードが見えた。その向こうの信号は赤。

ベンツがガードをくぐった。ブレーキランプが光り、間近に迫る。

一瞬、眼をつむった。衝撃、轟音、リアがスライドして半回転し縁石に乗り上げた。

ベンツは横断歩道の中央まではじき出され、リアバンパーがくの字に曲がっている。

「あほ、加減せんかい」稲垣がわめく。

ベンツがバックしてきて、前に停まった。信号が青になり、後ろの車が逃げるように走り去る。

ドアが開いて、緋野が降りてきた。血走った眼、口許が歪んでいる。稲垣がベルトの後ろに拳銃をはさんだ。

「こら、降りてこんかい」緋野がフェンダーを蹴った。

「すんません」友永はウインドーを下ろした。

「おどれはどういう運転さらしとんじゃ」

「雨でスリップしたんです」

「じゃかましいわい、くそ」

「堪忍してください」

「くそぼけ。ぶち殺すぞ」

「あの、すんまへん」

助手席の稲垣が口をはさんだ。「雨が降ってるし、車に乗りませんか」

「なんやて、こら」

「金で済むことやったら相談させてもらえませんやろか」

「相談？　なにを相談するんじゃ」少しは冷静になったようだ。

「この事故はわしが始末をつけます」

「おまえが責任者かい」

「現場の帰りですねん」

「ええやろ。おまえの顔立てたろ」

緋野は左にまわった。ケンが後ろのスライディングドアを開ける。

「なんじゃい、三人もおるんかい」

疑うふうもなく乗ってきた。ケンの隣に腰を下ろす。

「使うてください」稲垣がタオルを差し出した。

「いらんわい」緋野は払いのけた。

「これ、警察にとどけますか」

「あほんだら。眠たいことぬかすな」

「そうでっか、警察は嫌いでっか」

稲垣は笑う。ケンが腕を伸ばしてドアを閉めた。

「おたく、ひょっとしたら、ヤ印なんや」

「なんやと……」

「カマシはそれだけかいな、え」

稲垣の声が低くなり、粘りつくような口調に変わった。緋野を見据えたまま右手を後ろにまわし、「緋野さん、あんた、籠の鳥や」銃を抜き、鼻先につきつけた。

「お、おどれら……」

瞬間、ケンの左肘が緋野の顔にめり込んだ。ガツッと鈍い音、眼鏡が飛ぶ。呻いて顔を押さえ、前のめりになったこめかみに稲垣が銃把を叩きつける。緋野はぐわっと声をあげて横倒しになり、ケンが乗りかかって襟首を絞め上げる。緋野は床を蹴り腕を突っ張って抵抗したが、やがてシートに突っ伏したまま動かなくなった。

「ケン……」

「死んでへん」ケンは緋野の服を探った。ズボンのポケットからキーホルダーを抜き、作業服のポケットにしまう。

「急げ」

「分かってる」

ケンはシートの背もたれを倒した。緋野を後ろ手に縛り、足を布テープでぐるぐる巻きにする。タオルを裂いて口に含ませ、テープで猿轡《さるぐつわ》をした。眼にもテープを貼る。ナイロンシートを広げて緋野を覆い、ドアを開けて車外に出た。稲垣がリアシートに乗り移って緋野の横に座る。

ケンがベンツに乗り込み、スモールライトが点いた。友永はパッシングし、ベンツが発進する。

サイドブレーキレバーを下ろしてアクセルを踏んだ。前輪が縁石から外れてバウンドし、ベンツを追って走りだした。


「起きんかい。いつまで寝とるんや」

稲垣がシートをめくった。鼻からこめかみにかけて、緋野の顔が血に染まっている。伸びきったネクタイ、ワイシャツにも点々と血が散っていた。

「殺しはせん。いらん面倒はかけさせるな」いって、稲垣は眼で合図する。

ケンが足を持ち、友永は腋に手を入れて緋野を抱え上げた。緋野は観念したのか、もがきも抗いもしない。車から〝別荘〟に運び入れ、後ろ手のままライティングチェアに括《くく》りつけた。

「な、緋野さんよ、助けを呼ぶのは勝手やけど、聞いてくれる者《もん》はどこにもいてへん。痛いめにあうだけ損やというこっちゃ」

緋野が力なくうなずき、稲垣は口のテープを剝いだ。

「——おどれら、なにもんや」緋野は頭を振り、見えない眼を稲垣に向ける。

「さあ、誰やろな」

「なんでわしの名前を知っとんのや」

「金融業、緋野興産社長、緋野勝久《かつひさ》……神戸川坂会系心燿会《しんようかい》若頭補佐、緋野組組長、緋野勝久……どっちもよう知ってまっせ」

「おどれら、極道やな」

「かもしれまへん」

「わしをどないするんじゃ」

「どないもせん。金が欲しいんや」

「なんの金や」

「なんの金もくそもあるかい。わしら、あんたを人質にとったんや」

「人質？　そんな覚えはあらへんぞ」

「へへっ、覚えがあったら、あんたをさろうたりするかい」

「どういうこっちゃ……」

「くどいな。金が欲しいというとるやろ」

「――身代金、か」

「そうともいうな」

「なめたらあかんぞ。おどれらみたいな腐れにびた一文払うかい」

「かっこええがな。どの口がそんなこというたんや」

稲垣は緋野の口に銃身をねじ込んだ。一気に喉の奥まで突き入れる。緋野はのけぞり、声にならない悲鳴をあげて激しく咳き込む。泡まじりの鮮血が飛び散った。

「あんた、自分の立場をわきまえなあかんがな」

「くっ、くそガキ……」緋野は赤い唾を吐く。

「とりあえず三千万ほど欲しいんやけど、あんた、若い者《もん》に電話して用意させてくれるか」

「寝言たれるな。極道が腰まげたら稼業が張れるかい」

「ほう、命よりゼニが大事なんか」

「じゃかましい」緋野は叫んだ。

「ええ根性や。さすが組長さんやな」

稲垣はポケットから金張りのデュポンを出した。目隠しをされた緋野にはなにも見えない。「あんた、男前やし、女にもてるやろ」

「………」

「な、緋野さんよ、人間の毛というのは毛根を傷めたら二度と生えんそうやな」

稲垣は笑った。「眉毛、焼いたろか」

「クッ……」緋野は身をよじり、バランスを失った。ライティングチェアごと後ろに倒れて腕が背もたれに押しつぶされ、呻き声をあげる。

稲垣は左膝を折って床に座り込み、デュポンの火をつけた。炎をいっぱいに大きくして先端を緋野の眉にあてる。緋野は激しく首を振り、ケンが両足で頭をはさみつけた。

「焼くのは片方だけやがな。眉に刺青《スミ》入れたら釣り合いはとれるで」

「殺したる。ぶち殺したる」

緋野の怒号、わめき声。煙がたちのぼり、焦げた臭いがする。緋野の右眉は焼き切れて赤く腫れ上がり、血が滲み出た。

「あーあ、男前がだいなしになってしもたがな」

「………」緋野は口をあいたが、なにもいわない。

「どうや、まだがんばるか」

「………」

「しゃあない。次はちんぽこやな」稲垣は緋野のズボンのベルトに手をかける。

「——分かった。もうやめとけ」ぽつり、緋野はいった。

「うん？　聞こえんな」

「いうとおりにしたる」

「なんや。それならそうと、もっと早ように降参せんかい」

「事務所に電話せい。矢代いうのを呼べ」

緋野興産の専務、緋野組の若頭だ——。

「よっしゃ、電話する。喋るのはあんたや」

「けど、金はない。都合できるんは一千万や」

「そうか、それは残念やな」稲垣は緋野のベルトを外した。

「二千や。なんとかしよ」

「緋野さんよ、バナナの叩き売りやないんやで」ファスナーを下ろす。

「分かった。三千や」

「そう、それが任侠道というもんや」

稲垣は肩を揺すり、立ち上がった。ケンが椅子ごと緋野を起こす。

「あんたの台詞はこれだけや。……『シノギで金が必要になった。理由《わけ》は訊くな。三千万を段取りして、明日の午前中に銀行に振り込め。三協銀行の大手前支店。口座番号は……』」

「待った。振込はできん」

「ほう、まだ懲りへんのかい」

「違う。これだけはほんまや。うちの会社は現金決済だけ。どこの誰とも分からん口座に金を入れたりできるかい」

「社長のあんたが命令したらええんや」

「振込はできん。それだけはできんのや」

「緋野さんよ、自分のちんぽこ、黒焼きにして食うてみるか」

「嘘やない。おまえらも極道やったら分かるやろ。わしらの世界で、金の貸し借りに契約書や借用書を交わすことがあるか」

「なんと、お喋りがうまいがな」

「取引は相手の顔を見てする。それが鉄則やろ」

「甘いな。わしらが事務所まで金を受け取りに行くとでも思てんのか」

「事務所へ行くことはない。場所はおまえが指定せんかい」

「へっ、それが妥協案か」

稲垣はあごに手をやった。友永とケンを交互に見て、〝どうや?〟と眼で訊いてくる。ケンが首を縦に振り、友永もうなずいた。

「よっしゃ、分かった。振込はやめとこ。あんた、矢代に電話して、金を用意するようにいえ。クライアントに金を渡す時間と場所は、またあとで連絡するというんや」

「くそったれ、勝ったつもりかい」

「いうとくけど、妙な考えはご法度やで。もし矢代が、あんたがさらわれたことを知ったら、その時点であんたの値打ちはゼロになる。わしらにとっては、ただのお荷物や。口をきく荷物がどんなふうに処分されるか、あんたもあほやないから想像はできるわな」

「おまえが金をとったら、わしが助かるという保証はあるんかい」

「あんた、生粋の極道やろ。たった三千万を取り戻すために、警察に駆け込んで大恥かくてな間違いはせえへんがな」

稲垣はテーブルの電話をとった。「事務所の番号は」

「〇六・六三九二・一四××」

「余計なことは喋るな。あんたの墓穴は掘りとうはないんや」

稲垣はダイヤルをまわし、受話器を緋野の耳にあてた。銃口を喉元につきつける。

「――わしや。矢代に代われ」

低く、緋野は話しはじめた。「――おう、遅うまでご苦労やな。頼みがあるんやけど、明日の午前中に三千万ほど集めてくれ。――いや、ちょっとな。――急《せ》いとるんや。――ああ、そうや。――『東和』と『阪信』で都合できんか。――残りは金山の社長にいうて、つまんでこい。――梶田を走らせたらええがな。そう、梶田や。――また電話する。明日の朝や。――ほな、頼むぞ」

稲垣がフックを押した。受話器を置く。

「なかなかの役者やがな、え」

「おまえ、なんでわしをさろうた」

「さあな……。あんたに恨みがあるわけやないし、気まぐれとでもいうとこか」

「気まぐれで、わしの車に追突したんかい。しゃれでチャカやロープを用意したんかい。笑わしてくれるやないか」

「緋野さんよ、つまらん好奇心は身の破滅やで。五体満足で帰りたかったら、なにも知らん方がええのとちがうか」

「この目隠しもとらんということか」

「それがおたがいのためやろな」

稲垣は銃をベルトにはさんで、緋野の上着とズボンを探った。札入れ、カード入れ、アドレス帳、携帯電話、茶封筒をテーブルに並べ、ダイヤ入りのロレックスとブレスレットも外す。

ケンがロレックスを手にとって腕につけた。友永はブレスレットをつけてみる。純金だろう、ずしりと重い。

稲垣は携帯電話を床に落とし、かかとで踏みつぶした。そして、札入れを改める。

「厚いな……」中に四、五十枚の一万円札。それを一枚ずつ三等分して、ケンと友永に分配した。

緋野はじっと聞き耳をたてていたが、

「おまえら、下種《げす》やな」と、嘲るようにいう。

「あん……」ケンが振り向いて、一歩踏みだした。

「やめとけ」鋭く、稲垣が制する。

「そのガキ、なんぞ心得があるんかい」緋野はつづける。

「世界チャンピオンや。大食いのな」

稲垣は封筒を取り上げた。中の紙片を広げる。「委任状、大阪情報大学理事会……なんや、これ」

「わしのシノギや。それは捨てたらあかんぞ」

「さっきのパレ・カツラでもろたんか」

「おどれら、ずっと尾けてたな」

「これからはボディーガードつけて歩くんやな」

「小便や。ロープをほどけ」

「かまへん、そこでせんかい」

「わしは明日、矢代に電話をする。できたら、おまえのいうとおりに喋りたいんやけどな」

「分かった……」稲垣がこちらを向く。

友永はライティングチェアのキャスターロックを外した。チェアを押してトイレへ行き、ロープをほどいて緋野を立たせる。ドアを引いて緋野の背中を押すと、つま先だけで器用に歩いて中に入った。

「おい、わしの大砲を出してくれ」

「チッ……」トランクスから緋野のペニスをつまみ出した。便器に向けると、尿がほとばしる。

「どうや、おまえのとどっちが大きい？」

「黙っとれ。ひねりつぶすぞ」

「その声は運転手やな」

ささやくように緋野はいう。「金をとったらどう分けるんや」

「要らん心配せんでもええわい」

「な、千五百で手を打たんか」

「仲間を売れというんかい」

「ベンツもやるがな」

「すまんな。おれ、あんたが嫌いやねん」

ペニスをねじり上げた。緋野は腰を引き、よろけて壁に倒れかかる。尿が飛び散ってズボンが濡れた。

「このガキ、なにさらすんじゃ」

「もうええ。あんたは強い」

緋野をライティングチェアに座らせ、縛りつけた。

2

ステンレスのダライコを詰めたドラム缶を、ひとつずつ看貫《カンカン》に載せた。計、百四十八キロ——。友永は電卓を出して計算する。

「四千八百八十四円かな」

「たった、それだけかいな」安井ネジのオヤジがいう。

「すんません、相場がわるいから」

五千円をオヤジに手渡して、ドラム缶をパワーゲートに載せた。ゲートを上げ、ドラム缶を二トン車の荷台に倒して、中のダライコをビッチューで掻き出す。

暑い。汗が噴き出して下着がずくずくになっている。ゴムびきの手袋、長袖の作業着、帽子、安全靴。ズボンの下には厚手のスウェットパンツ。夏の盛りだというのに、こんな重装備をするのは、毛穴に切削油が染み込んだり、皮膚が油負けをして腫れるのを防ぐためだ。

ダライコというのはネジの切り屑である。切り粉とも呼ぶが、ほとんどの職人はダライコという。施盤から出た切り屑がクルクルと蛇のようにねじれているので、漢字をあてれば、『蛇裸い粉』『駄らい粉』とでも書くのだろうが、誰もほんとうの由来は知らない。〝看貫〟は重量物用の秤のこと、〝ビッチュー〟は股歯の長い備中鍬だ。

友永は西区九条で〝ダライコ屋〟をしている。一キロ四方の地域にネジ屋、旋盤屋、鋼板屋、パイプ屋、鉄工所と、金属関係の町工場が千軒近く集まっていて、うち友永の得意先は七十軒。一日に五、六軒をまわって、工場の外に並べたドラム缶を看貫し、五百キロから二トンのダライコを回収して、鉄は西淀川区中島、ステンレスは住之江区南港、銅や砲金といった色物は福島区玉川の金属問屋に売りにいく。ダライコの買値と売値は倍掛けで、相場のいいときは四割の粗利が見込める。トラック一台と看貫があればひとりでできる商売だから、簡単といえば簡単だが、いまは金属相場がバブル期の半分に落ち込んでいて、儲けはあまりない。友永は独身だからやっていけるものの、仲間のダライコ屋は一時期の三分の二に減った。

ドラム缶を降ろしてトラックに乗り、安井ネジをあとにした。九条から大正区に出て、木津川を渡る。

「――ほな、また来週」

そろそろ、やめどきかもしれんな。――思えば単調な毎日だ。朝八時から夕方の五時まで、ネジ屋と問屋を往復するだけ。わずらわしい人間関係のないのが唯一の取り柄だが、将来的な展望はなにひとつない。トラックを増やし、従業員を雇ったところで、その従業員が仕事を覚えれば、自分でダライコ屋をはじめる。家庭の主婦が紙屑の回収業者に対するように、町工場の経営者はダライコを一円でも高く買う業者と取引をする。リサイクルとは名ばかりの便利屋仕事、友永もたった半年で独立し、中古の二トン車を買って、この商売をはじめたのだ――。

国道四三号線の側道から津守の交差点に入った。車の流れが途切れるのを待って右折し、ギアをセカンドからサードに入れた瞬間、眼の前にトラック。とっさにブレーキを踏み、ハンドルを切ったが、リアが滑ってコントロールできない。トラックと接触し、半回転してガツンと前に叩きつけられた。我にかえって顔を上げると、車体は左に傾いてフェンダーがガードレールに食い込んでいる。横腹に《伸興運輸》と書かれた保冷車が、こちらのトラックをふさぐように斜めに停まっていた。

やってしもた。――どうやら、保冷車が脇道から飛びだしてきたらしい。額に熱いものが垂れてきて、拭うと掌が赤く染まった。ガラスの割れた運転席のドアを開けようとしたが、いくら押してもびくともしない。あきらめて左のドアを開けようと身体をずらしたら、右膝に激痛が走って、足首に力が入らないことに気づいた。

「大丈夫か」髪の短い男がウインドーから顔をのぞかせた。声がかすれ、口許がふるえている。

「あかん、足が動かん。右足が折れた」

「待て。じっとしとけ」

男はドアを引き、開かないと知って左側にまわった。友永は助手席のロックを解除する。男はドアを開けて友永を引きずり出した。

「痛いか」

「痛い。……痺れてる」男の肩に寄りかかり、左足で立ち上がった。

「前のトレーラーに隠れて、あんたの車が見えんかった」

「いったい、どないなったんや」

「わしのトラックの頭と、あんたのトラックの荷台があたったんや」

「救急車は」

「あっ、そうか……」

男は動転して、電話もしていないのだ。「すぐ呼ぶさかいな」

ガードレールの切れめから歩道に上がったが、腰を下ろす適当なものがない。友永は立ったまま並木のケヤキに背中をもたせかけ、男は少し離れた酒屋の公衆電話をめざして走っていった。ヤジ馬が集まってきて事故現場を遠巻きにし、ランニングシャツに短パンの老人が、

「あんた、血が出てるで」と、ハンカチを差し出してくれた。

「どうも……」受け取って額にあてた。髪の中が切れているらしい。

「立ってんと、寝たらどないや」

「いや、そんなにひどうないから」

笑ってみせたが、体中から脂汗が滲み出る。右足の痛みも増してきた。膝ではなく、膝下の骨を折ったようだ。

——と、遠く北の方から救急車とパトカーの電子音が聞こえてきた。あの男が連絡す

る前に誰かが通報してくれたのだ。

「救急車が来た。もう心配ないで」老人はいう。

「こんなひどいめに遭うたん、初めてですわ」

「ここはよう事故があるんや。あの道から出るとき、見通しがわるいよってにな」

「すんませんでした、ハンカチ」

「気にせんでもええ」

音が近づいた。保冷車の男が走ってくる。足の痛みは耐えがたいほどになっていた。

西成区玉出《たまで》、友生会西成病院。ストレッチャーに載せられ、外科の処置室に運び込まれた。医師の問診を受けるあいだに、看護婦が頭の傷の消毒をする。ズボンとスウェットパンツを鋏で切り開き、安全靴を脱がせる。汚れた軍足をとったときは、露骨に顔をしかめていた。

「この暑いのに、スウェットも？」

「油負けするからですわ」面倒な説明はしたくない。

「油負けね……」

医師はひとしきり触診をして、「右の脛骨《けいこつ》がやられてる。レントゲンを撮って、頭部のＣＴも撮りましょう」

「骨折はひどいんですか」

「それは分からない。部位と形状によります」

短くいって、医師は処置室を出ていった。

看護婦にストレッチャーを押されて、レントゲンとＣＴの撮影をし、処置室にもどった。右足は腫れ上がって、膝から下が紫色になっている。鎮痛剤と抗生物質を打たれ、鎮静剤のような錠剤を服まされた。

「手当てはせんのですか、骨折の」

「レントゲンの現像ができたら、先生をお呼びします」

看護婦がいったとき、扉が開いて、髪を角刈りにした開襟シャツの男が部屋に入ってきた。男は西成署交通課の宮武と名乗り、五分ほど話を聞きたいといった。

「なんやったら、廊下か待合室で……」

「けっこうですよ、ここで」友永の返事も聞かずに、看護婦はいう。

「ほな……」宮武は汗を拭きながらそばに来た。赤ら顔、かなり肥っている。「名前と住所。それと、免許証を見せてもらえるかな」

「友永彰一《しょういち》。此花区《このはなく》四《し》貫島《かんじま》九—二四—二〇五」

腰を浮かせて、ズボンの後ろポケットからカード入れを出した。痛みが走る。免許証を抜いて宮武に差し出した。宮武は免許証の交付年月日と種類、番号を手帳に控えて、

「この、三十日の免停は」

「駐車違反と一時停止違反ですわ」

「友永さん、仕事は」

「金属関係です」

「よかったら、内容を教えてもらえませんかね」

「屑を集めて問屋に売るんです」

「つまり、自営業ですな」宮武はメモをする。「運転は毎日でっか」

「日曜、祭日以外は」

「今日は何時から仕事してました」

「七時五十分ごろかな」

「トラックに故障はなかったですか。……エンジンとかブレーキに」

「調子よう動いてました」

「ご家族は」

「まだ、独り者ですねん」根掘り葉掘り訊いてくる。

「四貫島の家には、友永さんだけ?」

「薫英荘《くんえいそう》いう壊れかけのアパートですわ。六畳二間に風呂と台所だけ」

いちいちうるさいやつだ。「こんなこと、事故に関係あるんですか」

「いちおう、規則でね。配偶者の有無、家族の数、その他の家族関係、みんな調書に書かんとあかんのです」笑うと、人のよさそうな顔になる。

「伸興運輸の運転手、どないしてます」

「現場で検証の立会いですわ」

「向こうの名前、聞いてませんねん」

「山崎達夫、三十二歳。……おたくと同じ年齢ですな」

「あっちのトラックが脇道から出てきたんです」

「かもしれんけど、両方が動いてたんやからね。どっちの過失が大きいか、それは保険屋の査定やね」これが警察の〝民事不介入〟なのだ——。

友永は国民健康保険に加入している。自動車保険の方は、自賠責保険のほかに任意保険の契約をしているが、車両保険には入っていない。

「友永さん、怪我は足だけかいな」

「頭もちょっと切ってます」

「災難やね。しばらく仕事はできませんな」

他人事《ひとごと》だと思って、あっさりいう。そこへ、レントゲンフィルムがとどいた。「五時か。……明日、調書の続きをとりますわ」

看護婦に一礼して、宮武は出ていった。

さっきの医師が部屋に入ってきた。フィルムをシャーカステンに取り付ける。脛骨というのか、脛《すね》が膝下十センチのところで折れていた。

「単純骨折ですね。牽引してギプスで固定します」

「長びきそうですか」

「個人差がありますからね。一ヵ月はみておいてください」

「一ヵ月……」そんなに休んだら干上がってしまう。五十万の貯金もないのだ。

「整形外科に移ります」看護婦がいった。

牽引と固定がどんなに痛いものか、そのときは分からなかった。


そして、半月——。

示談交渉は順調に進んだ。伸興運輸の総務課員と話し合って、治療費は全額、休業補償として一日あたり一万六千円が相手方の自賠責保険と任意保険から下りることになった。一時見舞い金は五万円。太腿《ふともも》から足の指の付け根までギプスで固められているが、松葉杖をついて自由に歩けるようになり、外出許可も出た。

トラックはシャシーが歪んでいて、廃車になった。査定額の十五万円に相手側の過失責任である八割をかけて、十二万円という金額が算定された。たった十二万円では中古のトラックも買えず、当てられ損には違いなかった。

四人部屋の同室の患者は、小学校の教師と機械商社の営業員、もうひとり稲垣という得体の知れない小柄な三十男がいた。稲垣は四ヵ月前に交通事故で膝関節をつぶし、その後遺症で右膝が曲がらない。毎日、リハビリをしているが、しょっちゅう外に出て、どうやらパチンコ店に通っているらしかった。

八月初旬の金曜日、友永は稲垣に誘われて、玉出商店街の『ダラス』という店に出かけた。アーケード下に入ったとき、稲垣はポケットから薄っぺらいヘッドフォンステレオのようなものを取り出して、松葉杖をついた腋《わき》の下に隠してくれという。

「なんやねん、これ」

「アラジンの魔法のランプや。こいつをさすったら一発で打ち止め。ドル箱を積めるがな」

「どういう仕掛けや」

「機構なんか分からん。……電波発信機とでもいうんかいな。日本橋あたりの〝パチンコ無線屋〟で五万も出しゃ、簡単に手に入る」

電波をデジパチ台に向けて発信させると、センサーが反応し、デジタルが回転して、機種によっては大当たりの誤作動をさせることが可能だという。

「ダラスには『パニックセブン』という台がある。そいつをパンクさせるんや」

「見つかったらどないなる」

「そら、ただではすまんわな。事務所に連れ込まれて、顔を提灯《ちょうちん》にされる」

「なんで、おれが隠すんや」

友永はTシャツの上に半袖のデニムシャツをはおっている。

「ホールに入るとき、店員が見とるんや。この暑いのに厚着しとるようなやつは、服の下に発信機を隠しとる。その松葉杖なら怪しまれへんがな」

稲垣はアロハシャツにだぶだぶのチノパンツ、素足にデッキシューズをはいていた。

「おもしろそうやな。あんたがイカサマするとこ、見物しよ」

「へへっ、そうくると思た。あんたとわし、気が合いそうや」

発信機を受け取った。紐がついていて、右肩から腋にぶらさげる。

「わしが台を探すし、あんたはわしの右隣に座れ」

「釘が読めるんかいな」

「ある程度はな」

「けど、あんたがパチプロやったとはな」

「パチプロやない。ゴト師というてくれ」

稲垣はにやりとして、また歩きだす。拳《こぶし》ひとつ、友永より背が低い。痩せて貧相な背中、ポケットに両手を突っ込み、肩揺すりながら足を引きずって歩く。すれ違った自転車の主婦が好奇の眼をこちらに向けた。


ダラスはけっこう大きな店だった。景品交換所の右に休憩コーナーがあって、紙コップの麦茶を飲んでいるのは老人と主婦だけ。昼下がりのパチンコ店はどこも似たような客構成なのだろう。——と、休憩所の壁面に《不正電波感知警報器設置》というプレートが貼ってあることに気づいた。

「おい、あれ……」稲垣の肩を突いた。

「あんなもんはハッタリや。わしはなんべんもこのホールに来てる」

「顔を提灯にされるの、嫌やで」

「わしのいうとおりにせんかい。一日の日当ぐらいすぐに稼げるがな」

稲垣はひとわたり店内を歩いて、二千円を玉に換え、『パニックセブン』の前に腰を下ろした。友永も松葉杖を立てかけて稲垣の右に座る。客は三、四台に一人といったところか。

「この玉とって、あんたも打て」

ギプスの足を横に投げ出して、いわれるままに打ちはじめた。友永は本来、パチンコ好きではない。稲垣に誘われて、散歩がてらについてきたのだ。

死んだごんたくれの父親がよくいっていた。――わしらの子供時分はな、パチンコ行って、玉を買わずに大豆をはじくんや。それで百円も玉が出たら『新生』とか『光』に換えて近所のオヤジに売る。洟垂《はなた》れのわるガキばっかりやった。

父親は漁師で、海が荒れたときは一週間も十日も飲みつづけていた。今年六十五の母親は、姉夫婦といっしょに愛媛の東予に住んでいる。

「あれ、くれ」稲垣がいった。

周囲を見まわし、紐をほどいて発信機を渡した。稲垣はなに食わぬ顔で発信機を台に向け、スイッチを押す。瞬間、台の後ろでピュルピュルと電子音が鳴りだした。

「あ痛《いた》ッ。こらあかん」

稲垣は発信機を握り込んでズボンの中に押し入れた。店員がふたり、走ってくる。

友永は松葉杖をつかんだが、立つ暇もなく店員につかまった。

「お客さん、イタズラはあきまへんな」低く、年嵩《としかさ》のパンチパーマがいった。

「へっ、なんのこっちゃ」と、稲垣。

「ちょっと事務所まで来てもらえまへんか」

「どこでも行ったろやないけ。その代わり、連れは帰らしたってくれ」

「そういうわけにはいかん。ちゃんと事情を聞かんとな」

店員は四人に増えていた。不思議に、怖いという実感はない。なるようになれ、と腹をくくった。

「しゃあない。行こうや」稲垣にいった。

「すまん。迷惑かけてもうた」

まわりの客がこちらを見ていた。

店員に囲まれて二階に上がった。《会議室》——テーブルがひとつと、二十脚あまりの折りたたみ椅子があるだけの殺風景な部屋だった。

「発信機、出してもらおか」パンチパーマの胸には『店次長』の名札がついていた。

「出すのはええけど、あとで返してくれるんかい」

「おまえ、おかしいんと違うか」次長は頭を指す。

「客に、おまえ呼ばわりはないやろ」

「どこが客や、え」

「わしは三千円も出して玉を買うたんやぞ」

「ゴト師が居直るんかい」

「ほう、ダラスの店員はヤクザなんや」

「あほんだら！」

次長の拳が稲垣の顔に食い込んだ。稲垣は壁に背中を打ちつけて膝からくずれ落ちる。垂れた鼻血を舌でなめとった。

「こら、身障者を殴りくさったな」

「おい、やったれ」

次長が若い男にいった。長身、胸が厚く、肩の筋肉が盛り上がっている。男は稲垣の襟首をつかんで引き起こし、アロハシャツのみぞおちにパンチを放った。グブッ、稲垣は横倒しになり、呻き声をあげる。その脇腹に男は容赦のない蹴りを入れ、稲垣は丸くなってのたうちまわる。

「やめんかい！」友永は叫び、男の背中に松葉杖を叩きつけた。

「こいつ……」

男が振り返った。いきなり拳が伸びてくる。肘でブロックしたが、弾かれて尻から床に落ちた。

「もう、ええ」次長がいった。「こいつは素人《トウシロウ》や」

「――おまえら、これで、……済まさんぞ」

呻きながら稲垣がいった。「このわしに手をかけて、ただで済むとは思うなよ」

「おまえ、ゴキブリやな」

「そんなええもんやないわい」

稲垣は肘で躙《にじ》り上がった。壁に寄りかかる。「——金出せ、金」

「金やと……」

「治療費と慰謝料や。百万出せ、こら」

「こいつ、ほんまに切れてるで」

次長は吐き捨てて、「始末はついた。とっとと去《い》ね」

「じゃかましい。こっちの始末はついてへんわい」

稲垣はズボンの中から発信機を出した。割れている。「これも弁償せい」

「おまえ、とことんいてまうぞ」

「やるんならやらんかい。わしが死ぬまでやらんかい」

「このガキ……」若い男が歩み寄った。

「おどれら、わしを殺すだけの腹があるんやろな」稲垣は次長を睨みすえる。

「くっ……」次長の顔に怯えが見えた。「こいつらを叩き出せ。裏の階段や」

「金や。出さんかい」

「な、やめとこ」友永はいった。「おれ、耐えられへん」

「………」稲垣がこちらを向く。鼻も口も血まみれだ。

「帰って、傷の手当てをしよ」

「そうか、分かった」稲垣はうなずいた。よろけながら立つ。

友永は松葉杖を支えにして立ち上がった。部屋を出る。

店員たちは呆れ顔で、ふたりを見送った。


商店街から一筋入った児童公園。水飲み場で、稲垣は顔の血を洗い落とした。蹴られた脇腹が疼くようで、大丈夫かと訊いたが、にやりと笑って痛いともいわない。

「わし、うれしいがな。胸にキュンときたで」

松葉杖で男を殴ったのがうれしい、と稲垣はいう。「ええ友達《ダチ》と出会うたわ」

「ああ……」友達、という言葉には抵抗がある。「けど、あんた、むちゃくちゃな根性やな」

「あんなもん、どうってことない。やられるよりやる方が、度胸がいるんや」

「あんたのおかげで、こっちは助かった」

「わしな、あんなふうに因縁つけるんが商売なんや」

「まさか……」

「違う。極道やない」稲垣はかぶりを振って、「わしは当たり屋や」

「当たり屋て、車の？」

「そう。このボロ膝はそのせいや」

「それ、ほんまの話かいな」

「嘘やない。あんたに打ち明けたんが初めてや」

「そんなひどい怪我、元がとれへんやないか」

「そやから、こいつは失敗や。……煙草、くれるか」

ショートピースを差し出した。一本抜いて、稲垣はくわえる。金張りのデュポンで吸いつけた。

「しんどい。座ろ」

歩いて、ブランコに腰かけた。手にチェーンの錆《さび》がつく。

「わしが当たり屋をはじめたんは三年前や。それまではバーテンやったり、ノミ屋やったり、夜店のヨーヨー釣りや車の代行運転から、産廃の処分場におったこともあったな。なにやっても辛抱がないさかい、極道にもなられへん半端者《はんぱもん》や」

稲垣は衒《てら》うふうもなく、視線を宙に向けて話しだした——。

当たり屋はことを起こす前に、脛や太腿を強打して内出血させておく。稲垣は主にタクシーを狙った。郊外の駅のタクシー乗り場で獲物を待ち、タクシーが客を乗せて発進したところへ歩道から飛び出す。ボンネットを叩いて派手な音をたて、悲鳴を上げてうずくまる。運転手にぶつけた実感はないだろうが、痛い痛いと騒ぎたてて内出血の痕を見せれば、否でも応でも認めざるを得ない。人身事故は理由の如何にかかわらず免許停止だ。大手タクシー会社には専門の事故係がいるが、運転手の行政処分と休業を嫌って、示談に持ち込もうとする。中には警察ＯＢもいて、稲垣の稼業に察しはついているのだが、ことを荒だてたりはしない。十万、二十万の金額なら、示談書のサインと引換えに、その場で現金を払う。

「月に一回も当たり屋をしたら、あとはパチンコの上がりで食えたがな」

「けど、相手が払わんということもあるやろ」

「もめることはないな。こっちは大金を請求せんし、警察の事故証明がなかったら保険金は下りんから、会社は最初《はな》から示談のつもりや」

「ほな、おれの事故も示談にできたんかな」

「あほくさ。救急車とパトカーが来て、トラックは廃車になったんやろ」

「で、その膝は」友永も煙草に火をつけた。

「わしはそういうセコい稼ぎが嫌になった。タクシーをやめて、黒塗りの車を狙うことにした」

「黒塗りいうのは」

「大会社の役員専用車や。センチュリー、プレジデント、デボネア……白い手袋した運転手と、リアウインドーにレースのカーテンが付いてたら理想的や」

「そんな車、どこで見つけるんや」

「御堂筋の、本町から淀屋橋あたりやな。あこらのビルは地下にパーキングがあるんやけど、守衛室の近くは目立つから、ちょっと離れたとこで待たんといかん。黒塗りが出て来ても、なかなかうまいこと当たれんのや」

稲垣は短くなった煙草を弾きとばした。「去年の暮れ、御堂筋に通いはじめて一週間めやったかな、新協和証券の役員専用車にぶちあたった。運転手のガキ、血相変えて降りてきよった。救急車を呼びますというから、わしは慌ててとめたがな。……すったもんだのあげく、七十万せしめたから、タクシー会社とは較べもんにならんええ稼ぎや」

「そこまでやったら立派な犯罪や。恐喝やで」

「わしはほとぼりが冷めるまで三ヵ月休んだ。政治家といっしょで、塀の向こうに落ちるようなノータリンは、味をしめて励みすぎるからあかんのや」

政治家と当たり屋を同列に置くところが、稲垣の思考らしい。

「そうして、この三月や。今度は大東銀行のセンチュリーに突っ込んだ。こっちはうまいこと避《よ》けたつもりが、ほんまにぶちあたって撥ね飛ばされてしもた。右の膝がぶらぶらになって動かんのや。おまけにパトカーまで呼びくさったから、泣きっ面に蜂とはあのことや。あんまり腹立つさかい、動く方の足で運転手を蹴りつけたった」

示談交渉には大東海上火災の担当課長が出てきた。治療費は全額負担、慰謝料は後遺損害がないと確定した時点で算定したい、と主張した――。

「わしは無職渡世やし、税金なんか何年も払うてへん。保険屋は休業補償も最低額やとほざきよった。おまけにブラックリストみたいなもんをちらつかせて、ごねたら警察沙汰にしまっせというような顔をする。……しゃあない、一本とられた。わしは友生会病院で三食昼寝つきの暮らしをはじめたと、そういうわけや」

「なるほどね。一日一回だけリハビリをしてたらええんや」

「それで病院も儲かる。わしも不満はない」

稲垣は笑い声をあげたが、「くそっ、腫れてきた」と、口許に手をやる。上唇が切れてめくれたようになっていた。

「これからダラス方面は鬼門やな」

「あほいえ。落とし前はつけるがな」

「落とし前？」

「わし、あいつらにいうたやろ。ただでは済まさん、とな」

稲垣は足元の小石を蹴った。


三日後、友永は稲垣に誘われて外に出た。病院前の喫茶店に入ると、窓際の席に坊主頭の男がいて、稲垣に向かって小さく手を上げた。

「知り合い？」

「わしが呼んだんや」

同じ席に座った。

「こいつはケン。こっちはトモさん」と、稲垣が紹介する。

「どうも」一礼した。ケンは礼を返さず、こちらを一瞥《いちべつ》しただけ。

「すまんな。こいつ、無愛想やねん」

稲垣はいって、アイスコーヒーをふたつ注文した。

ケンは痩せて頬が削げている。ジーンズに白のポロシャツ、なで肩で首が太く、浅黒く灼けた腕が長い。細く眠るような眼が爬虫類を連想させた。

「暑い……」つぶやいて、友永は煙草を吸いつけた。仏頂面のケンが眉を寄せる。テーブルにパッケージとライターがないところをみれば、吸わないらしい。

「黒いな」稲垣がケンにいった。「泳ぎにでも行ったんか」

「いまは夏や。どこでも灼ける」ケンはアイスミルクを飲んだ。

「髭、剃れよ」

「じゃまくさい」しれっとしてケンはいう。

「この人を呼んだというのは」稲垣に訊いた。

「こいつ、喧嘩が強いんや」

「喧嘩？」

「拳法や。生半可やない」

見ると、ケンの両手は人さし指と中指の付け根が盛り上がっている。

「あんた、まさか……」

「そう、ダラスへ行く」

アイスコーヒーが来た。

ダラスに入った。店員のひとりがこちらを見て、アッと口をあける。

「次長、おるか」稲垣がいった。「呼んでこい」

店員は奥に走って、次長がやってきた。後ろにこのあいだの大男を従えている。

「なんの用や」次長がいった。

「落とし前つけに来た。治療費と慰謝料や」

「おまえ、冗談かましてんのか」

「顔、貸せ。他の客に迷惑やろ」

「いうとくけど、うちは組筋に守《も》り料を払うてる。電話してもええんやで」

「したかったらせんかい。『暴力団排除』のこの店はヤクザを雇うてますと、スピーカーでがなりたてたる」

「……」

「わしらは堅気やぞ。子供の喧嘩に親出すような、みっともない真似さらすな。おまえも男やったら、自分のケツは自分で拭かんかい」

「よっしゃ、事務所へ来い」

「どこでも行ったるわい」

稲垣は先に立って奥へ行く。友永は一段ずつ階段を上がった。

店員に取り囲まれて会議室に入った。向こうは四人、こちらは三人。同じ部屋、ケン以外は同じ顔ぶれ、ビデオを巻きもどしたような情景だった。

「さ、ビジネスをしょうか」

稲垣が切りだした。「とりあえず、ふたり分の治療費として、おまえの裸踊り。慰謝料は……」

「じゃかましい。ふざけんな」次長がわめいた。

「大声だすな、こら」

「警察に突き出すぞ」

「おもろい。わしらがなにをしたというんや」

「発信機を使うたやないか」

「その発信機で一円でも損害を与えたんかい」

「屁理屈こねるな」

「おまえらは障害者であるわしに暴力を振るた。この顔が証拠や」

「なんやったら、もっと証拠を増やしたろか」

次長がいい、大男が踏みだした。ケンが前に出る。

「なんや、おまえ」と、大男。

「………」ケンは眠そうな眼を向けるだけ。

「やるんかい」

「………」ケンが首を傾ける。

「退《ど》け」男が腕を伸ばした。

「ふっ」ケンは息を吐き、大男のみぞおちに正拳を突き入れた。股間を蹴り、腰の折れた男の頸《くび》に肘を叩きつける。男の厚い体が浮くような膝蹴りを放って一歩後ろに飛ぶと、男はそのまま床にくずれ落ち、ぴくりともしない。

友永は背筋が冷たくなった。店員たちは茫然として声もない。

「どうや、おまえもやるか」稲垣が次長にいう。

「いや……」

「こっち来い」

次長はおずおずと稲垣の前に立った。

「金はいらん。これが落とし前じゃ」

いうなり、殴りつけた。

次長は呻いて顔を押さえ、指のあいだから血がしたたった。

3

八月末、ギプスがとれた。膝と足首の関節が硬くなり、筋肉も痩せている。関節を曲げ伸ばしする理学療法と、歩行訓練がはじまった。二十日から三十日で、もとにもどるだろうと担当医はいう。

「あんた、治ったら、またダライコ屋するんかいな」

缶コーヒーを飲みほして、稲垣が訊いてきた。夕食のあと、ふたりで喫煙室へ行くのが習慣になっている。

「さあね、まだ考えてへん」

仕事に未練はないが、かといって他にあてがあるわけでもない。「おれ、ひと月も休んでしもた。得意先には他のダライコ屋が入ってるはずや」

「あんな重たいもん運んで、けっこうハードなんやろ」

「夏は暑いし、冬は寒い。作動中の旋盤の下からダライコを掻き出したりするときは、真っ赤に焼けてるやつが飛んできて、顔や首筋にへばりついたら、あっというまにギザギザ模様の火傷になる」

「なんと、究極の三Kやな」

「体はえらいけど、他人に気をつかう必要がない。おれの性格にはぴったりや。それより、金属相場の影響をもろに受けるのがうっとうしいわ」

「いま、スクラップは安いんやろ」

「安い。鉄もステンもアルミも、素材産業はもうあかんやろ」

「な、あんた……」稲垣は俯き、ゆっくりと顔をもたげた。「いっそのこと、わしの仕事を手伝わへんか」

「ゴト師はまっぴらや。パチプロもできへん」

「違う。そんなんやない」

「当たり屋なんか、ようせんで」また骨折するかと思うと、ぞっとする。

「この膝や。わしも当たり屋はできん」

「ほな、なにをするんや」

「あんた、カジノバー知ってるか」

「知ってる。ポーカーやルーレットするとこや」発信機はもう願い下げだ――。

「こないだのテレビのニュースで、賭場荒らしを見たやろ。ゴリラやフランケンのマスクかぶったギャングが歌舞伎町の裏カジノを襲って、賭け金を強奪しよった」

防犯ビデオの映像だ。犯人は客とディーラーに拳銃を突きつけてテーブルの現金をかっさらい、慌てるふうもなく逃走した。まるで映画の一シーンのような水際立った犯行で、犯人グループには数十件の余罪があるらしい。

「わしはあれを見て、これや、と手を打った。裏の世界でシノギしてるやつから金をとったら、被害届なんか出えへんがな」思わせぶりな笑みを浮かべて、稲垣はつづける。

「――で、わしは極道を誘拐することにした」

「ヤクザを誘拐？　冗談やないで」

「しゃれや冗談でこんなことがいえるかい」

「正気の沙汰やないぞ」

「正気やないから、こんなええアイデアが生まれるんや。よう考えてみい、極道は金持って懐がルーズや。不健康な生活しとるから体力はないし、バッジ見せたら怖いもんはないと思とるから挑発に乗りやすい。おまけにあちこちで恨みを買うてるから、身柄《ガラ》をさらわれても相手のめぼしがつかん。身代金とるには最高の獲物やで」

「あかん。そんな恐ろしいことできるわけがない」

「わし、若いころ事務所に出入りして、極道の実態はいやというほど見た。集団では強いけど、ひとりになったらからっきしや。ほんまに腹の据わってるのは十人にひとり。当世の極道が成り上がるには、金儲けの才覚だけで充分や」

「………」稲垣の眼を見すえた。なにも読みとれない。

「な、あんた、堅気が極道をさらうやて、どこの誰が考える。絶対に足はつかへんで」

「――けど、ついたら命はない」

「うちの幹部が堅気に身代金とられました、見つけしだい命《たま》とってください……そんな恥さらしな廻状がまわると思うか」

「あんた、計画を練ってるんや……」

「思いつきで、こんなこといえるかい。わしはあんたという人間を見込んで打ち明けたんや」

「いや、というたら」

「いまの話は忘れてくれ。それだけや」

「うん、というたら」

「稼ぎは三等分。きっちり分ける」

「三等分？」

「ケンも仲間や。わしは参謀、あんたは運転、ケンは喧嘩や」

「ケンはうん、というたんか」

「あいつはわしのいうとおりや。職もないし金もない」

「おれ、ケンのことはなにも知らん」

「知る必要はない。わしもあんたのことはいわへん」

「おれの役割は運転だけ？」

「たぶん、な」

「しかし、ヤクザに脅しが効くんかい」

「山の中に穴掘って、首まで埋める。脅す怖さも脅される怖さも、極道は骨身に染みて分かってる」

「そこまでいうからには的がありそうやな」

「ないこともない。あんたが退院するまでに段取りをつめる」

「分かった。考えさせてくれ」

「返事はいつでもええ」

稲垣はいい、映りのわるいテレビに眼をやった。「ほれ、もうすぐ印籠を出しよるぞ。斬り合いなんかせんと、最初から出さんかい」

「おれ、乗った」

「うん？」

「あんたに賭けてみる」

「そうか……」

稲垣は笑った。


九月十八日、友永は退院した。歩行に支障はなく、短い距離なら走ることもできる。稲垣から呼び出しがあるまでの三日間、四貫島のアパートから一歩も外に出なかったが、得意先のネジ屋や鉄工所からは、ただの一軒も電話がなかった。

そして四日目の夕方、稲垣から連絡が入った。目立たない地味な服を着て、JR環状線、芦原橋駅へ来いという。友永は着古したグレーのポロシャツとジーンズを身につけて、アパートを出た。四貫島から西九条まで歩いて電車に乗る。芦原橋は三つめの駅だ。階段を降りると、改札口の向こうに稲垣とケンがいた。ケンは口をへの字にして挨拶もしない。

「車があるんや」

稲垣について駅を出る。ガードレール脇に旧型の白いカローラが駐められていた。

「あんたが運転や」

稲垣は助手席に座り、ケンはリアシートに乗り込んだ。

「どこへ？」エンジンをかけた。

「住之江や。競艇場へ行ってくれ」

「ボートレースかい」

「そんな金がどこにある」

セレクターレバーを引き、スモールライトをつけて走りだした。サスペンションがへたっていてフワフワする。

「この車は」

「車検が半年ついて十六万。買うたばっかりの新車やで」

ナンバープレートは盗んだものと交換してある、と稲垣はいう。

「段取り、説明してくれるか」

車を追突させてヤクザを誘拐するとしか聞いていない。

「西尾義明。年齢《とし》は三十六。二代目伊誠会の幹部で、ノミの元締めや。競艇場近くの護国神社の裏に『柴谷ハイツ』いうマンションがあって、そこの五〇三号室をノミの受け場にしてる。今日は開催日やし、西尾は夜まで住之江におるというわけや」

「柴谷ハイツの前で張るんやな」

「そういうこと」

「西尾の車は」

「ＢＭＷ７４０ｉ。色はシルバー」

「どこでＢＭＷに追突するんや」

「それは状況しだいやな」

「西尾がひとりとは限らんやろ。子分に運転させるかもしれん」

「ノミ屋というのは、開催日の当日と翌日に配当金を客の手許までとどけるんや。子分は金持って走りまわらないかんから、西尾はひとりで平野の組事務所に帰る。その途中をさらうんや」

なにわ筋を南下した。突きあたりを右折して阪神高速道路の高架をくぐる。

「もし、目算が狂うたら？」ヘッドライトを点けた。

「無理に今日やることはない」

「西尾を脅す道具は」

「ある……」

稲垣がグローブボックスを開けた。鈍色《にびいろ》のリボルバー――。

「あんた、それ……」

「オモチャやない。改造銃や」

どこで手に入れた？――聞きかけたが、やめた。余計なことは知らない方がいい。

交差点。信号は赤。前のライトバンにぎりぎりまで近づいて急ブレーキを踏んだ。タイヤが軋み、つんのめるようにカローラは停まった。

「なんや、練習かい」

「利き具合を試してみた」

「しゃれにならんで。こっちが追突されるやないか」

　舌打ちし、稲垣はシートベルトを締めた。


　護国神社の東、柴谷ハイツは道路を隔てて、小学校の裏門の真向かいに位置していた。六階建、焦茶のタイル外装、各階に黒い唐草模様の手すりをしつらえたバルコニー。敷地はせいぜい五十坪といったところか。

　友永は小学校の塀際にちょうど一台分のスペースを見つけて、車を割り込ませた。ライトを消し、煙草をくわえる。午後六時を三分すぎていた。

「ＢＭＷ、見あたらへんな」稲垣にいった。

「ここは車寄せがない。近くのパーキングに駐めとるんやろ」

「西尾が部屋におるという確証は」

「わしはノミ屋に電話した。一時間ほど前や。西尾さんを呼んでくれというたら、すんなり代わりよった。もちろん、話はしてへん」

「いっそのこと、駐車場でさらうというのはどないや」

「そら、ちょいと余裕がないな。いきなりやるのはヤバいで」

「やってしまえ、駐車場で」ケンがいった。

「あほぬかせ。管理人がいてるやろ」

「いや、マンションの契約駐車場やったら管理人はいてへん」

友永はいった。「下手に路上でやるより、その方がええかもしれん」

——と、そのとき、柴谷ハイツの玄関から、若い男がふたり出てきた。ひとりは角刈りでピンクのポロシャツ、もうひとりは金縁のサングラスで、黒のTシャツに麻のジャケットをはおっている。一見してチンピラ風だ。ふたりは住之江通りの方へ歩いていく。

「ケン……」と、稲垣。

「分かってる」ケンはドアを開けて外に出た。ふたりを尾けていく。

「あいつ、頼りになるんや。極道なんか屁とも思てへん」

「あんたみたいにヤクザ修業したことあるんか」

「どうかな。わしは知らん」稲垣の口は固い。

七分後、ケンがもどってきた。低い声で、——小学校の正門前、食品工場の北隣に月極めの駐車場があって、奥にシルバーのBMWとローレルが並んで駐まっていた。ふたりの男はローレルに乗って走り去ったという。

「管理人はおらへん」

「よし、そっちへまわろ」

一方通行路を迂回して、正門前に出た。『カンキ食産』という食品工場からカレーのにおいが漂ってくる。駐車場は周囲にフェンスをめぐらせた軽量鉄骨造の二階建、駐車台数は一フロアに十五台前後か。一階右奥、H形鋼の支柱の脇にBMWは駐められていた。

「どうや」ケンが訊いた。

「ああ……」稲垣はあごをなで、ひとつうなずいて、「ここでやろ」と、短くいった。

「段取りは」と、友永。

「この車を駐車場に駐める。西尾が入ってきて、ＢＭＷに乗る。出ようとするところを、ちょうどエンストしたようにカローラでふさぐ。西尾はいらついて車を降りてくるから、そこを囲んで銃を突きつける。……これでどないや」

「西尾がひとりやなかったら」

「中止や。ただし、いったんはじめたら、誰が見てようと西尾をさらうまでやる」

「さろうて、どこへ行くんや」

「住之江入口から阪神高速に上がれ。西名阪の藤井寺で降りて、外環状を南や。富田林から河内長野に入ったら、あとはわしが指示する」

「土地勘、あるんか」

「南河内は詳しいんや。一時期、千早赤阪村におったからな」

そういえば、産業廃棄物の処分場で働いたことがあると聞いた憶えがある。

「金は……要求額は」

「キリのええとこで一千万。どないや」

「大金やな。伊誠会が出しよるか」

「そこは博打や。値引きはせん」

「よし、分かった」

カローラを駐車場に入れた。出入口付近のワゴンの隣に停める。

ケンがトランクから揃いの作業着を出してきて、車内で着替えた。綿ロープと布テープをリアシートの上に置く。

「さて、あとは待つだけや」

稲垣は背もたれを倒した。ケンは眠そうな眼を外に向けている。

「おれ、喉が渇いた」友永はいった。

「なんぞ飲むか」

「ああ」さっき通った三叉路の角に酒屋があった。「買うてくる」

「わしはビールや」

「あんたは」ケンに訊いた。

「いらん」

車を降りた。駐車場を出る。

なぜこんなところを歩いているのか、これからなにをしようとしているのか、まるで夢の中にいるような気分だった。不思議に緊張感はない。気負いも焦りもなく、怯えもなかった。

六時五十分——会社員風の男がスカイラインを駐めた。

七時二十二分――学生らしい二人連れがパジェロを駐めた。

七時三十四分――初老の男がクラウンを運転して出ていった。

八時十一分――チェックのゴルフズボンに白のサマーセーターを着た男が入ってきた。あごを突きだし、肩をそびやかせて歩く。

「あれや……」稲垣がつぶやいた。友永は姿勢を低くして動かない。

西尾をやりすごして、稲垣は野球帽をかぶり、ケンは黒縁の眼鏡をかけた。友永も作業帽をかぶって、セルフレームの眼鏡をかける。

西尾がBMWに乗り込み、ライトが点いた。友永はエンジンをかける。

BMWが近づいてくる。友永は急発進し、ゲートの真ん中で停まった。

クラクション、BMWのヘッドライトがハイビームになった。眩しい。

「すんまへんな」サイドウインドーを下ろして、稲垣がいった。

また、クラクションが鳴った。友永はスターターモーターをまわし、エンジンを空ぶかしする。

「こら、なにしとんや」西尾が運転席から顔をのぞかせて喚いた。

「エンストですねん」

「降りて押さんかい」

稲垣が拳銃をベルトにはさんで外へ出た。ケンも降りて車を押す。サイドブレーキを引いているから、カローラはびくともしない。

「ええ加減にせい」西尾がBMWから降りてきた。

「すんまへんな。いっしょに押してくれまっか」

「あほんだら。さっさと退かさんかい」

西尾はポケットに両手を突っ込み、罵声をあびせる。

「そんな、えらそうにいわんでもよろしいがな」稲垣が挑発した。

「こら、誰にものいうとんのや」

西尾が稲垣に歩み寄った。ケンが横にまわる。

「怖いな。……あんた、ヤクザでっか」

稲垣は眼を細めて、「話、つけまひょか」

「なんやと……」西尾はポケットから手を出す。

「場所、変えまひょ。つきおうてくださいな」

稲垣の手には拳銃が握られていた。「な、西尾さんよ、黙っていうとおりにしてもらおか」

瞬間、ケンが足を払って西尾は転倒した。髪をつかんで顔を地面に叩きつける。西尾は声にならない悲鳴をあげ、血まみれになった眉間に稲垣が銃口を突きつけた。カチリと撃鉄を起こして、

「騒いだら、こいつをはじく。殺生はしとうないんや」

西尾は眼を見開いて何度もうなずく。

「立て。車に乗れ」

西尾を引き起こしてカローラに押し込んだ。ケンが眼と口にテープを貼り、後ろ手に縛る。稲垣は西尾と並んでリアシートに座り、ケンはＢＭＷに乗った。

友永はバックして切り返し、駐車場をあとにした。


河内長野。外環状線から国道三一〇号線に入った。金剛葛城山系のふもと、石見川沿いの曲がりくねった坂を上がっていくと、やがて人家が途切れ、産廃処分場と生コン工場の立看板だけが眼につくようになった。

建設会社の資材置場をすぎたところで、友永は前を走るダンプにパッシングし、対向車線に出て追い越した。ケンがぴたりと後ろについてくる。

「つぎ、左や」短く、稲垣がいう。西尾に聞かれてはまずいから地名はいわない。

《中津原》と書かれた標識を見て、左折した。急勾配の上り坂、道幅がせまくなり、左右に闇が迫ってくる。

「ここを右」

砂利道に入った。深くえぐれた轍《わだち》にハンドルをとられ、はねた小石がホイールハウスを打つ。ＢＭＷのヘッドライトがルームミラーにジグザグ模様を描く。

「停まれ」

雑木林の脇に車を駐めた。ＢＭＷも停まる。エンジンを切り、ドアを開けると、近くに小川があるのか、かすかなせせらぎが聞こえた。

　ケンが西尾を引きずり出した。脱げた靴を小川の方に投げ捨てる。

「ほれ、歩かんかい」

　稲垣が西尾の背中を押した。眼の見えない西尾はつんのめって前に踏みだし、ずるずると斜面を滑って、堆《うずたか》く落葉の積もった窪地に倒れ込んだ。

　稲垣はカローラのトランクからシャベルを二本取り出した。友永とケンはシャベルを持って斜面を降りる。稲垣も立木づたいに窪地へ降りた。

「このあたりやな」

　稲垣がつま先で落葉を払った。かがんで、西尾のこめかみに銃口をあてる。

　ケンが地面にシャベルを突きたてて掘りはじめた。友永も掘る。

　雲が切れ、月明かりが射した。深さは約一メートル、ドラム缶を半分に切ったような穴があいた。

「放り込め」稲垣がいった。

　西尾は嗚咽のような呻きを洩らし、狂ったようにのたうちまわる。ケンが鼻梁にパンチを入れ、西尾を穴に押し込んだ。座らせて土を投げ入れる。首だけを出して、西尾は埋められた。

「な、西尾さんよ、大声出してもええんやで」

　稲垣は口のテープを剝いだ。西尾は泡を吹き、笛のような息をする。

「――た、助けてくれ」

「それはあんたの心がけしだいや」

「わるかった。堪忍《かんにん》してくれ」西尾の顔は歪み、声はかすれている。

「わるいのはわしらや。あんたはなにもしてへんがな」

「あんたら、翠道組か」

「さあ、どうやろな」

「金なら出す。なんぼでも出す」

「ほう、聞き分けがええやないか」

「三百万や。現金で払お」

「呆れたな。あんたの命、そんなに安いんか」

「嘘やない。手許にあるのはそれだけや」

「なめんな」

稲垣が土を蹴った。喉に入って、西尾は激しく咳きこんだ。

「一千万じゃ。下手な駆け引きさらしたら、このまま埋めてまうぞ」

「――払う。……払います」息も絶え絶えにいう。

「あんた、ボートだけやのうて、野球も呑んでるな」

「ああ、呑んでる」

「昨日の阪神巨人戦のハンデは」

「巨人から阪神に一・五……」

「ほな、組に電話せい。一千万かき集めて『橋本和夫さん』に渡せ、とな。橋本さんは吉野の山持ちで〝野球〟の大口客や。……橋本さんは昨日、阪神に賭けて大勝ちしたんや」

「組の……組の金を抜いたら、わしは指が飛ぶ」

「指と命とどっちが大事や。一千万ぐらい幹部の才覚で凌《しの》がんかい」

「――分かった。電話するし、ここから出してくれ」

「贅沢ぬかすな。口があったら電話はできる」

稲垣は作業着の内ポケットから携帯電話を出した。「橋本和夫さんはあんたのＢＭＷに乗って、金がとどくのを待ってる。時間は十一時。場所はミナミの日航ホテル前。あんたの説明の仕方がわるうて金を受け取れんかったら、あんたはここでムカデの餌や。いつか白骨死体が発見されるやろ」

「金をとったら、わしを助けてくれるんやろな」

「わしらが欲しいのは金だけや」

稲垣は右足を投げ出して〝首〟のそばに腰を下ろした。番号を聞いてダイヤルボタンを押し、西尾の耳にあてる。

「わしや。佐伯を呼んでくれ――」

西尾は稲垣の指示どおりに喋って、「――十一時、日航ホテルの前や。橋本さんにはわしの車を使うてもらうし、よろしゅう頼むわ」と、話を終えた。

「よっしゃ、ミナミへ走ろ」稲垣は携帯電話をポケットに入れた。

ケンを見張りに残して、斜面を這い上がった。稲垣がカローラのトランクからスポーツバッグを出して、ＢＭＷのリアシートに放り込む。

「なんや、それ」

「着替えや。ジャケットとシャツが入ってる」

「ジャケットとシャツ？」

「鈍いな。吉野の山持ちが作業着なんか着てるか」

「へっ……」友永はＢＭＷに乗ってキーをひねった。

九時五十二分――ウッドパネルの時計がオレンジ色に光った。


御堂筋、日航ホテル前に車を停めた。稲垣は作業着から黒のニットシャツと麻のジャケットに着替えている。友永は紺のポロシャツにチノパンツだ。

「ええな、エンジンとめずに、いつでもスタートできるようにしとけ。金は車の中で受け取る。話はわしがするよって、あんたは口をきくな」

「いきなりホールドアップてなことないやろな」

声がうわずっていた。身代金誘拐は金の受渡しが最も難しいと聞く。西尾を襲ったときは緊張していなかったのに、膝がふるえだした。

「西尾の会話は自然やった。わしらを嵌《は》めたらどうなるか、あいつがいちばんよう知ってる」

「ノミ屋の清算て、電話一本で済むんか」

「わしはノミ屋の使い走りもしたことがある。〝野球〟は一ゲームに一千万、二千万賭ける客がおる」稲垣はルームミラーに向かって、ニットシャツのボタンをとめた。

「ほな、橋本いうのは……」

「むかしの客で、橋本和兵衛いう吉野の山林王がおったんや。一族で六十万坪ほど所有してる」

「あんた、そこまで読んでたんや」

「わしは参謀や。悪知恵だけは誰にも負けんわい」

――と、左サイドミラーにヘッドライトが映った。ゆっくりと近づいてきてすぐ後ろに停まり、消えた。

「さて、本番や」稲垣がいう。ちょうど十一時だ。

ダークグリーンのセドリックから男が降りてきた。手にショッピングバッグ、周囲を見まわしながら歩道を歩いて、ガードレール越しにＢＭＷのドアをノックした。稲垣がウインドーを下ろす。

「橋本さんでっか」パンチパーマにサングラス、鼻がひしゃげている。

「そう、橋本や」

「これ、お渡しします」

「確かに」稲垣はバッグを受け取った。

「あの、兄貴は……」

「ちょっと野暮用やというてましたな」

「新町でっか」

女のマンションだろうか――。

「わるいね。知らんのですわ」

「もし兄貴に会うたら、組に電話入れるようにいうてもらえますか」

「ええ、伝えます」

「すんまへん。ほな……」

男は深く頭を下げ、踵を返した。ヒドリックに乗って走り去る。

ふーっ、稲垣が嘆息した。友永は額の汗を拭う。

「やったな……」

「やった……」

あまりにあっけない結末に拍子抜けした。

稲垣がショッピングバッグを開いた。中に紙包み。破った。

「金や。一千万や」

五百万の札束が二つ並んでいた。

「勝ったな」

「勝った……」

快哉を叫んだ。

西尾を掘り出して、ＢＭＷに乗せた。車内の指紋は雑巾で拭き取り、西尾を縛ったまま中津原をあとにした。カローラはナンバープレートを外し、大阪南港のフェリー埠頭に放置した。

金は約束どおり三等分し、そのあと〝調査費〟として、友永とケンは三十三万を稲垣に渡した。一夜にして、稲垣は四百万、友永とケンは三百万を手に入れたのだ。

「わしら、最高のチームやで。縁があったら、また会おうや」

チームは解散し、それっきり稲垣から連絡はない。

ヤクザが誘拐され、金を奪われたというニュースは耳にしない。

4

またトラックを買ってダライコ屋をはじめようかとも考えていたが、三百万という金が手に入ると、そんな気持ちは消え失せた。伸興運輸から受け取った休業補償金と慰謝料も五十万円あまり残っている。

友永は毎日、昼すぎに起きて近くの喫茶店に行き、食事をしてから、夜までパチンコをする。好きでもなかったパチンコがやみつきになってしまった。しかし、勝つことはあまりなく、ひと月で七十万円をスッてしまった。取り戻そうとして土曜、日曜は競馬場に通い、また傷口を広げた。

ちょうど二ヵ月で三百五十万が半分に減り、代わりに体重が六キロ増えた。生活をかえりみると、無職渡世のヤクザとなんら変わるところがない。

まじめに働かんといかん、求職情報誌を開きはするが、怠惰に流された精神と身体は容易にもとにはもどらない。とうとう十二月になって、明日こそは職業安定所をのぞいてみようと決めたとき、思いがけず稲垣から電話があった。伊誠会の手がまわったのかと、声を呑む。

——久しぶりやな。まだ此花にいてたんかい。

——あんた、まさか……。

——違う、違う。そんな怖い声出すな。こないだの仕事は完璧やったがな。

——チームは解散したはずやで。

——わしは疫病神か。ところで、最近、どないしてるんや。

——勤めを探してる。この頭が腐らんうちにな。

——なんじゃい、金を遣うてしもたんか。

——放っといてくれ。おれの懐や。

——金いうのは、食うて寝るだけでも、あっというまに消えてしまうで。

——いったい、なんの用や。暇つぶしならテレクラでも行ってくれ。

——きょうはええ知らせがあるんや。

——ええ知らせ？

——そう。儲け話や。

——ひょっとして、またヤクザをさらうんやないやろな。

——おっと、ヤバい話はご法度やで。

——どういうことや、え。

——電話ではいえん。ちょっと会いたいんや。

——いま、どこや。

——あんたのすぐ眼の下やがな。

受話器を置いた。和室のカーテンの隙間から外を見下ろすと、筋向かいの公衆電話ボックスに稲垣がいた。そばに駐められた黄色のフェアレディは稲垣の車だろうか。

舌打ちして、友永は窓を開けた。


「なんと、汚い部屋やな」

玄関に足を踏み入れるなり、稲垣はいった。瘦せた身体にトレンチコートをはおっている。肩幅がないからまるで似合っていない。

「スリッパは」

「そんな上等なもんはない」

「あの模様は、なんや」

「黴《かび》や。毎年、冬になると色が濃くなる」

壁のところどころに結露して、白いクロスが変色している。

「不精者の頭《こうべ》に黴宿る、か」

稲垣はトレンチコートを脱ぎ、ダイニングの丸椅子に座った。コートの裏地は『アクアスキュータム』だ。薄茶のツイードジャケットもかなりの高級品らしい。

「あのフェアレディは」冷蔵庫からビールを出した。

「わしの車や。ほんまはポルシェが欲しいんやけど、賞金が足らんかった」

「その足で運転できるんか」

「膝は動きにくいけど足首は動く。ブレーキは左足や」

「大した羽振りやで」グラスにビールを注ぐ。

「道楽や。女に遣う金はないさかいな」

稲垣は部屋を見まわして、「ここ、なんぼや」

「月に五万八千円。いちおう２ＤＫや」

「掃除は」

「十月にした」

「わしが家主やったら、あんたには貸さん」

「用件はなんや。厭味をいいにきたんやないやろ」

「そやし、儲け話を持ってきた」

稲垣はビールを飲み、煙草に火をつけた。「今度は三千万の大仕事や」

「話は聞きとうない。おれは足を洗うた」

「わしら三人は最高のチームやった。たった一回の仕事で尻尾巻くには惜しい」

「あんた、いうたはずや。……政治家といっしょで、塀の向こうに落ちるようなノータリンは、味をしめて励みすぎるからあかん、とな」

「ほとぼりは冷めた。もう十二月やで」

「お断りや。誰ぞ他をあたってくれ」

「他をあたるのは簡単や。けど、それでどないなるか、考えてみい」

「どういうこっちゃ」

「もしかして、今度の仕事で、わしとケンが失敗する。……警察に引っ捕まって余罪を追及されたら、あとはどうなると思う」

「おれのことを吐くんかい」

「吐きはせん。せんけど、警察は徹底して捜査する」

「あんた、おれを脅してる。そうやな」

「違う。あんたが承知しようとすまいと、わしとケンは仕事をするといいたいんや」

「……」稲垣を睨みつけた。薄ら笑いを浮かべている。

「これも腐れ縁やと思て、もういっぺんだけつきおうてくれ。三千万を二人で分けたら、一年は食いつなげる」

「おれは犯罪者やない。ダフイコ屋や」

「どこにトラックがあるんや。なんで昼間に家におるんや」

「……」

「わしのこの頭は飾りやない。ほんまに危ない橋は渡らへん」

稲垣は真顔になった。「嘘やない。次の仕事が最後や」

「おれは後悔してる。なんでこの部屋を出んかったんかとな」

いや、心底では稲垣の誘いを待っていたのかもしれない。

「な、話だけでも聞いてくれ」

「──分かった。聞こ」椅子を引き、座った。

「今度の的は組長や。緋野勝久いうて、心燿会の若頭補佐をしてる。年齢《とし》は四十六、緋野興産いう金融会社の社長や」

「その、緋野をさらおうとする理由は」

「緋野は心燿会の金庫番といわれる切れ者や。二千や三千の金は右から左に動かせるやろ」

「どこで緋野に眼をつけた」

「女や。緋野はミナミの『ソワール』いうクラブのホステスとつきおうてる」

「あんた、そのホステスと知り合いか」

「まさか。……わしの連れがホステスのスカウトをしてて、その手の噂はよう耳に入るんや。もちろん、わしの狙いはこれっぽっちも気取《けど》られてへん」

稲垣はビールを飲みほした。手酌で注ぎながら、「えらい細かいことまで訊くやないか」

「こないだみたいに、決行の直前までなにも知らんというのは気持ちがわるい。いきなりキーを渡されて、競艇場へ行けとか、河内長野へ走れとか、ああいうのはかなわん。ケンの身元やあんたのことは知らんでもええけど、計画はきっちり話してくれ」

「わしはいざとなったら全部ひっかぶるつもりで、あんたには話さんかった。気をわるうしたんなら堪忍してくれ」

稲垣は緋野の身辺について説明を加えた。家族の名前と年齢、自宅と組事務所、組の構成員、乗っている車、愛人の名前と居住しているマンション、そこへ緋野が通う時間など、かなり詳細に調べ上げていた。

「緋野は痩せてて背が高い。毎晩のように、キタやミナミへ飲みに出てるけど、そのときはいつもボディーガードがついてる。ガードが外れるのは女のマンションに泊まるときだけや」

「あんた、女の部屋で緋野を襲うつもりか」

「そんな無茶なことできるかい。女までいっしょにさらわないかんやないか」

「ほな、車を使うんやな」

「緋野のベンツにこっちの車を追突させる。降りてきたとこをさらうんや」

「おれ、思たけど、車の外でピストル突きつけるのはあかん。緋野が逃げたらどないするんや」

「まさか、背中をはじくわけにもいかんわな」さもおかしそうに稲垣は笑う。

「ケンが手を出すのもヤバい。西尾は大声を出さんかったけど、通行人に現場を見られて通報でもされたら一巻の終わりや」

友永はビールをあおった。唇の泡をなめながら、「そやし、こっちの車はカローラみたいな小さいのではあかん。ルーフの高いデリバリーバンや」

「中に誘い込んでから、ピストル突きつけるんやな」稲垣がうなずく。

「それと、脅しの方法もまずい。緋野を土に埋めるのはかまわんけど、携帯電話は盗聴されるおそれがある」

「まったくな、そのとおりや」

「どこか、アジトが要る。そこに連れ込んで電話をさせるんや」

「――となると、貸し別荘やな」

中国自動車道の吉川《よかわ》インター付近に、多くのコテージがあると稲垣はいう。

「それにもうひとつ。緋野をさろうたら、すぐに眼隠しをするんや。こっちの人相を憶えられとうない」

「分かった。あんたのいうとおりにしよ」

「まだある。金の受け取り方や。今度は銀行振込にしてくれ」

「振込か、それもええな」

「おれは西尾を誘拐するより、金を受け取るときの方が怖かった。体中がふるえて歯の根が合わんし、もしドンパチがはじまったら、とてもやないけどカーチェイスなんかできん」

「なるほど、それが学習効果というやつや」

「貴重なノウハウというてくれ」

「よっしゃ、どこぞ銀行に口座を作ろ」

「けど、架空名義はあかんやろ」

「三協銀行の大手前支店にツテがある」

「顔が広いな」

「わし、社交的やからな」

「ものはいいようやで」

「口座の名前はどんなんがええ」

「——村山……喜四郎とでもするか」

「刑事被告人みたいな名前や」

稲垣は笑って、「あんた、車を都合してくれ。レンタカーは足がつくからあかん。ナンバープレートはケンに用意させる」

「分かった。明日、中古車屋をまわってみる」

友永はビールを注ぎ、乾杯した。

あと一回だけ、もう一回だけや。それが済んだら大阪を離れる。おれはどうせ根なし草やないか。――誰にいうともなく繰り返していた。

友永は愛媛県今治市の沖、越智《おち》郡大島で生まれた。兄弟は姉がひとり。造船所勤めの熔接工と結婚して、東予市に住んでいる。五年前の父親の葬式以来、母親と姉夫婦には一度も会ったことがない。

父親は鯛釣り漁師で腕はよかったが、欲がなかった。形《かた》のいいのを三本も釣り上げると、帰ってきて昼間から酒を飲む。酔えばくどくどと同じことばかりいい、ときには母親を殴ったりする。酒の入っていないときは無口でおとなしいのだが、飲まない日は年に十日もなかった。

母親は今治の縫製工場から材料を預かってきて、日がな一日、ミシンの前に座り、ネームと刺繡入れをしていた。友永が中学二年のときだったか、ワンポイントの刺繡入りのソックスを段ボール箱ごとくすねて、学校に持って行って友達に売ったことがある。それを知った母親は血相を変えて友永を叩き、弁償しろといった。友永は年玉をためていた郵便貯金をくずして弁償した。

友永は中学を卒《お》えて、島を出た。今治市内に安アパートを借りて公立高校に通いはじめ、夜はガソリンスタンドでバイトをした。部屋は友達の溜まり場になり、煙草も吸えば酒も飲む。一年も経つと、いっぱしの不良になって喧嘩と恐喝を繰り返し、盗んだバイクを乗りまわしていて警察に補導された。退学処分を受けて家に帰ると、父親に殴りつけられて、明日から船に乗れといわれた。

母親の内職の金をかっさらって広島に渡り、皆実《みなみ》のラーメン屋で住み込みのバイトをした。仕事はきつかったが、ラーメン屋のオヤジが好人物で、家族同様の扱いをしてくれた。麺の打ち方やスープのとり方を習い、本格的に修業をしようと思った矢先に、オヤジは店をたたんで郷里の下関へ帰ってしまった。あとで知ったが、親戚の借金の連帯保証人になっていて、店の土地建物は抵当に入っていたらしい。

行くあてもなく、蕎麦屋の出前、染色工場の守衛、新聞の拡販営業員、と雑多な仕事をしながら、岡山から神戸、そして大阪に流れついた。釜ヶ崎で二年ほど日雇いの鉄筋工をしていたが、勧められて鴫野《しぎの》の建設会社に就職し、そこの独身寮に入居した。鉄筋工は大工や左官と較べて技術的な習練があまり必要でなく、他の職人と話をしなくてもいいから、友永には向いていた。二十一歳で運転免許を取り、二十六歳でその建設会社を辞めた。近くのスナックに勤めていた二歳年上の女と知り合い、独身寮を出て女のアパートにころがり込んだのが、辞めた理由だった。

三ヵ月ほど失業保険で食いつなぎ、そろそろ次の勤め先を探そうかというときに、女が打ち明けた。——私には籍を入れた夫がいる。離婚調停はしているが、承知してくれない——。あげくに、幼稚園の娘までいるといったから、いっぺんに熱が冷めて女と別れた。

建設会社に棒鋼を納めていた卸商社の景気がよかったのを思い出し、電話をすると、すぐに雇ってくれた。卸商社は金属屑の回収もしていて、友永は二トントラックを一台与えられ、西区の九条をまわった。屑の回収と販売が誰にでもできることに気づくと、ばかばかしくなって卸商社を辞めた。ダライコ屋稼業はもう六年になる。

稲垣の調べはつづいた。緋野勝久の一日の行動スケジュールをより詳しく把握し、それを週単位の表にまとめた。

緋野は、ウィークデーは午前十時ごろに旭区太子橋の自宅マンション『城北リバーサイドレジデンス』を出て、組員の運転するベンツＳ６００Ｌで淀川区東三国の組事務所（緋野興産）へ向かう。十一時に事務所に着き、二時すぎに近くの鮨屋かレストランで昼食をとる。あとはほとんど外出することはなく、午後七時ごろに組事務所を出て、西区北堀江のマンションまで愛人（井本佳代）を迎えに行き、食事をしてから、宗右衛門町のクラブ『ソワール』へ同伴する。ソワールにいるのはせいぜい一時間で、そのあとはミナミとキタの店を数軒飲み歩き、佳代の部屋に泊まらない日は、十二時までに自宅へ帰る。いつも運転手兼ボディーガードがそばを離れず、まったく隙はない。稲垣によると、三年前に神戸川坂会と大阪の輝双組の抗争があり、心燿会の幹部がひとり重傷を負ったからではないかという。

週末、緋野は早朝からゴルフに行くことが多く、これも運転手がそばについている。日曜日は佳代の勤めがないから、昼すぎに北堀江に行き、このときだけは自分でベンツを運転する。つまるところ、緋野を襲うのは日曜しかない。

友永は中古のライトエースを二十五万円で買い、ケンがナンバープレートを盗んできた。稲垣は三協銀行大手前支店に『村山貴志夫』の名で、普通預金口座を作った。

決行は十二月十八日。稲垣と友永が下見をして、舞鶴自動車道三田西インター近くの武上山《むがみやま》の中腹に建てられたログハウス風の山荘を借りた。

5

軒から落ちる滴の音が間遠《まどお》になり、雨がやんだ。

稲垣はベッドに横になって寝息をたて、ケンは壁にもたれかかって眼をつむっている。緋野は腕が痺れるのか、ときおり身をよじらせ、ひと言も口をきかない。友永はストーブのそばに座ってラジオを聞き、そうして、いつしか夜が明けた。

「朝やな……」と、稲垣のしわがれた声。

振り向くと、上体を起こして伸びをしている。「腹減った」

「なにか食うか」

「コーヒーや。わしが淹《い》れる」

稲垣は首をこくりと鳴らし、ベッドを降りた。「ニュースは」

「なにもなし。平和なもんや」ラジオのスイッチを切った。

稲垣は台所に立って湯を沸かした。右膝が不自由なことを緋野に気取《けど》られないよう、眠っているときもラバーソールのデザートブーツを脱がず、足音はいっさいたてない。下見をしたときに買って冷蔵庫に入れておいたサンドイッチをテーブルに並べ、ラップをはがす。ドリッパーにフィルターをセットして、沸騰した湯を注ぐ。いがらっぽいコーヒーの香りが広がった。

友永はストーブのタンクに灯油を足し、ケンは立ち上がって外へ出る。ドアを開けた途端、凍りつくような冷気が流れ込んだ。

「さ、朝飯や」稲垣がテーブルの前に座った。

「あいつは」友永は外を指さした。

「放っとけ。散歩やろ」

友永は腰かけた。コーヒーをブラックで飲み、サンドイッチをつまむ。少しパサパサしているが、味はわるくない。

「な、緋野さんよ、あんたも食うか」稲垣が話しかけた。

「くそぼけ。おどれらみたいな下種の食い物が口に入るかい」

「へっ、あんたは下種でないような言い方やないか」

「酒や。ブランデーを出せ」

「すんまへんな。置いてないんや」

「山を下りて村まで買いに行かんかい」

「なんやて……」稲垣の声が尖った。

「ここは山の中や。木の匂いと鳥のさえずりで分かるわい」

「さすが組長さんやな。なかなかデリケートにできてはる」

「わしはなにがあろうと、おどれらを見つけだす。生きたまま手足を切り刻んで食わしたる。わしは極道の命にかけて、おどれらをぶち殺す」

緋野はわめいた。片方の眉がないから、どこか滑稽だ。

「わしらをひっ捕まえるには、あんたが死ぬわけにはいかんやろ。せいぜい五体満足で帰れるように協力するこっちゃな」稲垣は鼻で笑い、コーヒーをすする。

そこへ、ドアが開いて、ケンがもどってきた。

「これ、見てくれ。ベンツのグローブボックスに入ってた」と、阪急デパートのショッピングバッグをかざして、中から小型テープレコーダーを取り出した。昨日の午後、緋野がキタの阪急で買い物をしたことを友永は思い出す。テープレコーダーにはタイピンのような小さなマイクがついていた。

稲垣はテープレコーダーの再生ボタンを押した。『——そこは先生、考えていただかんとね。——君の意見は分かります。しかし、ぼくにも立場がある。——風見鶏を決め込むのもええけど、ここらで旗振らんと、虻蜂《あぶはち》とらずになりまっせ——』

ひとりは緋野で、もうひとりは年配の男の声。ゆっくりと落ち着いたものいいだ。緋野が訪問した箕面市の家か、桂のマンションで録音したものらしい。

「こら、そのテープに触るな」緋野がいった。

「なんや、これは」

「おまえらには関係ない。わしのビジネスや」

「へーえ、あんたのビジネスね」

稲垣はテープレコーダーをとめた。「あの委任状とこのテープがセットになってるんやろ。……大阪情報大学理事会、やったかな」

「ごちゃごちゃぬかすな。それより、いま何時や」

「そろそろ七時半かな」

「九時になったら矢代に電話する。その前に小便じゃ」

緋野は体を揺すり、友永は舌打ちして立ち上がった。

「おい、運転手」緋野は見えない眼をこちらに向けて、にやりと笑う。「ナニを男に触らしたんは十年ぶりやぞ」

「その気《け》があるんかい、あんた」

「ミナミのオカマや。調子に乗ってズボンのチャックを下ろしくさったから、どつきまわしたった」

「組長さんは上品やな」

緋野を縛りつけたライティングチェアを押してトイレへ行った。


午前九時、稲垣が電話のダイヤルをまわした。受話器を緋野の耳にあてる。

「わしや。矢代を呼べ」緋野は話しはじめた。「――おう、どないや。都合できそうか。――うん、それでええ。――そう、午前中や。――梶田はちゃんとやっとんのか。――間違いないんやな。――時間と場所は、また電話する。わしはいま、京都や。どないしても抜けられん用事があって顔を出されへんし、代理人に預けてくれ。――名前？　それもあとで連絡する。梶田にしっかり指示しとけ――」

稲垣はフックを押し、受話器を置いた。

「梶田て、誰や。そんなやつは組にいてへんはずやぞ」

「なんじゃい、そこまで調べとんのか」

「訊いとるんや。答えんかい」

「うちの顧問や。帳簿を任せてる」

「矢代はどういうた」

「三千万、昼までに揃えられるそうや。受渡しの場所と時間はおまえが指定せい」

「へへっ、それはちょっと待て」

稲垣はケンと友永に目配せをした。外へ出ろ、と指をさす。

東側のガラス戸を開けて、板張りのベランダに出た。軒下を風が吹き抜ける。遠く、山の稜線の谷間に舞鶴自動車道が見えた。

「まず、受け取りの時間や。それを決めよ」

「今日は月曜や。ここから大阪市内まで二時間はかかるな」

「ほな、受け取りは午後三時。場所はできるだけ賑《にぎ》やかなとこにしたいんやけど、どないや」

「賑やかなとこ？」と、友永。

「万が一ということがある。こないだみたいに夜の路上で受け取るのは、人目がないだけに、かえって危ない」

「で、あんたの案は」

「デパートや。デパートの喫茶室」

「おれは、かまへん」

「ケンは」

「どこでもええ」

「ほな、阿倍野の飯田屋や。あそこは六階建の大きなパーキングがある」

飯田屋二階の柳月堂パーラー。北側がカフェテラス風の遊歩道になっていて明るく、パーキングにいちばん近い喫茶店だと稲垣はいう。「――ただし、わしは金の受け取りはせん。……この足や。緋野組の連中に歩くとこを見られとうない」

「おれとケンが受け取るんやな」

「わしもパーラーには入る。先に中に入って、ようすを見る」

「おれらの名前は」

「あんたは村山や。ケンは河野にしよ」

「おれらが緋野の代理人であることを証明するもんが必要やろ」

前回は西尾のＢＭＷに乗っていたから間違いようがなかった。

「そいつは緋野の名刺とキーホルダーや。阿倍野へはベンツとライトエースで行く」

「緋野が金を受け取りに来れん理由は」

「さっきの情報大や。ちょいと匂わすだけにする」

「他にもう〝抜け〟はないかな」

「時間、場所、代理人の名前と証明……」

稲垣は指を折っていく。「大丈夫や。抜けはない」

「三千万、重たいやろな」

「まだ早い。吹き上がるんは金を手に入れてからや」

こともなげに稲垣はいう。

十一時二十分。念入りなリハーサルのあと、緋野に電話をさせた。

「――三時に阿倍野の飯田屋や。二階の柳月堂パーラー。金はアタッシェケースに入れて代理人に渡せ。名前は村山貴志夫。顔の細い、黒縁の眼鏡かけた三十男や。わしの名刺とキーホルダーを預けとく。――そう、わしは情報大の話を詰めんといかんのや。――違う。わしの携帯電話は故障したんや。昨日の晩から使えんようになった。――それで、梶田はOKしたんやな。――よっしゃ。間違いのないようにせい」

口調と言葉に不自然なところはなかった。

「組長さん、あんた優秀や」

「じゃかましい。あほんだら」

緋野がわめく。

十二時四十分。緋野をライティングチェアから降ろして、肩から足先までぐるぐる巻きにした。イモムシのようにのたうつことしかできない。ベッドの上に横たえて四方からロープを張りめぐらせると、動かせるのは首だけになった。

稲垣はとっくりセーターの上にマウンテンパーカ、友永とケンはスーツを着てネクタイを締める。ケンのスーツ姿は就職活動中の体育会の学生といった感じで、二分刈りの頭と縁なし眼鏡がまるで似合っていない。友永は黒縁眼鏡をかけ、髪に櫛を入れて七三に分けた。

「緋野さんよ、わしらは出かける。もし帰ってこんかったら、あんたは餓死してミイラやな」稲垣がいった。

「おどれ、わしを殺すつもりか」

「わしは敬虔なクリスチャンや。寝覚めのわるいことはせえへん。こんなとこで死体が見つかったら、わしらの手が後ろにまわるがな」

稲垣は緋野の口にテープを貼り、「山は冷える。ストーブの油が切れるまでにもどってくるわ」

体に毛布をかけて、山荘を出た。


Sクラスのベンツの運転は初めてだが、三十分で馴れた。インパネとコンソールはウッド、シートはレザー。六リッター、十二気筒のツインカムエンジンは音もなくまわっている。ハンドリングは軽快、運転感覚が希薄で風切り音もないから、つい油断すると百二十キロ近いスピードが出ている。追走してくるケンは、アクセルを床まで踏みっ放しだろう。

「飛ばすな。ここで捕まったら元も子もない」稲垣がいう。

舞鶴自動車道から中国自動車道、宝塚を過ぎたあたりで車が込みはじめた。

「何時ごろ阿倍野に着く」

「二時半までには着くやろ」

「わしは飯田屋の正面で降ろしてくれ。先に柳月堂に入って、コーヒー飲んどく」

「あんた、阿倍野界隈は詳しいんかいな」

「一時期、天下茶屋にアパートを借りてたことがある。金さえあったら飛田新地に通うて、馴染みの女もいてたがな」

当時の花代はショートで五千円だったという。「わしは生まれてこの方、女に惚れられたことがない。自慢やないけど、素人さんとしたことはいっぺんもないんや」

「……」同情などしないが、慰めるわけにもいかず、言葉が出ない。

「あんた、ダライコ屋する前はなにしてたんや」

「身元調べはせん約束やで」

「おっと、そうやったな」

「あんた、ほんまにクリスチャンかい」

「嘘やない。ついさっき改宗した」

ルームミラーを見た。ライトエースはすぐ後ろに随《つ》いている。

池田インターまで二十分もかかって、ようやく渋滞を抜け出し、阪神高速道路に入った。流れは順調だ。

二時三十四分。稲垣を飯田屋北入口の前で降ろした。東にまわってパーキングビルに入り、六階にベンツを駐めた。車体が大きいからバンパーが走行路にはみ出している。

ケンのライトエースは二階で見えなくなった。

四十二分、エレベーターで二階に降りた。ケンが待っていて、ライトエースは三階に駐めたという。

連絡通路を歩いて東口から本館に入った。

「まだ早いな」婦人服売場で立ちどまった。

「ああ……」ネクタイがきついのか、ケンは指を鉤《かぎ》にして襟元を引っ張る。

「時間をつぶぞ」

屋上に上がった。熱帯魚を見る。小さな水槽にポンプやフィルターをしつらえて魚を飼う心理が友永には分からない。魚は餌をやるものではなく、食うものだ。ケンはベンチに腰を下ろして空を見上げていた。

「行くか」

五十七分、エレベーターに乗った。二階で降り、柳月堂に入る。

店内は広く明るかった。ライトグレーの壁、白い人造石のフロア、稲垣がいっていたように北側は全面ガラス張りで、外が遊歩道になっていた。客は十数人、誰もこちらに眼を向けない。稲垣は右奥のベンチシートに座っている。

友永とケンは入口近くの壁際に席をとり、紅茶を注文した。グラスの水を飲み、あらためて店内を見まわす。三つのテーブル席に、学生風の男たちとOL風の女たちが六人。みんな、にこやかに喋っている。

ベンチシートの七人は、稲垣の他に、二人がアベックで、あとはサラリーマン風の三人連れと、痩せた髭の男がひとり。髭は煙草をくゆらしながらスポーツ新聞を読んでいる。

「遅いな……」声がかすれている。舌が喉につかえたように感じた。

「ふんッ」ケンが鼻で笑った。

三時七分、紅茶が来た。

三時十三分、髭が出て行き、中年女性の四人連れが入ってきた。

三時十五分、ウエイトレスが店内に声をかけた。「お客さまで、村山さま、いらっしゃいますか。お電話がかかっております」

「私です」応えた。稲垣がこちらを見る。

友永はレジカウンター横の電話をとった。

――代わりました。村山です。

――緋野興産の三島です。すんませんん、車が込んでましてて、ちょっと遅れます。

――何時ごろになります。

――あと十分。いま四天王寺前にいてますよって。

――承知しました。お待ちしています。

――社長はまだ京都ですか。

――ええ、そうです。

――ほな、あとで。

言葉遣いこそ丁寧だが、粘りつくような口調はヤクザそのものだった。友永は席にもどり、あと十分だとケンに伝えた。稲垣も事情を察したのか、表情が和《なご》んだ。

「おまえ、大丈夫か」ケンがいった。

「大丈夫や。いらん心配するな」

ポケットからベンツのキーホルダーを出して、ガラステーブルに置いた。「これはあんたが持っててくれ。おれがベンツを運転してきたように思われる」

「おれはおまえの運転手かい」

ケンはライトエースのキーを出して、交換した。


三時二十九分、男がふたり現れた。黒いアタッシェケースを提げた小肥りのパンチパーマが店内を見渡して、こちらに視線を向ける。友永は小さくうなずいた。ふたりはゆっくり近づいてきて、

「村山さんでっか」と、低く訊く。

「そう、村山です」もう腹がすわっていた。声もうわずってはいない。

パンチパーマは椅子を引き、アタッシェケースを足許に置いて、友永の向かいに腰かけた。もうひとりの若い男も薄手の綿コートを脱いで座る。ふたりともライトグレーのスーツを着ていた。

「わしは矢代。こっちは三島いいます」

「河野です」ケンが頭を下げた。

ウエイトレスがオーダーをとりにきた。

「すんまへんな。すぐ出るさかい」矢代が手を振る。

ウエイトレスはグラスとおしぼりを置いて、足早に離れていった。スーツを着てネクタイを締め、静かに喋っていても、やはりあたりを威圧する匂いがこの男たちにはあるのだ。

「社長が預けもんをするとかいうてましたけど……」矢代がいった。

「これです」ケンがキーホルダーを見せた。

「乗ってきたんでっか」

「初めて新型のベンツに乗せてもらいました」

友永が応じた。「最高ですね。あの乗り心地は」

「千五百万ですわ。もうロールス並みでっしゃろ」

矢代は笑って、「あんなもんは自分で運転する車やおまへんで」

「私らには一生、縁がないでしょうね」

「おたくら、情報大の関係者でっか」

「ま、そういったとこです」

「あこは相撲と野球が強い。わし、応援してまんねん」

無駄話はいい。早く金を寄越せ──。

「ところで村山さん、金は持ってきたんでっけどな……」

矢代は足許のアタッシェケースに眼をやった。「七百万ほど足りまへんねん」

「えっ、どういうことです」

「ちょっと手違いがあって、入るはずの金が段取りできんかったんですわ」

「それは困りますね」二千三百万でもいい、早く受け取りたい。

「これから生野《いくの》までつきおうてもらえまへんか。金山商事いう金融屋があって、七百はそこで都合するように話がついてますねん」

「とりあえず、いまあるだけでも預からしてもらえませんかね」

「そら、あきまへん。三千万、耳そろえてお渡しせんことには、わしが社長にどやされます」

思わぬアクシデントだ。さて、どうする――。

「さ、行きまひょ。生野まで二十分や」

矢代は腰を浮かせた。「ベンツはこいつに運転させますわ」

三島が立ち上がり、ケンも席を立った。友永も座ってはいられない。

矢代は伝票をつかんでレジへ行き、支払いをした。左手薬指にダイヤの指輪、小指の第一関節から先が欠けていた。

柳月堂を出た。矢代は友永より少し背が低く、三島はかなり高い。百八十はあるだろう。夕方近くになって、婦人服売場はさっきより客が増えていた。

「ちょっと待ってください」

友永は立ちどまった。すばやい眼で後ろを見ると、稲垣がレジで釣りをもらっている。

「生野へは我々も行かんとあかんのですか」

「金を受け取ったら、すぐに京都へ走れまっしゃろ」

「ここで待つわけにはいきませんか」

虫が知らせた。生野へは行くべきでない——。

「そんなん、面倒やがな」

「念のために金を確認させてもらえませんか」

「おたく、わしのいうことを信じられんのかい」

「いや、そんなんやないけど……」

どうも話がおかしい。緋野が電話をしたときは、午前中に間違いなく金は揃うといったのだ。それを三時まで待って七百万も足りないというのは、疑ってかかる必要がある。

「くどいようやけど、そのアタッシェケースを預からせてもらえませんか」

「預けるのはええけど、蓋は開かへんで」

アタッシェケースにはナンバー錠がついていた。「番号はわしの頭の中や」

「私にも立場があるんですわ。職務はちゃんと果たしたいんです」

「ええがな、とにかく生野へ行こ」なだめすかすように矢代はいう。

「正直いうて、怖いんですわ」

「なにが怖いんや」

「私は組の事務所に足を踏み入れたことがないんです」

「金山は極道やないがな」

「そのケースをください。私らはここで待ってます」

「そうか、そういうことか」

つぶやいて、矢代は三島を見た。三島は黙って右腕にかけたコートをずらす。

「あっ……」

鈍色の光沢、尖った照星、コートの下に銃口がのぞいていた。

「黙っていうことを聞かんかい。死にとうないんやろ」

背筋が凍りついた。矢代の顔が白くぼやける。

「おやっさん、どこや、え」

「――し、知らん」

「なめとったらいてまうぞ、こら」矢代の表情が一変した。薄ら笑いが消える。

――と、右の方から黒いセーターとスウェードブルゾンの男がふたり近づいてきた。

ふたりはゆっくりと後ろにまわり込み、友永とケンは組員四人にとりかこまれた。

「ベンツはどこに駐めた」

「知らん……」

「ええわい。口のきけるとこへ連れてったろ」

黒セーターに背中を押された。膝の力が抜けて歩けない。スウェードブルゾンがケンの腕をとった。

「とっとと歩かんかい」

「おれは動かんぞ」声を絞りだした。

「おどれら、ここでぶち殺したろか」

「撃つんなら撃て」事務所に行けば殺される。

「おもろい。やったろやないけ」

矢代の視線が逸れた瞬間、ケンが踏みだした。三島のコートをかけた腕が跳ね上がり、ストレートが顔にめり込む。三島は膝をつき、指にぶらさがったリボルバーをケンが蹴る。銃は弾け飛んで回転しながら売場を滑り、ショーウインドーにあたって撥ねる。ケンはスウェードブルゾンに肘打ちを入れ、股間を突き上げる。キャーッと悲鳴が上がり、

「このガキ！」と矢代がわめく。睨みあったまま矢代は後ずさりし、黒セーターが走って拳銃を拾い上げた。三島は呻きながら立ち上がり、血が口からしたたり落ちる。

「逃げろ」ケンは走りだした。友永も我に返ってあとを追い、ケンは右に、友永は左へ走る。エスカレーターを駆け上がって三階の下着売場を突っ切り、後ろを振り返ると、かなり離れて黒セーターが追ってくる。まっすぐ走ってスカート売場から階段室、とっさの判断で階段を駆け下りると、黒セーターの足音は上階の方に消えた。まさか二階に向かったとは思わなかったらしい。そのまま一階から地階に下りて、ワイン売場横のト

イレに入る。ブースの中に入って錠をかけ、便器の蓋に腰かけると、体中の力が一気に抜けた。後ろにもたれかかって煙草をくわえ、吸いつける。続けさまに二本を灰にして、ようやくひとごこちがついた。

さて、どうする——考えた。あれだけの騒ぎを起こし、客や店員に拳銃を見られたのだから、当然、パトカーが来る。警察は事情を聞いてデパート内の捜索をはじめるだろうから、ここでじっとしているわけにはいかない。このまま電車を乗り継いで三田に帰るのは簡単だが、駅から先の足がない。山荘までタクシーを使うのは危なすぎる。それに、警察の捜索はパーキングにも及ぶはずだから、ライトエースを放置するのはもっとまずい。盗んだナンバープレートをつけているとはいえ、あの車は友永の名義なのだ。いっときも早く、パーキングから出さないといけない。

ケンと稲垣のことも気にかかる。いまはともかく、稲垣に会いたい——。

小便をし、顔を洗ってトイレを出た。売場のようすに変わったところはない。地階から地下鉄天王寺駅に出て、そこから地上に上がった。阿倍野筋の向こう、飯田屋の西入口前に四台のパトカー。赤色灯がまわり、そばに数人の制服警官がいる。

阿倍野筋のアーケード下を南へ歩き、横断歩道を渡った。煙草を吸いながら、飯田屋の本館を迂回してパーキングビルへ。柱の陰に隠れてエレベーターホールをのぞくと、若い主婦がひとり、ベビーカーを傍らに置いて扉の前に立っていた。

友永はホールに入った。主婦の横に立って階数標示灯を見上げる。エレベーターは四

階に停まっていた。けむりに気づいたのか、主婦がこちらを向く。「失礼」と灰皿の砂に煙草を差したとき、

「遅かったな」ふいに声をかけられた。驚いて振り返ると、柱の陰に稲垣がいた。

「あんたか……」胸をなで下ろす。

「ケンはどないした」稲垣はそばに来た。

「知らん。そんな余裕はなかった」主婦の耳を意識して、低く答える。

「階段や。エレベーターはヤバい」稲垣は耳許でいい、左の鉄扉を指さした。

階段室に入って鉄骨階段を上がった。コツコツと乾いた音が壁に響く。

「わしの思たとおりやで。パーキングで待ってたら、あんたが来ると思た」

「車はおれの名義やからな」

「どこに駐めた」

「ベンツは六階や。ライトエースは三階」

「キーは」

「持ってる」

「ベンツの、か」

「いや、ライトエースや」

「そら、ええ。ベンツは放っとこ」

組員が待ち伏せしているかもしれない、と稲垣はいう。「飯田屋のパーキングはここ

だけやし、矢代が予備のキーを持っててもおかしいことはない」

「ベンツのキーはケンが持ってる。大丈夫かな」

「あいつは無茶苦茶やけど、あほやない。ちゃんと考えて動きよる」

キーを交換しておいてよかった——。

「ベンツの中に忘れ物はあらへんな」

「なにもない。指紋だけや」

三階に着いた。稲垣は扉を細めに開けてパーキングのようすをうかがい、「誰もおらへん」と、階段室を出る。右の柱の向こうにライトエースを見つけた。すばやく乗り込んでエンジンをかける。

「ケンを待ってんでもええんか」

「そんな悠長なことしてられるかい。早よう出んと、下の料金所で警察が検問しよるかもしれん」

友永はスーツの上着を脱ぎ、ネクタイをとった。稲垣のマウンテンパーカを借りて、ワイシャツの上にはおる。サイドブレーキを解除して発進した。一階の料金所に警官は見あたらず、料金を払ってパーキングビルを出た。天王寺駅前から動物園横を走って、阪神高速道路阿倍野入口へ向かう。四時十八分、西の空が赤い。

「矢代はなんで緋野がさらわれたことを知ったんや」

「それはわしも考えた。……矢代が緋野の立ち寄り先へ組員を走らせたに違いない。情報大の関係者にも電話したんやろ」

「それで組長の行方不明を知った、ということか」

「わしが後悔してるのは山荘の電話や。緋野のセリフだけを聞いて、矢代の声は聞いてない」

そう、緋野のものいいは自然だった。しかし、矢代の言葉とかみあっていたかどうかは分からない。緋野が〝一人芝居〟をすれば、矢代は当然、おかしいと思うだろう。

「緋野は電話で『梶田はどう、梶田はこう』と、しつこいほど繰り返してくさった」

稲垣は吐き捨てる。「梶田いうのは架空の人物や。緋野組の顧問なんかやない」

「そうか、そういうことか……」

「くそったれ、タネも仕掛けもあったんや」

稲垣は拳をダッシュボードに叩きつける。「緋野のガキ、ただではおかんぞ」

「あんた、まさか……」

「殺しはせん。今度は一億じゃ」

つぶやくようにそういった。

6

「次のサービスエリアで停めてくれ」

中国自動車道、西宮北インターをすぎたところで、稲垣がいった。

「休憩なら、山荘に帰ってからにしよ」

日はとっぷりと暮れている。ヒーターを最強にしても足許が冷たい。山荘のストーブも灯油が切れるころだ。

「いや、ちょっと気になることがあるんや」

「なんやねん……」

「ケンに電話してみる。ひょっとしたら、アパートへもどってるかもしれん」

赤松サービスエリアに入った。パーキングは空いている。稲垣が電話ボックスに入り、すぐに出てきて、ケンはいないと手を振った。

「あいつは電車に乗るはずや。駅で待と」

「JRの相野《あいの》駅やったな」

「そう、福知山線や」

サービスエリアをあとにした。舞鶴自動車道、三田西インターを下りて、地図を見ながら県道を北へ走り、相野駅に着いた。スレート屋根の小さな駅舎の前にタクシーが一台だけ停まっていた。

友永は車を降りて時刻表を見た。午後五時から七時までの下り電車は六本。ケンがもし電車を利用するのなら、そろそろ到着する時刻だった。

自動販売機で缶コーヒーを二本買い、車にもどった。煙草を吸いつけて眼をつむると、肩に首がめり込むような疲れを感じろ。しかし眠気はなく、空腹感もなかった。

「——な、あんた、さっきいうたこと、本気かい」

「なんのこっちゃ」稲垣は缶コーヒーに口をつける。

「緋野の身代金や。今度は一億というたやろ」

「本気や。嘘でも冗談でもない」

「おれはもうあかん。あんな恐ろしいことは二度とごめんや」

「なんじゃい、ちびったんか」

「あれでちびらんやつは頭がどうかしてる。ピストルを突きつけられたとき、おれは腰が抜けて歩けんかった。ケンが逃げろといわんかったら、おれはあのまま売場にへたり込んでた」

「わし、あんたの声を聞いた。『撃つんなら撃て』というたやないか。あれでええんや。デパートの真ん中でチャカをはじいたりしよるかい」

「それは理屈というもんや。いざピストルを前にしたら、頭が真っ白になって、相手のいいなりになってしまう」

「あんたは腹がすわってた。ええ根性してたがな」なだめすかすように稲垣はいう。

「おれは降りた。堪忍してくれ」

「いまさら、それはないで」

「誰にもいわへん。おれは大阪を離れる」

「わしらはチームや。あんたが抜けたら計画は中止する」

「警察が飯田屋に来た。パトカーが四台も停まってた」

「誰も捕まってへんわい。チャカも本物か玩具《おもちゃ》か分からんし、警察は極道同士の仲間割れとみてるはずや」

そう、ラジオのニュースに〝飯田屋の抗争〟は流れなかったが……。

「な、緋野を放したろ。いまなら金をとってないし、緋野も無傷や」

「あほいえ。あいつは眉毛がないんやぞ」

「あんなもんはまた生える。緋野を放しても、おれらのことを追いかけたりはせん」

「それは金をとってもとらんでもいっしょや。男を売る極道が堅気に誘拐されましたでは、稼業が成り立たん」

「それも理屈では分かってる。けど、怖いもんは怖いんや」

稲垣の眼を見つめた。「見損のうたというんなら、そのとおりや。殴って気がすむんなら殴ってくれ」

稲垣には正直、すまないと思う。思うが、これ以上の重圧には耐えられなかった。

「よう考えてみい。昨日と今日で、状況はどう変わったんや」

「組長をさろうたことが組にばれた。もうあかん」

「ばれようがばれまいが、緋野がわしらの手のうちにあることに変わりはない。もう小細工は必要ないから、かえって脅しが効きやすいとは思わんか」

「…………」

「金は三協銀行の口座に振り込ませるんや。二度と直《じか》の取引はせん」

稲垣はつづける。「わしらは仲間や。ケンの意見も聞かないかん」

ケンは稲垣のいうがままだ。緋野を敓すというはずがない。

「わしは蛇や。このしつこさだけで、いままで生きてきた」低く、稲垣は笑った。

十七時三十七分と十八時七分着の電車に、ケンは乗っていなかった。次の十八時三十六分にも、ケンの姿は見あたらない。

「妙やな、え」稲垣がいう。「わしらが飯田屋を出たんは四時すぎや。いくらなんでも遅すぎるぞ」

「高速バスで三田西まで来たとは考えられんか」

「インターから武上山まで、どないして行くんや。あいつは変わり者やけど、スーツ着て登山はせえへん」

「まさか、おれらより早よう着いたということはないわな」

「着いたんなら、電話してくるはずや。あいつは番号を知ってる」

稲垣は胸のポケットを叩いた。中に携帯電話が入っている。

「やっぱり、山荘に向かってるんかもしれん」

「待て。聞いてみる」

いうなり、稲垣は車外に出た。しばらくしてもどってきて、「駅員はケンみたいなやつを見かけてない」

「とにかく、山荘へ行こ」

シートベルトを締めて走りだした。


武上山の東のふもとを県道が切り通している。そこを左に折れて急勾配の砂利道を五百メートルほど上ると、松林の奥、そこだけ平らになった千坪ほどの造成地に十二戸のログハウスが建っている。十二月の下旬、季節外れのコテージを借りる物好きは他にいない。

車を駐め、テラスに上がった。ケンの姿は見あたらず、付近のようすに変わったところはない。


錠をあけて中に入った。明かりをつける。緋野は蜘蛛の巣にからめとられた蛾のように、ベッドに仰向きになったまま動かない。毛布が床にずり落ちている。

「緋野さんよ、帰ってきたで」

稲垣がベッドのそばに寄って話しかけた。「矢代の声やのうて残念やったな」

室内はかなり冷えている。ストーブは油が切れて自動的に消えていた。友永はタンクに灯油を注いで点火した。

「どないや、淋しかったか」稲垣は緋野の口に貼ったテープを剝いだ。

「こら、縄を解《ほど》け」緋野がわめいた。

「元気やな、え。まだ勢いがあるがな」

「おどれ、早よう解かんかい」

「その前に質問や。梶田いうのは何者や」

「顧問じゃ。経理を任せてるというたやろ」

「嘘ぬかせ」稲垣はポケットからデュポンを出した。火をつけるなり、緋野の鼻先に炎をあてる。

「なにさらすんじゃ」緋野は叫び、激しく首を振る。

「おまえ、わしらを嵌めたな」稲垣は火を消した。

「なんのこっちゃ……」

「その腐った胸に手をあてて聞いてみい。ええ加減なことぬかしたら、顔中を炭にしたるぞ」

ピンッ、とデュポンの蓋を鳴らした。

「なんじゃい、おのれらスカ踏んだんか」緋野はせせら笑った。

「飯田屋で三島にチャカ突きつけられた。おまえの差し金や」

「………」

「おまえも大した役者やで。矢代相手に一人芝居とはな」

「くそぼけ。縄解かんかい」

「一億や。おまえの値段が上がった」

「あほんだら。ふざけんな」

「矢代に電話せい。明日中に一億用意せいというんや」

「じゃかましい。そんな金がどこにあるんじゃ」

「分かった。もうええ」

稲垣はロープをとって緋野の首に巻いた。二重に巻いて引き絞る。緋野はのたうち、跳ね上がった。顔が紅潮し膨れる。グブッと濁った音がして、鼻から泡を出す。

「やめろ！」思わず声を出して稲垣の腕をつかんだ。

「邪魔するな。殺したる」

稲垣は怒鳴りながらこちらを向いた。脅しや——と、唇でいう。

ロープが緩んで、緋野はむさぼるような呼吸をする。胸が波打って胃液を吐いた。

「こいつは金にならん。穴掘って埋めるんや」

「——ま、待て」緋野が叫んだ。「——払う。……金を払う」

「じゃまくさい。金はいらん」

「——出す。一億や」

「そんな金があるんかい」

「ある。都合する」

「ほな、電話せんかい。妙な駆け引きしたら、くびり殺すぞ」

稲垣は旧式の黒電話を引き寄せてダイヤルをまわした。受話器を緋野の耳にあてる。

「わしや」緋野がいう。「――このあほんだら。なにさらしとるんじゃ。――一億、段取りせい。――一億いうたら一億じゃ。――明日中や。なんでもええから揃えんかい。――なんやと。それがどないした。――おう、待たんかい」

緋野は首をまわした。「村山に代われというてる」

どうする――と、稲垣が訊いた。友永はうなずいて、受話器を受け取った。

――村山や。

――金は用意する。おやっさんには指一本触れるな。

――一億や。黙って払うんやな。

――払う。いうとおりにしたる。

――金は振込や。三協銀行の大手前支店。名前は村山貴志大。

――口座番号は。

――ちゃんと書け。普通預金で、１４８２３４。

――書いた。三協の大手前支店。１４８２３４やな。

――明日の何時までに振り込むんや。

――三時までには振り込む。

――もし、三時をすぎたら？

――わしの首をやる。

――こっちは入金を確認してから緋野を放す。
――おやっさんにもしものことがあったら、どういうことになるか、分かってるな。
――それはこっちのセリフや。
――明日の昼までに電話をくれ。
――三島にいうとけ。チャカは両手でかまえるんや。
――おまえら、どこのもんや。
――やめとけ。それをいうたら戦争になる。
電話を切った。上出来だ。ヤクザになりきって、すらすらと言葉が出た。
「よっしゃ。うまいぞ」
稲垣は緋野のロープを解く。ふたりで抱え上げてライティングチェアに縛りつけた。
「あとは待つだけか」
友永は冷蔵庫から缶ビールを出して、一本を稲垣に放った。
あいつ、なにしとるんや。――ケンのことが気にかかる。

七時。テレビのスイッチを入れた。チャンネルをＮＨＫに合わせる。政治、経済ニュースが終わって大阪放送局に切り換わった途端、キャスターが〝飯田屋の事件〟を伝えはじめた。
『本日、午後三時四十五分ごろ、阿倍野区阿倍野筋二丁目のデパート飯田屋で、暴力団の抗争とみられる発砲事件がありました。阿倍野警察署の調べによりますと、三時三十五分ごろ、暴力団風の男性六人が飯田屋デパート二階の婦人服売場で立ち話をしていて、このうち一人が拳銃を取り出し、揉み合いになって拳銃を売場に落としました。男は拳銃を拾い上げ、六人はばらばらになって逃走しましたが、その十分後、デパート東側のパーキングビル六階で、パンという拳銃の発射音と思われる音が聞こえました。六階の現場付近に弾痕はなく、薬莢も発見されなかったため、この音が拳銃によるものとは断定されておらず、また、現場付近に駐められていた車もまだ特定されておりません。白昼堂々のデパート内での抗争事件、警察は事態を重くみて、客や従業員の目撃証言など、今後詳しい捜査を進めるとしています』

映像は婦人服売場からパーキングビルに変わり、また売場にもどって女性店員の怯えた表情がクローズアップされた。

「ケン……」稲垣がつぶやいた。

「あほな……」友永は顔を見合わせる。

「あいつ、ベンツをとりに行きよったんや」

「ほな、ひょっとして……」

矢代は妙に素直だった。組長の指示とはいえ、一億円という要求額もあっさり呑んだ。元々払う気がないから、と考えたら合点もいくが……。

「矢代はケンのことを、なにもいわんかったで」

「まさか、殺《や》られたんやないやろな」稲垣の真剣な顔。

ケンが生きていれば、矢代は〝人質の交換〟を持ち出したはずだ。

「えらい慌ててるやないけ。あの鉄砲玉はどこ行ったんや」緋野がいった。

「このガキ！」稲垣は突進した。緋野を殴りつけ、「殺したる」と、ベルトから拳銃を抜く。

「あかん！」友永は突っ込んだ。稲垣にタックルして横ざまに倒れる。

「離せ。離さんかい」

「あかん。殺しはあかん」稲垣の腕を逆手にとって拳銃を払い落とした。

「くそったれ……」稲垣は床に座り込んで荒い息をつぐ。肩が小刻みに震え、顔に血の気がない。

「抑えんかい。ケンは死んだわけやない」

拳銃を拾って立ち上がり、電話をとった。「何番や。組の番号をいえ」

緋野に番号を聞きながらダイヤルをまわした。矢代が直接、電話に出た。

――おい、河野をどないした。

――えっ、なんやと。

――河野をどないしたと訊いとるんや。

――なんじゃい、ニュースを聞いたんか。

――おまえら、飯田屋のパーキングで待ち伏せしてたな。

──わけの分からんことをぬかすな。

──河野はどこや、こら。

──知らんわい。

──おまえらは河野を撃った。落とし前はつける。

──待て。おやっさんには手を出すな。

──いわんかい。河野をどないした。

──あいつは逃げた。あとは知らん。

──河野が帰ってこんかったら緋野を殺す。脅しやないぞ。

──あほぬかせ。一億はいらんのか。

──じゃかましい。それとこれと話は別じゃ。

──もうちょっと待て。あの男は帰る。間違いない。

──三時や。明日の三時までに金を振り込め。

受話器を叩きつけた。

ケンはほんとうに逃げたのか。だったら、なぜ連絡してこないのだ。

ケンはやはり拉致されたのだ。責められて、この山荘の場所を喋ったかもしれない。

そう、矢代は時間稼ぎをしたのだ。一億円を払う意思はなく、緋野組の組員がこの山荘に向かっていると考えれば筋が合う。

「あかん、ヤバいで」

稲垣にいった。「組事務所には電話番がいてへん。矢代の他はみんな出払ってる」

「そら、ヤバい」稲垣も気づいて、立ち上がる。

緋野の口にタオルを含ませて布テープを貼った。ロープを丸めてスポーツバッグに詰め、緋野の札入れやアドレス帳、委任状の入った茶封筒と小型テープレコーダーをボストンバッグに放り込む。作業着やコート類をまとめてライトエースに積み、ライティングチェアを押して緋野をテラスに出す。チェアに縛りつけていたロープを解いて緋野を抱え上げ、ライトエースのリアシートに押し込んだ。

エンジンをかけ、稲垣が乗ると同時に発進した。松林を抜け、坂道に出た瞬間、遠くふもとの方に白い点のような灯が見えた。灯は揺れ動いて樹間に見え隠れする。ヘッドライトだ。

「くそっ、来た」

「バックや」稲垣が叫ぶ。

急ブレーキを踏み、ギアをバックに入れた。ガツッとレバーが軋み、タイヤが空転する。ステアリングをいっぱいに切ってバックし、切り返して坂を上がる。搏動が耳の奥に聞こえた。

坂を上がって、左右に分かれた道を左にとった。二十メートルも行くと、道は途切れて前方に灌木が生い茂っていた。

「しまった。行きどまりや」

ヘッドライトを消した。エンジンも停める。

「ピストル寄越せ」

下腹に冷たいものが触れていて、ようやく拳銃をベルトに挟んでいることに気づいた。抜いて稲垣に渡す。

「袋のネズミやな」稲垣は笑った。

「すまん……」右に行くべきだった。

「もうバックはできん。見つかったらお陀仏や」

と、後ろの緋野がドアを蹴った。鈍い音が響く。

「こいつ」稲垣は緋野の頭に銃把を叩きつけた。緋野は呻いてレッグスペースにずり落ちる。稲垣はリアシートに移って緋野のこめかみに銃口をあてた。

「わしはこいつを見張っとくし、車を降りて下のようすを見てくれ。もし連中がこっちに上ってきたら、あんたはそのまま逃げるんや」

「で、あんたは」

「わしが蒔《ま》いた種や。咲こうが枯れようが、わしが始末する。どうにもならんときは、こいつを道連れにして三途の川を渡るわい」

「あほいえ。死んでどないするんや」

「この足や。わしは逃げられん」

「ええかっこするな。英雄気取りはやめんかい」

「やかましい。説教してる場合か」

稲垣は怒鳴った。「早よう出て行け」

「くそっ……」車を降りた。

坂道まで走ったがヘッドライトは見えず、エンジン音も聞こえない。木から木を伝って坂を下り、松林に分け入った。林の中はほとんど見通しがきかず、蔦《つた》が顔を打ち、下草がズボンにまとわりつく。窪みに足をとられてバランスをくずし、つかんだ枝が湿った音をたてて裂けた。息を殺してうずくまり、また走りだす。

松林の外れに来て、前方にちらちらと懐中電灯の光が見えた。友永はかがんで、じりじりと前進する。太い松の根方の陰に隠れて顔をのぞかせた。

砕石を敷きつめた広場に大型車が三台駐められていた。山荘のテラスに男がふたり、置き去りにしたライティングチェアの脇に立っている。窓は明かりがともっていて、中に何人かいるらしい。左の男が手に持っている黒いものは拳銃だろう。

ドアが開いて、白っぽいブルゾンの男が出てきた。男はビールの空き缶を見せて、懐中電灯をかざした男になにやら報告する。「探せ。まだこのあたりに隠れとるかもしれん」そんな声がかすかに聞こえた。

「みんな、出てこい」ブルゾンの男はドアに向かって呼びかけ、中から四人の男が現れた。七人は二手に分かれて他の山荘へ走り、窓ガラスを割って侵入する。

さ、どうする——友永は自問した。

逃走するなら今しかない。やつらは〝捜索〟に夢中だ。がしかし、ライトエースのエンジン音を聞かれるおそれがある。広場からあの小径《こみち》までは直線距離で約三百メートル。樹木が音を遮ってくれるだろうが、やつらに聞こえないという確証はない。

このまま、やりすごすか。

だめだ。捜索のあと、やつらは坂道を上がるかもしれない。上がれば間違いなく、ライトエースを発見される。

そう、チャンスは今しかないのだ。

友永はあとずさりし、走りはじめた。闇に目が馴れて、木と木の境はわずかな濃淡の差で分かる。松林を突っ切り、坂を駆け上がってライトエースのところにもどった。

「七人や。車は三台。いま、他の山荘を探しまわってる」

稲垣に状況を説明した。「ここでやりすごすのは無理や。危なすぎる」

「分かった。わしはあんたに賭ける」

「音を聞かれたら？」

「かまへん。博打や」ぴしりと稲垣はいう。

「右の道を行ったら、山越えできるか」

「わしのカンでは五分五分や」

「また行きどまりやったら？」その可能性の方が強い。

「そのときは車捨てて逃げんかい」

「あんた、死ぬ気か……」

「ぐずぐずいうな。エンジンかけんかい」

キーをひねった。アクセルを踏み、エンジンが始動した。ギアをバックに入れ、クラッチをつなぐ。車は揺れて動きだす。——と、そのとき閃《ひらめ》いた。坂を降りるだけならエンジンはいらない。

まっすぐバックして切り返し、坂道に出たところでエンジンをとめた。

「なにするんや……」

「山越えはせん。この道を降りる」

サイドウインドーを下ろした。ギアをニュートラルにしてブレーキを放す。車はゆっくりころがりだした。暗いが道を外れる心配はない。徐々にスピードが上がって、ロードノイズと風切り音だけが耳に響く。松林の脇を抜けたとき、小さな光がちらっと見えた。組員たちの声は聞こえず、追ってくる車はなかった。


武上山を下り、県道に出た。舞鶴自動車道とは反対方向へ走る。左右に山が迫ってきて、ゴルフ場の案内板だけが眼につく。

稲垣は緋野をリアシートに座らせた。脇腹に銃を突きつけている。

一キロほど行って交差点にさしかかった。直進すると東条町、左は吉川インター、右は県道七五号線、となっている。

「どっちや」

「どっちでもええ。しばらく行くと、『右・東条湖』という標識があって、もうずいぶん前に、別れた女と湖畔のホテルに泊まったことを思い出した。右折して湖に向かう。

「あんた、矢代に電話してくれ」

稲垣は緋野の耳を気にして詳しくはいわない。しかし、なにがいいたいかは分かっている。

郵便局の前に公衆電話ボックスがあった。車を停め、稲垣に番号を書いたメモをもらって電話ボックスに入る。ボタンを押すと、矢代が出た。

——おまえ、おれを嵌めたな。

——なんのこっちゃ、え。

——組員が七人、別荘へ来た。これはどういうわけや。

——おのれ、どこにおるんや。

——河野はもう帰ってこん。おれは緋野を始末する。

——待て。河野は生きてる。ここにおる。

——嘘ぬかせ、こら。

——嘘やない。河野はここにおる。声を聞かしたる。

電話が切り替わった。他の部屋につないだらしい。少しして、呻き声が聞こえた。

――ケン！……ケンやな。

――ああ、あんたか……。

聞きとりにくい朦朧とした声だが、ケンに間違いはなかった。

――大丈夫か。

――ああ……。

――撃たれたんか。

――ああ……。

――怪我は。

――ああ……。

話が通じない。ケンは意識が混濁している。

――どうや。生きとるやろ。

矢代に代わった。

――ちょいとヤキ入れただけや。こいつ、ええ根性しとるで。

――おのれ、河野になにをした。

――大したことない。太腿に食い込んでた弾は、ヤッパでほじくり出したったがな。

凄惨なリンチが眼に浮かぶ。匕首を傷口に刺して抉《こじ》り上げ、緋野の居場所を吐け、と責め苛んだのだ。ケンが簡単に口を割ったとは思えないから、いまはほとんど虫の息になっているのかもしれない。

――河野の手当てをせい。もし死んだら、緋野も殺したる。

――そんなことは分かってる。こいつの身柄は組長と交換や。

やつらは保険をかけたのだ。ケンを殺したあとで組長の奪還に失敗すれば、今度は組長を殺されてしまう。

冷汗が流れた。あの山荘を出るのがあと数分遅れていたら、ケンはもちろん、稲垣と友永の命もなかったのだ。

――こいつがボーッとしてるのはクスリのせいや。痛み止めを打ったからな。

――シャブか、ヘロインか。

――さて、なにを打ったんかいな。よう効いて、こいつは頭が溶けよった。

――くそったれ、それで聞き出したんやな。

――そんなことはどうでもええ。おやっさんを返さんかい。

――金はどないするんや。段取りしたんか。

――あほんだら。こいつをいてまうぞ。

――また電話する。そのときは河野が喋れるようにしとけ。

――待て。待たんかい。

――河野が死んだら組長も死ぬ。それだけは忘れんな。

フックを下ろした。受話器をかけて電話ボックスを出る。車にもどった。

「ケンは生きてる。組におった」

「そうか……」稲垣は嘆息した。

「声も聞いた。薬を打たれてボーッとしてる」

「怪我はしてないんか」

「太腿を撃たれたらしい。かすり傷や」

リンチのことはいえなかった。「矢代には、また電話するというた。もうケンを傷めることはないはずや」

「分かった」

稲垣は顔をもたげて、「とにかく、どこか休めるとこへ行こ」

「あては」

「ない」

また走りはじめた。体が熱っぽく、頭の芯が痺れたように感じる。

湖岸道路のコンビニエンス・ストアが開いていた。そういえば、朝にサンドイッチを食ったきり、なにも口にしていない。

コンビニエンス・ストアで、おにぎりとサンドイッチ、ビール、オレンジジュース、ウーロン茶を買った。店員に、近くにコテージはないかと訊くと、奥鴨の少年キャンプ場へ行ってみろといい、東条湖に注ぐ鴨川沿いの道を北上すれば奥鴨に着くと教えられた。思いついて、懐中電灯を二つと予備の電池も買い、店を出た。

《社《やし》町《ろ》営奥鴨少年キャンプ場》――丸太を組んだゲートをくぐってキャンプ場に入った。駐車場に車はなく、テントもコテージも見あたらない。駐車場の片隅に事務所らしいプレハブの建物があったが、窓がベニヤ板でふさがれていて、冬はキャンプ場を閉鎖しているらしい。

「おかしいな……」

ゲートのところにもどって立看板の案内図を見た。〝コテージ村〟は駐車場から一キロほど離れた山の中腹にあって、そこへ行くには徒歩で階段を上がるしか手段がなかった。稲垣と友永のふたりだけなら支障はないが、緋野を歩かせるのは難しい。

「しゃあない。他を探そ」

キャンプ場をあとにした。すれちがう車は一台もない。燃料計の警告灯がついたまま消えなくなった。

小さな橋を渡って少し行くと、左に貯木場が見えた。すぐ脇に土塀の崩れた農家があって、どの窓にも明かりがない。

「廃屋か」

「らしいな」

車を停めた。クラクションを鳴らしてみたが、人がいる気配はない。

貯木場に車を入れて、エンジンをとめた。ライトを消し、コンビニエンス・ストアで買った食料と懐中電灯を持って車を降りる。墨を流したような闇、あたりは静寂につつまれて、鳥の鳴き声ひとつ聞こえない。

「降りんかい」稲垣がスライディングドアを開けた。

緋野は足をそろえたまま、跳ねるように外へ出てきた。グフッグフッと鼻を鳴らして、フェンダーに腰をぶつける。稲垣は緋野の口に貼ったテープを剝いだ。

「こら、小便じゃ」タオルを吐き出して、緋野はいった。

「なんべんもうるさいやっちゃ。そこで洩らさんかい」

いいながらも、稲垣は緋野のズボンのファスナーを下ろした。ペニスをつまみ出した瞬間、尿がほとばしって稲垣にかかる。

「こいつッ！」稲垣は突き飛ばした。緋野は転倒して噴水のように尿を噴き上げる。

「おどれ、殺したる」緋野は絶叫した。「ぶち殺したるぞ」

「おもろい。やってみい」

稲垣は緋野を蹴った。執拗に蹴りつける。

「ええ加減にせんかい」

友永は割って入った。「冷静になれ」

「こいつはクズや。クズのくせに、わしらをクズと思てくさる」

「そのとおり。おれらはクズや」

稲垣を引き離した。緋野を起こして、足を括ったロープを解く。

低い石垣、農家の裏庭を横切って、母屋の勝手口の戸を引き開けた。奥に向かって懐中電灯をかざすと、細い土間と座敷が見えた。干し草のような乾いた臭いがする。緋野の腕をとって、靴を履いたまま座敷に上がった。八畳二間。畳は波打ち、縁がささくれている。

「なかなかの風情やで」腰を下ろし、横に緋野を座らせた。白い埃が懐中電灯の光の中を舞う。

ポリ袋から食料を出して畳に並べた。稲垣がおにぎりをほおばる。

「こら、なにを食うとるんじゃ」緋野がいった。

「あんたのいう下種の食い物や」

「わしも食うたろ」

「光栄やな」緋野の膝の上にサンドイッチを置いた。

「くそボケ。眼も見えん、手も使えんのに、どうやって食うんじゃ」

「いちいちうるさいやっちゃ」

サンドイッチを口にくわえさせた。緋野はよほど腹が減っていたのか、ガツガツと呑み込むように食う。缶ビールをあけて飲ませた。友生会病院で、付添婦が脳梗塞の患者に食事をさせていた情景が眼に浮かぶ。

人質と誘拐犯、ヤクザの組長と当たり屋とダライコ屋、思えば奇妙な道行きだ。この先、どう展開するのか分からない。夢なら醒めてほしいが、まぎれもない現実だ。

わしはほとぼりが冷めるまで三ヵ月休んだ。政治家といっしょで、塀の向こうに落ちるようなノータリンは、味をしめて励みすぎるからあかんのや――いつか聞いた稲垣の言葉がよみがえる。その〝味をしめた間抜け〟というのはおれのことやないか。

いまさら悔やんでも遅い。稲垣にもケンにも義理はないが、走るだけ走って穴に落ちるのなら、それも仕方ない。金はもう諦めた。

「あんた、ちょっと休め」

ウーロン茶を飲みながら、稲垣がいった。「これを食うたら交代で寝よ。二時間ほどしたら矢代に電話するんや」

この寒さで眠れるかと思った。車のヒーターをつけて眠るにも、燃料が乏しいのだ。

ふいに稲垣が立ち上がった。押入れの戸を開ける。

「ほれ、布団があるがな」

稲垣は笑い声を上げた。

7

肩を揺すられて眼が覚めた。眩しい。稲垣が懐中電灯をかざしている。

夢を見ていたような気がするが、一瞬にして忘れた。ほんとはなにも見ていなかったのかもしれない。

「何時や」眼をしばたたいて訊いた。

「そろそろ十二時や」

三時間あまり眠ったのだろうか。疲れが澱《おり》になって染みついている。黴くさい布団から這い出した。綿埃が舞い、懐中電灯の光が白く浮きたつ。その光の隅、緋野が床柱に足を括りつけられて横になっていた。声を聞いて少し首をもたげたが、緋野にとってはどこに眼を向けようと闇であることに変わりはない。

「電話してくれ。ケンのようすを訊くんや」

長話はやめろ、生臭いことは喋るな、と稲垣はいう。

電話を受け取ってボタンを押す。緋野組の番号はさっき憶えた。こんな山の中から通じるかと思ったが、コール音が鳴って矢代が出た。

――村山や。河野を出せ。

――あいつは寝とる。

――起こせ。話がある。

――話やったら、わしとせんかい。

――切るぞ、電話。

――待て。

すぐにケンに代わった。

――大丈夫か。

——なんとかな。

——傷は。

——大したことない。

——また連絡する。必ず迎えに行くからな。

終了ボタンを押し、電源を切った。声もしっかりしてた。

「あいつ、意識がもどってた。声もしっかりしてた」

「そうか……」稲垣はつぶやいた。

「交代や。あんたも寝てくれ」

「ああ」稲垣は立って、布団の中に入った。「温《ぬく》いな」

「おれが温めといた」

腰をずらせて襖にもたれかかった。懐中電灯を緋野に向けて姿勢に変化がないことを確認し、消した。冷気がじわじわと体をつつむ。稲垣の寝息が聞こえはじめた。

「おい、運転手」緋野の声が響いた。「わしにも布団をかけんかい」

「そいつはできん相談やな」小さく応えた。「布団の下でわるさされたら困る」

「あほんだら。わしは犬や猫と違うぞ」

「贅沢いうな。凍えて死にはせん」

「おまえら、いつからこんなシノギをしとるんや」

「さあ、そろそろ五十年かな」

「極道をさろうたんは、わしで何人めや」

「すまんな、あんたが百人めや」

「なにからなにまで計算しくさって。かなり場数を踏んどるな」

「ところが今回はドジッた。あんたの口車に乗ったせいや」

「なんでわしに眼をつけた」

「あんたは心燿会の金庫番や。筋者なら誰でも知ってるがな」

「おまえとそこで鼾《いびき》かいてる野良犬は、どういう関係や」

「いわゆる、共犯というやつかな」

「そいつは頭がねじ切れとる。つきあいを考えたらどないや」

「ヤクザのあんたに、それをいわれる覚えはないで」

「わしとあの鉄砲玉をどないして交換するんや」

「さて、それは腰据えて考えんとな」

「ぐずぐずしとったら、鉄砲玉が死んでまうぞ」

「あんたとあいつは一蓮托生や。せいぜい無事を祈らんかい」

「なめんなよ、こら。あいつとわしは男の値打ちが違うわい」

「な、組長さんよ、そうやって一晩中吠えとけや」

飽き飽きした。こんなやつを相手にするのは暇つぶしにもならない。

午前三時、稲垣が起きてきた。黙って友永の肩を叩き、外を指さす。緋野のようすを見てから、裏庭に出た。

「煙草、くれるか」

「ああ」ショートピースを渡して、火をつけてやった。

「わし、考えたんやけどな」

稲垣はけむり混じりの白い息を吐いた。「あんた、これからどないする」

「どないするて……それ、どういう意味や」

「わし、どうでもケンをとりもどすつもりやけど、そのときは命のやりとりになる。これ以上、あんたを巻き込むわけにはいかんのや」

「おれに降りろというんかい」

「あんた、いうたやないか。緋野を放したれ、おれは降りる、と」

「それはケンが捕まったと知らんかったからや」

「あんたを引き込んだんは、このわしや。あんたはケンになんの義理もない」

「義理もへったくれもあるかい。ここで尻尾巻いたら、おれは一生負け犬や」

「ケンが捕まったんは、わしのせいや」

「誰のせいでもない。行き違いはどこにでもある」

「もう金にはならんのやぞ」

「かもしれん」

「これからは命のやりとりやぞ」

「上等やないか」

「友さん……」初めて友永の名を呼んだ。

「やめぇな。おれ、湿っぽいのは嫌いや」

「な、聞いてくれ」稲垣はつづけた。「わしが産廃の処分場で働いてたころ、ダンプでコンクリートガラを運んでくる無口な男がおった。わしはときどき、その男にダンプを借りて、建設現場へガラをとりに行ったんや」

稲垣は受け取った建設廃材を、富田林や河内長野の山中に不法投棄した。当時は十一トントラック一台分の処分料金が一万五千円ほどだったから、正規の処分場まで運搬せずに捨てれば、半日で二往復はでき、ほとんど元手いらずで三万円のぼろい稼ぎになった。

「もちろん、その男には不法投棄てなことはいうてなかった。わしは処分場の人間やし、ガラの運搬はわしのバイトやと思てたんや」

そして半年、稲垣は投棄の現場を警察に押さえられた。廃棄物処理法違反で書類送検され、処分場を馘《くび》になった。

「罰金は三十万。わしは馘になろうが送検されようがかまへんけど、わしにダンプを貸した男は収集運搬許可を取り消されてしもた」

「それ、ケンやな……」

「ああ。そういうこっちゃ」

稲垣はうなずいた。「ケンはダンプを売り払うて、ローンの支払いだけが残った。わしは爺さんの実印を持ち出して、田んぼを売り飛ばした」

「あんた、その金でケンのローンを払うたんや」

「へへっ、それ以来、わしは親戚中から総スカンや」

その祖父も四年前に亡くなったと稲垣はいう。「あれからずっと、ケンは無職渡世や。鉄工所に勤めたり、土建屋の手伝いしたり、たまに街宣車乗ったりしてたけど、あのとおりの気質《たち》や、どこも長続きせん。けど不思議に、わしだけには懐《なつ》いて、盆暮れには部屋を訪ねてくる。そんなつきあいが、もう五、六年になるというわけや」

「ケンの拳法はいつから」

「小学校の五年ごろからやろ。あいつ、いじめられっ子やったんや」

二十代の前半、ケンは精泓館本部でも五本の指に数えられる有力選手だった。全日本の大会で準決勝まで進んだこともある。しかし、その徹底した実戦拳法が精泓館では異端とされ、他と相容れぬ性格もあって関西本部の師範の選から洩れ、ケンはそれを機に精泓館を去った。いまはアパートのそばの町道場に通って、ひとりトレーニングをするのが日課だという。

「ほんまのとこ、わしもあいつのことはなにも知らんというた方がええかもしれん。家族も兄弟もその暮らしも、なにも聞いたことがない。こっちが口をきかん限り、あいつは一日中でも黙っとる」

「なんや、おれら三人とも似たような外れ者《もん》やないか」

ケンの名前は？――と訊きかけてやめた。知ったところで、どうなるものでもない。

「それより、これからのことを相談しよ。いつまでもこんなどこにおられへん」

貯木場にはフォークリフトがあった。朝になったら人が来る。

「アジトが必要やな」

稲垣は母屋に眼をやって、「あんなくそ面倒な荷物を抱えて、うろちょろするわけにはいかん」

「電話もいる。携帯電話で込み入った話はできん」

「けど、この近辺の山荘はあかんやろ」

緋野組のやつらは武上山のログハウス、十二戸の窓ガラスをすべて割った。

山荘を借りたのは、もちろん偽名でだ。『山本毅夫』の名で三日分の料金も先払いしてあるが、それが過ぎると、管理人は見まわりをするだろう。もっと早く異変に気づくかもしれない。

「管理人は警察に通報するかな」

「そら、するやろ」こともなげに稲垣はいう。「けど、なにが盗られたというわけやない。ガラスを割られただけや」

いわれてみれば、なるほど、そのとおりだ。

「まさか、街中《まちなか》のアパートに緋野を放り込むわけにもいかんし、あんた、適当な別荘を知らんか」稲垣は煙草を弾き飛ばした。赤い放物線が闇の中を走る。

「――知らんことはないけど、遠いで」

「どこや」

「鈴鹿や。F1のとき、サーキット場の近くのバンガローに泊まったことがある」

「兵庫県から三重県か……」

稲垣は首をかしげて、「遠すぎるな」

「モーテルとかラブホテルはあかんか」

「荷物を部屋に運ぶのが大変や」

「待った。ええとこがある」

友永は手を打った。「いっそ、市内にもどるのはどないや」

「市内？　どういうこっちゃ」

「おれのダライコ屋の取引先で、西淀川の中島の鉄工団地に大きな倉庫を構えてる業者がある。その倉庫は製鋼所との中継基地になってて、毎週月曜にスクラップを入れて、金曜に出す。そやし、火曜から木曜までは無人なんや」

そう、今日はもう火曜日なのだ――。

「無人はええけど、どないして中に入るんや」

「いまどきの鉄の屑を盗るような泥棒はいてへんし、トイレの窓でも裏の窓でも、破るのは簡単や。事務所に電話はあるし、シャッターの中に車を駐めるスペースもある。理想的やで」

「しかし、いつ誰が入ってくるかもしれんがな」

「そこは製鋼所の操業に合わせてるから、月曜の搬入と金曜の搬出スケジュールがくずれることはない。大丈夫や」

「しかし、市内の真ん中とはな……」

「たった一日や。倉庫で宴会するわけやない」

「分かった。あんたに任せる」

稲垣はうなずいた。ポケットに右手を入れて、ごそごそとなにかを出す。

「なんや……」

「山荘の鍵や。後生大事にまだ持ってた」

大きく振りかぶって、裏の雑木林に投げた。

座敷にもどって、サンドイッチの食べ残しやジュースの空き缶をポリ袋に入れた。布団を上げて押入れにもどす。

「どこ行くんや、こら」

「黙っとれ。ビバリーヒルズへ連れてったる」

緋野の口にテープを貼り、床柱に括りつけていたロープを解いて立たせる。

午前三時三十五分、廃屋をあとにした。

国道三七二号線を東へ走った。古市で終夜営業のガソリンスタンドを見つけ、近くに車を駐めた。スタンドまで歩いて行って、灯油タンク二つにガソリンを入れてもらう。車のところまで運びましょうという従業員の申し出を丁重に断った。

古市から北に折れて、丹南篠山口《ささやまぐち》インターから舞鶴自動車道に入った。料金所を通過するときは、緋野の体にナイロンシートをかける。ヒーターの効いた車内で緋野は小さな寝息をたてていた。

吉川ジャンクションから中国自動車道、池田から阪神高速道路に上がり、豊中南出口で降りる。ちょうど一時間で、社町から西淀川区に着いた。淀川通りを西へ走って、神崎川を渡る。

中島地区は神崎川と中島川に挟まれた広大な埋立地で、東端の〝三角州〟に住宅地域があるほかは、すべて工場地帯となっている。めざす鉄工団地は阪神高速道路の南側、コンテナヤードを抜けた神崎川の堤防沿いにある。

「こいつはよろしいな。最高の環境やで」稲垣がつぶやいた。

人通りはまったくない。ときおりすれちがう車は大型トラックばかりで、四車線の市道はトレーラーの台車が延々と並んでいる。

鉄工団地に入った。『新井鋼材中島出張所』は堤防から二筋北へ入った団地の外れにある。軽量鉄骨スレート葺きの三階建、シャッターが下りていた。

「あんたは待っててくれ」

懐中電灯と布テープを持って車を降り、シャッターの右隅にある通用口の扉を押した。もちろん開きはしない。

細い路地に沿って倉庫の右横へまわる。窓らしきものはない。裏へまわった。ここにも通用口。施錠されている。その横にすりガラスの窓があった。トイレのようだ。隣の工場とは高いブロック塀で遮断されているから、忍び込むには好都合だ。

テープを窓に貼った。ハンカチを手に巻いてコツンコツンと叩くが、ガラスは割れない。横を向いて肘を叩きつけると、ピシッと音がして一面に亀裂が走った。

割れたガラスを取り除き、手を差し込んで錠を外す。窓を開け、侵入した。トイレと思っていたが、そこはクレーンの機械室横の明かりとりの窓だった。

懐中電灯の丸い光の中に、四角く圧縮したスクラップ——業界では〝プレス〟と呼ぶ。重量は五百キロ前後か——が浮かび上がった。プレスは三階まで吹き抜けになった百坪ほどの倉庫内に堆く積み上げられ、錆色の砦のように見えた。コンクリートの床は油で真っ黒に染まっている。ガランとした空間は冷え冷えとして、吐く息が白い。

足許に注意しながら、表のシャッターをめざして歩いた。通路は広く、ライトエースを駐めるには充分な余裕がある。

シャッターの通用口は普通のシリンダー錠で、ボタンを押すとノブがまわった。いったんドアを開けて、ライトエースの中にいる稲垣に手を振り、また倉庫内に入る。

壁に沿って左へ移動した。スイッチボックスが柱に取り付けてある。ボックスの蓋を開くと、ボタンが六個並んでいて、右からひとつずつ押してみた。天井の大型ライトがつき、シャッター近くの蛍光灯がつく。スライド式のレバーを上に押すと、モーターの作動音がして、シャッターが上がりはじめた。走って外へ出る。

友永はライトエースに乗って倉庫内に入った。シャッターを閉じる。緋野を抱えて車から降ろし、左奥の、ガラスのパーティションで間仕切りした事務室に連れていく。事務室の蛍光灯をつけて、他の照明はすべて消した。

「——やっと落ち着いたな」

稲垣は緋野をソファに座らせて、大きく息をついた。緋野は俯いたまま動かない。かなり消耗しているようだ。

「電話や。ケンのようすを聞いてくれ」

「うん」デスクの電話をとった。緋野組の番号を押す。

——はい、緋野興産。

電話番が帰っていた。

——村山や。

名乗ると、すぐに矢代に代わった。

——こら、おやっさんを出せ。

――その前に、河野を出さんかい。

――くそったれ。

ケンに代わった。

――おれや。

――太腿の傷はどうなった。

――血はとまった。

――歩けるんか。

――さあ、分からん。

――傷は太腿だけか。

――まあな。

――顔はどうなんや。

――腫れてる。片眼があかん。

――つぶされたんか。

――分からん。ふさがってる。

――手はどないや。

――指が折れてる。三本や。

詳しく聞けば、まともなところがない。肋骨も何本か折れているようだとケンはいった。怒りで体がふるえてくる。

――矢代に代われ。

――ああ。

矢代が出た。

――この、あほんだら！

思わず叫んでいた。――おのれら、どういうヤキを入れた。

――じゃかましいわい。静かに喋れ。

――緋野の指を折ったる。三本や。

――待て。おやっさんには手を出すな。

――なめんなよ、こら。組長をぶち殺したろか。

――クスリを打ってから、こいつにはなにもしてない。嘘やない。ほんまや。

――河野を出せ。

もう一度、ケンに代わった。矢代のいったとおり、組員が武上山の山荘に向かったあとはリンチにあっていないといった。ケンは稲垣の存在はもちろん、友永の本名も喋っていないようだった。

――どうじゃ、分かったか。おやっさんを出せ。

矢代がいった。

「おい、声が聞きたいそうや」

受話器を緋野の耳にあてた。稲垣が口のテープを剥ぐ。

「わしや――」緋野はいった。「――どこが大丈夫じゃ、え。――なんでもええから、いうとおりにしたれ。――今度、カラ踏んだら承知せんぞ。――ああ、分かっとる。――そのガキは放っとけ。――そうや。おまえらの性根が見えるんやぞ」

そこで、稲垣が電話を切った。緋野は黙ってソファにもたれかかる。もう吠えてみせる元気もないようだ。

「緋野さんよ、任侠道いうのはつらいもんやな」稲垣がいう。

「おどれら、これからどうするつもりや」

「分かりきったこと。人質の交換や」

「それやったら、さっさとせんかい。あちこち逃げまわって電話しとるだけやないけ」

「わし、臆病やねん。まだ死にとうないからな」

「ふん、イケイケの腐れ極道がなにぬかす」

「ま、よほどの腹を据えてかからんことにはいかんわな」

稲垣は笑って、「じっくり考えるがな。わし、体は弱いけど、頭は強いんや」

「おまえら、しかし、ええ根性やな。わしの組にスカウトしたろか」

「また一から修業かい。金くれたら、どこの組長でもはじいたるで」

「へへっ、なんぼや」

「さぁな、あんたのクラスやったら一千万やな」

「ほう、わしの値段けたったの一千万か。一億欲しいというたんは、どこのどいつや」

「なんなら矢代にいうたろか。一億の持参金をつけんかいと」

「ぼけ。寝言たれるな」

緋野は顔を上に向けて、「ここ、どこや」

「いうたやろ。ビバリーヒルズや」

「油くさい。声が響く。……なにかの工場やろ」

「テープ剝いで、その眼で見てみるか」

「やめとこ。おまえの小汚い顔なんか見とうない」

緋野は上体を傾けて足を上げ、ソファに横になった。「寒いぞ。こら」

「ごちゃごちゃぬかすな。裸に剝《む》くぞ」

稲垣は怒鳴りつけて、緋野の口にテープを貼った。

友永は緋野の足をロープで縛り、ファンヒーターのスイッチを入れた。


音もなくシャッターが上がって、外の光が射し込んだ。組員が七人、路上に並んでいる。三島を先頭に、手に手に拳銃を持って突っ込んできた。逃げようとしたが、体がすくんで足が動かない。矢代が薄ら笑いを浮かべて銃をかまえた。銃口がこちらを向く。声にならない悲鳴をあげた——。

「起きたか」そばに稲垣がいた。

「ああ……」稲垣と交代で、デスクに俯せて眠っていたのだ。

ブルッとひとふるえして煙草を吸いつけると頭も覚める。壁の時計はもう九時をすぎていた。

稲垣が肩を叩き、デスクの上の紙片を指さした。チラシの裏に走り書きがしてある。

≪テープレコーダー用のマイクを買え。デンワキの裏に磁石でひっつくマイク≫

稲垣の考えはすぐに分かった。緋野と矢代の会話を録音して、ふたりのやりとりを聞くのだ。テープレコーダーは緋野の持っていたのを使えばいい。

よし、了解。――稲垣に目配せをし、チラシをポケットに入れて立ち上がった。緋野はソファで眠っている。煙草を揉み消して、事務室のドアを引いた。

裏の通用口から外に出た。眩しい。塀越しに隣の鉄工所から旋盤の音が聞こえる。路地を通って表の道路へ。人影がないのを確かめて歩きだした。足が重く、体中にねっとりと脂の膜が張りついたようで、皮膚が服をひきずる。見知らぬダライコ屋のトラックがドラム缶を積んで走っていた。

タクシーをとめようと思ったが、　台も見あたらない。中島一丁目の住宅街まで歩いて、ようやくタクシーを拾った。近くに大きな電器店はないかと訊くと、千舟の西淀川警察署の前にあるといった。

「そこ、何時から」

「たぶん、十時でっしゃろ」

話し好きの運転手で、あれこれ話しかけてくる。昨日、阿倍野の飯田屋で抗争事件があったね、と水を向けると、あれは台湾マフィアでっせ、と見てきたような講釈をする。話を聞いているうちに、千舟に着いた。

九時四十分、電器店はまだ開いてなかったが、女性店員がショーウインドーを拭いていた。タクシーを待たせておいて車外に出る。

「ちょっとすんません、電話の会話を録音するマイクは置いてませんか」

「テレフォンピックアップですね。あります。機種はひとつだけですけど」

振り向いて店員はいった。えくぼがかわいい。

「いくらです」

「八百円くらいだったと思います」意外に安い。

「わるいけど、いま買うわけにはいきませんか」

「いいですよ。どうぞ」

店員のあとについて店に入り、〝テレフォンピックアップ〟を買った。採音部は一円玉ほどの円盤状で、それを電話機の裏に両面テープで貼りつける仕組みだった。振動を電気信号に変換して入力するらしい。細いコードとジャックがついていた。

タクシーで中島に引き返し、鉄工団地で降りた。

空は暗く、雨模様になっていた。

8

稲垣が事務室を出てきた。

「煙草あるか」

「ああ」ショートピースを差しだした。

「これ、きついな」一本くわえて火をつける。

「あんた、好きな煙草はないんかい」

「けむりが出たらなんでもええ。酒も煙草も女も、わしは好みというもんがない」

「変わってるな」

「でもないやろ」

稲垣はクククッと笑う。前歯が一本欠けていて、笑うと愛嬌がある。

「あんた、血が濃いんや」

「どういう意味や」

「べつに意味はない」

ポケットからテレフォンピックアップを出した。

「えらい小さいな」いって、稲垣は事務室の方に眼を向ける。ガラス越しに、ソファに横たわっている緋野が見える。

「な、考えたか。ケンをとりもどす方法」

「考えた。頭が歪むくらい考えた」

稲垣はひとつ間をおいて、「夜や。交換は日が暮れてからする」

「場所は」

「人目の多い繁華街。キタはどないや」

「それで？」

「向こうはベンツ、こっちはライトエース。二台を、梅田新道の曾根崎署の真ん前に停める」

「ほう、とことんやるな」

いいプランだと思った。やつらもまさか、曾根崎署の前で拳銃を振りまわしたりはしないだろう。もし発砲でもすれば、大阪府警は威信にかけて捜査をする。その陣容も〃飯田屋〃の比ではないはずだ。

「ケンと緋野を交換したら、先にベンツを出させる。そのあと、わしらは御堂筋を南へ走る」

「あいつらが指くわえて車を見送るとは思えんな。どうせベンツ一台だけで来るはずがない」

「そらそうやろ。極道には極道のケジメがある」

「向こうは必ず追いかけてくる。あのライトエースで、どう振り切るんや」

「振り切る必要はない。とにかく走りつづけてたら、撃たれることはない」

「むちゃや。おれにはできん」

「やるんや。なにがなんでも長堀まで走れ」

「長堀……？」梅田から長堀ならそう遠くない。せいぜい四キロといったところか。

「長堀の駐車場に入るんや。あこは出入口が一車線になってる」

「分からん。どういうつもりや」

長堀駐車場は長堀通りの地下、二階まである市営駐車場だ。西は阪神高速道路一号線から東は東横堀川まで、四つの地下棟を合わせると、長さ一キロにわたる市内最大の駐車場で、収容台数は千台近いのではないか。

「御堂筋の入口から地下一階へ降りて、堺筋の出口に向かってまっすぐ突っ走れ。出口の上り坂にさしかかったら、わしはライトエースの後ろのハッチを開けて、ブロックを落とす。追いかけてくる車は、そこでアウトや」

建材のブロックを数十個、リアデッキに積み上げておいて、それを蹴落とすと稲垣はいう。

「料金所のゲートはぶち折れ。堺筋へ出てしもたら、わしらの勝ちや」

「……」友永は逃走シーンを思い浮かべた。まさにアメリカB級映画のカーチェイスだ。荒唐無稽なようで、案外にリアリティーはある。長堀駐車場までたどり着くことができたら、これは成功するかもしれないが……。

「信号待ちのときに撃たれたらどうする」

御堂筋は南行きの一方通行だから、車の流れと連動して信号は青になっていく。がしかし、どの交差点もうまく通過できるとは思えない。

「ピストルの弾いうのはあたるもんやない。いざというときはこっちも撃ち返す。わしらが車を降りることがない限り、殺られることはない」

――そう、どんな方法にしろ、人質の交換はしなければならないのだ。

「それともあんた、考えがあるんかい」

「ない。参謀はあんたや」

「このとおりや。やってくれ」稲垣は頭を下げた。

「分かった。あんたに任せる」

「そうか……」稲垣はテレフォンピックアップのパッケージを破った。


「組長さんよ、起きてるか」

稲垣が声をかけると、緋野はわずかに顔を上げた。

「段取りが決まった。今晩の八時、あんたと河野を交換する。場所は梅田新道の曾根崎署の前。ベンツに河野を乗せてこいと、矢代に伝えんかい」

稲垣が話しているあいだに、友永はピックアップの円盤を電話機の裏に貼りつけた。コードを緋野のテープレコーダーにつないで電源を入れる。セット完了――と、稲垣に合図した。

「余計なことは喋るな。河野には指一本触れるなといえ」

稲垣は電話のダイヤルボタンを押して、緋野の口のテープを剝いだ。友永はテープレコーダーの録音ボタンを押す。ひとつ咳をして、緋野は話しはじめた。

「――おい、その鉄砲玉とわしを交換するそうや。――今晩の八時。場所は曾根崎署の前や。――おまえはベンツに鉄砲玉を乗せてこい。――人質は大事に扱え。――分からんのか。大事に扱えというとるんや。――紳士協定や。手を出すな。――かまへん。わしのいうとおりにせんかい。――それでええ。――そう、そういうこっちゃ。――ああ、そうか。――しっかりせんかい。――おう、分かったな。――時間に遅れんなよ。――曾根崎署の前。今晩の八時やぞ。――黙っとれ。それはわしがやる」

と、そこで稲垣は電話を切った。

「あんた、喋りすぎやで」

「こら、喉が渇いた。なんぞ飲ませんかい」緋野がいった。

「すまんな、水しかないんや」

「水でええ。早よう持ってこい」

友永は立って事務室を出た。トイレの水を紙コップに汲んで、事務室にもどる。緋野の唇にコップをつけると、あおるように飲んだ。

「煙草や。火をつけんかい」

「注文が多いな、え」

ショートピースを吸いつけた。それを横から稲垣がつまみとって、緋野の口に火の方から押しつける。

「こ、このガキ！」緋野は叫んで唾を吐き散らした。

「図に乗るんやないぞ、ぼけ」

「おどれ、殺したる」

「おまえ、ほんまにワンパターンやな。ふた言めには、殺したる、やないけ」

「じゃかましいわい、くそ」

わめいた緋野の鼻梁を、いきなり稲垣は殴りつけた。緋野はグワッと怒号を発して、頭から稲垣に突っ込む。かわされて机の脚に額を打ちつけ、突っ伏したまま嗚咽のような叫びを上げる。

「くやしいか、こら。眼も見えんのに一丁前のことさらすな」

「もうええ、やめとけ」

友永はとめた。「それより、こっちや」と、テープレコーダーをとりあげる。

稲垣はうなずいて、いっしょに事務室を出た。緋野に再生音が聞こえないよう、ライトエースに乗り込む。友永はテープを巻き戻して、再生ボタンを押した。

——『矢代です』『おい、その鉄砲玉とわしを交換するそうや』『ほんまですか』『今晩の八時。場所は曾根崎署の前や』『な、なんですて』『おまえはベンツに鉄砲玉を乗せてこい』『ほんまに乗せて行くんですか』『人質は大事に扱え』『手出しはしてまへんで』『分からんのか。大事に扱えというとるんや』『ということは、こいつを連れて行かんでもええんですか』『紳士協定や。手を出すな』『けど、おやっさん、こっちの人質がないと交換になりまへんで』『かまへん。わしのいうとおりにせんかい』『分かりました。わしらだけで行きますわ』『それでええ』『車三台と、五人ほど、曾根崎署のまわりに張りつけときますわ。村山のガキ、膾《なます》に刻んだりまっせ』『そう、そういうこっちゃ』『おやっさん、どこにいてはりますねん』『ああ、そうか』『そっちは村山ひとりだけでっか』『しっかりせんかい』『ほな、ふたりでっか』『おう、分かったな』『そうか、ふたりでんな』『時間に遅れんなよ』『早よう帰ってください。芳賀《はが》理事長から、やいのやいのの催促ですわ』『曾根崎署の前。今晩の八時やぞ』『理事長選まで、あと三日です』『黙っとれ。それはわしがやる』――と、そこで電話は切れた。

「ふん。思たとおりや。まるっきり話が嚙みおうてへん」

稲垣が吐き捨てる。「いつもこの調子で喋ってくさったんや」

「くそったれ。緋野は、ケンを連れてこさせる気はあらへん……」

「しかし、困ったぞ。ケンをどないして助け出す」

「緋野を締め上げたるか」

「それはまだや。締めたら、この仕掛けがばれてしまう」

「ほな、どうするんや」

「待て。考えさせてくれ」

「緋野にもっと電話をさせて、情報《ネタ》をとるか」

「そういや、矢代のぼけなす、理事長選がどうのこうのというてたな」

「ああ。いうてた」

「組長がさらわれてるのにそんな話するのは、余程さしせまった事情があるんやぞ」

わしのビジネスや、そのテープに触るな――といった緋野の言葉を思い出す。

「聞いてみよ。一昨日《おととい》の緋野の声が入ってる。箕面か桂で録った会話や」

テープを全部巻き戻した。最初から聞く。


――『そこは先生、考えていただかんとね』『君の意見は分かります。しかし、ぼくにも立場がある』『風見鶏を決め込むのもええけど、ここらで旗振らんと、虻蜂とらずになりまっせ』『君はいったい、どうしろというんだ』『そやから、学部をまとめて欲しいんですわ。それをできるのは先生だけですがな』『文学部には十二人の教授がいる。とても無理だね』『失礼ですけど、これで私の顔を立ててもらえませんやろか』『なんです、それは』『ごらんのとおりのもんですわ。ひとり頭、五十万。どう使ってもらおうが、先生のご自由に』『君はぼくを買収するつもりかね』『ね、米崎先生、おたがい叩けば埃の出るとこもあるんでっせ』『帰りなさい。ぼくは自分の意思で行動する』『それで芳賀さんに顔向けできますんか』『いいから、今日は帰りなさい。連絡はぼくの方からします』『そうでっか。ほな、失礼しますわ』『君、忘れ物だ』『おっと、すんまへん』

——緋野が紙包みを取り上げたような音がして、会話は途切れた。

「これはどういうこっちゃ、え」

稲垣は真顔でいう。「ひとり五十万で十二人やったら、六百万やぞ」

「緋野も役者や。いちいち金額を口に出して、このテープを脅しの材料にする腹やったんや」

「わしはそんなこというてんのと違う。緋野は金を持ってなかったやないか」

「あっ、そうや……」いわれて気づいた。

「米崎いうのは、桂のマンションの住人やろ」

「そう、米崎茂樹とかいう名前やった」たぶん、大阪情報大の文学部長なのだろう。

「このすぐあとで、わしらは緋野をさろうたんや」

「けど、金はベンツになかった……」

「ちゃんと調べたんか」

「おれとケンで調べた。車室内にはなかった」

「トランクは」

「ゴルフバッグがあっただけや」

「それを出してみたか」

「くそっ、出してへん」

そういえば、緋野が《パレ・カツラ》から出てきたとき、ベンツのトランクリッドを上げて、なにかを入れていた。「金はバッグの陰に隠れてたんや」

「しもたな」稲垣は舌打ちする。「このテープをちゃんと聞くべきやった」

「あかん、あとの祭りや」もうベンツはない。

「どこか抜けてる。ヘタばっかり打ってる」

「いや、まだツキはある。武上山で間一髪のとこを逃げたやないか」

「けど、ケンはいてへん」

「緋野を締めよ。ケンを連れてこさせるんや」

「待て。ちょっと待て」稲垣が手で制した。「緋野の組員が曾根崎へ出払うたら、組事務所にはケンの見張りしか残らんということやないか」

「うん？」

「こいつを逆手にとれるかもしれんぞ」

「あんた、まさか……」

「そう。その、まさかや。わしらふたりで、事務所に突っ込んだろ」

「………」

口をあいたまま稲垣を見つめた。真顔だ。「――あかん。おれにはできん」

冗談じゃない。〝長堀へ走る〟より、もっとひどい。わざわざ殺されに行くようなものではないか。

「……」今度は稲垣が黙った。じっと、こちらの眼を見つめる。

「な、堪忍してくれ。おれはそこまでむちゃくちゃな人間やないんや」

「いや、よう考えてみい。組員七人を向こうにまわすのと、ケンの見張りだけをいわすのと、どっちが楽なんや」

「……」

「この勝負は勝てる。見張りとか留守番てなもんは、組でいちばん頼りにならん駆け出しがするんや」懸命に、稲垣はいう。

友永は考えた。果たして稲垣の言葉どおりなのだろうか。

事態はどんどん過激な方へころがっていく。なぜだ。どうしてこんな羽目に陥ったのだ。なぜ、おれがヤクザの組事務所に殴り込まなければならないのだ。

「――あんた、本気なんやな」

「本気や。ケンの顔を見るまでは、絶対にへこたれへん」

「緋野の事務所、東三国やったな」

熱に浮かされたように応えていた。「けど、組事務所には監視カメラがあるやろ。警戒も厳重や。入るのは難しいで」

「それはわしに考えがある」
稲垣はにやりと笑った。

午後四時――。
矢代に電話した。
――村山や。河野は大丈夫やろな。
――心配すんな。客は大事にしとるわい。
――八時に曾根崎署の前や。間違いないやろな。
――しつこいぞ。おまえの方こそ間違えんなよ。
――ベンツはおまえが運転するんや。携帯電話を持っとけ。
――くそぼけ。調子に乗んなよ。
――携帯電話の番号は。
――書け。〇九〇・三二七〇××××や。
――それはデジタルホンか。
――そうじゃ。
――盗聴防止機能は。
――ちゃんとついとるわい。いらん心配さらすな。
――また連絡する。妙なことは考えるな。

——あほんだら。それはこっちのセリフじゃ。

午後五時——。

緋野にコートを着せてスチール椅子に縛りつけ、口に布テープを貼った。椅子ごと事務室から運び出して〝プレス〟の壁際に置く。天井クレーンを操作して、まわりにプレスを三段に積み上げると、緋野は厚さ七十センチの壁の向こうに隠れて、物音ひとつ聞こえなくなった。クレーンの電源を切り、事務室の照明を消す。稲垣と友永はライトエースの車内でスーツとネクタイに着替え、倉庫の裏通用口から外へ出た。事務室のキーボックスにあった鍵で施錠する。

稲垣が、緋野の愛人、井本佳代に電話をしたが、テープメッセージで、佳代は店に出たという。

六時三十分——。

ミナミ、宗右衛門町。飲むにはまだ早く、雨が降りはじめたせいもあって、人通りはそう多くない。

クラブ『ソワール』はすぐに見つかった。『日豊ビル』という真新しいパールホワイトのテナントビルの七階、袖看板に明かりが入っている。

「時間をつぶそ。腹ごしらえや」

腕の時計に眼をやって、稲垣はいった。近くの鮨屋に入り、小座敷に上がって、生ビールと握りを注文する。

六時五十五分——。

稲垣は携帯電話を出して、鮨屋の座敷から緋野興産に電話をした。

「——すみません、緋野社長はいらっしゃいますでしょうか。——はい、私は中村と申します。先日、融資していただいた資金の返済について、少しご相談したいと思いまして。——じゃ、矢代専務をお願いします。——えっ、そうですか。だったら、三島さんでも。——それは困りましたね。じゃ、誰でもけっこうです。責任者の方を。——いえ、私どもも事情がありまして。——分かりました。また明日にでも」

稲垣は電話を切った。低く笑って、

「誰もおらん。責任者はみな梅田へ出払っとる」

「電話番だけか」

「たぶんな……」

伝票を持って、稲垣は立ち上がった。

日豊ビル、七階——。

エレベーターを降りて、稲垣はレンズに薄く色のついたメタルフレームの眼鏡をかけた。友永は黒縁眼鏡をつける。

「ええな」

「ああ……」

ブロンズ色のドアを引いた。ウエイターに佳代さんを呼んでもらいたいと告げる。

少し待って、ピンクのワンピースを着た小柄な女が現れた。ショートカットの赤い髪、切れ長の眼、尖り気味のあご、化粧をとったら案外に幼い顔だろう。なかなかの美人だ。

「あの、なにか……」

「あなたが佳代さんですね。井本佳代さん」

稲垣がいった。「ぼくは佐藤、こちらは高橋といいます」

友永は黙礼した。佳代のいぶかしげな眼。

「実は今日、緋野社長が倒れまして」

「えっ、ほんま……」

「医者の診断では、軽い脳梗塞の疑いがあるということです。命に別状はありません」

「ほな、いまは病院？」

「いえ、さっき病院から帰って、東三国の事務所です。矢代専務に頼まれて、あなたをお迎えに上がりました」

「あのひと、いつ倒れたん」

「さぁ、詳しくは知らないんです」

「昨日と今日、矢代さんからなんべんか電話があったわ。社長から連絡はないかって、同じことをなんべんも訊くんよ」

「すみません。ぼくら、緋野興産の社員じゃないんです。取引先の者です」

稲垣の標準語はどこかおかしい。ところどころに関西風イントネーションが混じる。

「うち、行く。東三国に連れてって」

「外、雨ですよ。小降りだけど」

「なんや、うっとうしいな」

佳代は店内に入り、すぐにもどってきた。カシミアだろう、臙脂《えんじ》のコートをワンピースの上にはおり、花柄の傘とシャネルのバッグを提げている。

エレベーターを降りて外へ出た。佳代だけが傘をさし、華奢なハイヒールを履いているから早く歩けない。

「あの、ソワールいう店、高級ですね」友永がいった。

「でもないわ。いっぺん来てみて」

「女の子は何人くらい」

「十五、六人かな」

「井本さんは長いんですか、あの店」

「この冬で、ちょうど一年。前は新地にいてたんよ」

佳代はいちいちうなずきながらハスキーな声で返事をする。年齢は確か、二十三。はすっぱなものいいで、かなりすれている。組長の愛人には怖いものがないらしい。

「緋野興産の取引先って、おたくらも金融関係？」

「はい。緋野社長にはいつもお世話になってます」

前からタクシーが来た。一方通行の道路は違法駐車の車でいっぱいだから、立ちどまってやりすごす。太左ヱ門橋の交番の警官はなにをするでもなく、ぼんやり軒下にたたずんで雨空を見上げている。

「うち、東三国の事務所へは一回だけ行ったことがある。人相のわるいのが多いし、気持ちわるいわ」

「今日はたぶん、いないと思いますよ」稲垣が相づちを打つ。

三人は道頓堀まで歩き、タクシーに乗った。


午後七時三十五分――。

新御堂筋、地下鉄東三国駅前でタクシーを降りた。

「ちょっと、待ってください」

稲垣に携帯電話を借り、ふたりのそばを離れた。矢代の携帯の番号を押す。

――村山や。いまどこにおる。

――どこでもええやろ。もうすぐ梅田や。

――河野を出せ。

――その前に、おやっさんを出さんかい。

――猿轡をしとるんや。話はできん。

――それやったらわしも、こいつの声は聞かせられんな。

――河野はほんまに、その車に乗ってるんやろな。

――八時になったら分かるこっちゃ。楽しみにせんかい。

――ベンツはおまえが運転してるんか。

――すまんな、わしは免許を持ってへんのや。

――約束が違うぞ。

――約束もへったくれもあるかい。誰が運転しようと車は動く。

――そっちは何人や、え。

――わしと三島と、この鉄砲玉や。

――おれは遠くからベンツを見張ってる。妙な真似はすんなよ。

――おまえの車は。

――キャデラックのオープン。色はピンクや。

電話を切った。矢代は背格好がケンに似た組員を選んで、髪を二分刈りにし、サングラスでもかけさせてベンツのリアシートに座らせているのだ。たぶん、遠目には見分けがつかないだろう。

友永はふたりのそばにもどった。

「緋野社長、いてはります」

「じゃ、行きましょう」

稲垣が佳代にいった。


新御堂筋から西へ三筋、車の轍に水のたまったアスファルト道に面して、町工場と棟割住宅が建ち並んでいる。緋野興産の事務所は区民センターの筋向かい、モータープールの角を左に曲がった袋小路の手前にあった。前面にだけ緑釉タイルを張った木造モルタルの三階建、一階をガレージにしてシャッターを閉め、玄関の軒下には監視カメラが取り付けられている。白いブラインドの二階の窓は明かりがついていて、ガラスに《金融・手形・緋野興産》と、アクリルの切り文字が貼ってある。代紋こそ掲げてはいないが、これを堅気の会社とみるものは誰もいないだろう。

「陰気な建物。ビルに建て替えたらいいのに」

「濡れますよ。こっちへ」

稲垣は佳代を脇に立たせて、インターホンのボタンを押した。カメラがこちらを向いている。

――佐藤商事の佐藤と申します。井本さんをお連れしました。

――なんです。どういう用件です。

若い男の声だ。いつもの電話番の声と似ている。

——ソワールの佳代さんをご存じないですか。緋野社長にお会いしたいんです。

佳代が監視カメラに向かって手を振った。

——いまはごたごたしてる。またにしてくれませんか。

——矢代専務にいわれて、お連れしたんです。

——わし、聞いてませんで。

——だったら、専務に訊いてください。

——いま、出てますねん。

「なんや、どういうことよ」佳代は口を尖らせる。

——ほら、佳代さんも怒ってます。おたく、専務にどやされますよ。

「もう、早ようしてよ」インターホンに向かって佳代がいう。「寒いやないの」

——けど、おれは……。

「あんた、誰やの。私のこと、知らんの」

——分かりました。話だけ聞きます。

カチャッ、と鉄扉の向こうでロックの外れる音がした。友永は腰を押さえてベルトにはさんだ鉄パイプを確かめる。稲垣もそれとなく腰に手をやった。

友永はドアを引いた。狭く勾配のきつい階段。踏み面の真鍮板に天井のダウンライトが映っている。

佳代を先にして二階に上がった。赤いカーペットを敷いた踊り場の右に薄いブロンズペーンのガラスドア。短いカウンターの手前にパンチパーマの若い男が立っていた。

「取り込み中のとこ、すんまへんな」

稲垣はガラスドアを押し、低くつぶやくようにいった。

9

友永は稲垣と佳代につづいて中に入った。事務所は思っていたより広く、カウンターの向こうに事務机が四つとファイリングキャビネット、右の壁際に神棚と十数個の飾り提灯、左の磨りガラスの間仕切りの奥に応接セットが見える。

「おたくら、なにを聞いてきたんか知らんけど、社長も専務もいてませんで」

男は前に立ちふさがり、すごむようにいった。赤のスタジアムジャンパーにベージュのコーデュロイパンツ。痩せて顔が青白く、眉を細く剃っている。暴走族上がりだろうか。

「ということは、あんたひとりだけでっか」稲垣が訊いた。

「いや、おれだけやないけど……」男の口調に警戒の色が見えた。

「そうか、あんた、留守番かいな」

「もう、いい加減にしてよ」佳代がいった。「わけが分からへんやないの」

「やかましい。おまえはすっこんどれ」

稲垣の表情が一変した。「調子こいてたらいてまうぞ、こら」

佳代はたじろぎ、口をあいたまま黙り込む。

「へへっ、すんまへんな。わし、同業でんねん」

稲垣は笑い、男の方に向き直った。「ほな、ちょいと手を上げてもらおか」

「あん……？」

「これが見えんのかい」

稲垣の右手には拳銃が握られていた。

男の顔が見るまにこわばった。「ひッ」と、佳代が声を呑む。

友永はベルトにはさんだ鉄パイプを抜き出した。

「ま、こういうこっちゃ。こいつをはじいたらどないなるか、分かってるやろな」

「お、おまえら……」男はあとずさる。

「おっと、そのままや。動いたら風穴があくで」

稲垣は踏み出して、男のみぞおちに銃を突きつけた。「そう、わしらは河野を請け出しにきた」

「――た、助けて」佳代は竦《すく》んで床に座り込む。

「騒ぐな。じっとしとれ」

友永はいって、カウンターの中に入った。電話とファクスのコードを引きちぎる。

「座れ。そこへ座るんや」

稲垣は男に銃を押しつけた。男は小さく手を上げて膝をつく。

友永は男の後ろにまわった。男の上げた手の指先が小刻みにふるえている。その手首をコードできつく縛りつけた。

「おまえ、年齢は」と、稲垣。

「——十九や」

「盃は」

「まだ、もろてへん」

「河野はどこにおる」

「知らん」男は稲垣を睨みつける。

「おまえ、このチャカが玩具に見えるか」

「——あいつは、あいつはどこかへ行きよった」

「矢代といっしょに曽根崎か」

「そ、そうや」

「それで、ここはおまえひとりかい」

「ああ、そのとおりや」

「ここ、一階はガレージやな」

「それがどないした」

「車はなにが駐まってる」

「知るかい」

「おまえ、口のききようが分からんようやな」

稲垣は銃身で男のあごを押し上げた。喉仏を突く。「二度と喋れんようにしたろかい」

佳代は顔をそむけ、背中を丸めている。

「——車は二台。……シーマとランクル」かすれた声で男はいった。

「キーは」

「ついてる」

「シャッターのスイッチは」

「壁や。右側の壁」

それを背中に聞いて、友永は事務所を出た。階段を降りる。一階、玄関の左手前に鉄扉。ガレージに入って照明をつけると、がらんとした二十坪ほどのスペースにシーマとランドクルーザーが駐められていた。シャッターの右の壁面に開閉スイッチはあるが、車には二台ともキーがついていない。それだけを確かめて事務所にもどった。キーはない、と稲垣にいう。

「こら、でまかせぬかしとったら承知せんぞ」稲垣は男を怒鳴りつけた。

「おれの車やない。キーの番はしてへん」

「いわんかい。キーはどこや」

「知らん。どこでも探せ」

「河野はどこや」

「知らんわい」

「舐めんな！」

稲垣の左膝が男の顔にめり込んだ。男は横倒しになり、四つん這いになった臀《しり》を稲垣が蹴り上げる。靴先が股間に食い込んで、男ははじかれたように前へ跳ぶ。男は呻いて床に突っ伏し、佳代が悲鳴をあげた。

「上や。三階や」稲垣がいった。

友永は事務所を飛び出し、階段を駆け上がった。

三階の廊下は二基の蛍光灯が点いていた。左側は窓、右手に合板のドアが三つ、等間隔に並んでいる。鉄パイプを振りかざし、壁に背中をつけて手前のドアのノブをまわした。錠はおりていない。ゆっくりドアを開け、少し間をおいて顔をのぞかせると、中は和室で畳の上には座敷机だけ。人の気配はない。息を殺して廊下を進み、二つめのドアのノブに手をかけたとき、

「あかん、待て」後ろに稲垣がいた。「わしがやる」

稲垣は前に出るなり、無造作にドアを押し開けた。照明を点ける。そこは緋野の社長室らしく、書棚に木製のデスク、大型テレビにサイドボードといった調度類が並んでいた。

「ちッ」稲垣は舌打ちして奥へ走り、三つめのドアの前に立った。ノブをまわそうとしたが、動かない。

「ここや」

「ああ……」

稲垣は一歩後ろに退き、両手で銃をかまえた。

「行くぞ」

友永は深く息を吸い、全体重を右足にかけてドアを蹴った。バキッとドアが撥ねて、がらんとした部屋の中央にスチールベッド。毛布が人の形にふくらんでいる。

「ケン！」

「待て」駆け寄ろうとした腕を稲垣にとられた。

――と、その瞬間、ベッドの向こうに黒い影が立ち上がった。手に拳銃、こちらを向いている。

「くッ」反射的に横へ飛んだ。同時にプシッという発射音。廊下の壁が粉になって散り、稲垣も銃を撃つ。友永の隣に躍り込んできて反転し、壁に肩を押しつけて躙り上がった。

「くそっ、ケンはおらん」

「あれは人形か」

「枕やろ」

「どないする」

「逃げるんや」

稲垣は腕を伸ばし、部屋に向けて一発撃った。這ってあとずさりし、階段を駆け降りる。二階の踊り場に佳代がいた。ふたりを見て、また悲鳴をあげる。

「退け」

佳代を突き飛ばして外へ出た。

路地を走り抜け、新御堂筋を突っ切った。雑居ビルの塀裏に飛び込んで、植え込みの陰に身をひそめる。稲垣が追いついてきて横に倒れ込んだ。友永は伸び上がって塀越しに新御堂筋の方を見たが、追ってくる人影はない。極度の緊張から解放されて、不思議に笑いがこみあげてくる。

「――どうした」荒い息をつぎながら、稲垣がいった。「なにがおかしい」

「分からん。おれも最後のネジが外れたらしい」

「わしは外れるネジもないがな」

稲垣も笑った。「煙草、くれるか」

「よう吸うな、他人《ひと》の煙草ばっかり」

こわばった指でショートピースをつまみ出した。友永もくわえて火をつける。ふいに涙があふれてきて視界が歪んだ。「――おれ、夢を見てるんや」

「なんやて……」

「自分のしたことが信じられへん」

「明日、起きてみい、髪の毛が真っ白になっとるわ」

「あんた、おれに嘘ついてたな」

「嘘？　どういうこっちゃ」

「その膝や。走れんはずやなかったんかい」

「ほんまやな。……わし、走ったんや」稲垣は右膝を叩く。

稲垣の走る姿を見てはいない。友永はただやみくもに逃げたのだ。

「けど、わるい夢やで」

稲垣は俯いて、けむりを吐いた。「堅気がたったふたりで組事務所にカチコミかけたんや」

「いまさら、よういうな。ひとつ間違うたら撃たれてたんやぞ」

片手で髪を払った。廊下の壁のモルタルのかけらだろう、砂のような粒がパラパラッと太腿の上に落ちた。

「ピストルの弾は宝クジや。あたるもんやないというたやろ」

「そういうあんたも撃ったやないか」

「わしの弾は千発撃ってもあたるかい。あれは二発とも空包や」

「えっ……」

「あんたにはわるいけど、いえんかった」

稲垣は拳銃を抜き出した。弾倉を外して薬莢を抜く。「それともあんた、これが空包と知ってて、組に突っ込めたか」

答えようがない。稲垣が銃を撃つ光景を想像したことはなかった。

「わしはこのとおりのクズやけど、人をはじく根性はないんや」

「おれも人殺しの片棒は担ぎとうない」

「せやけど、これで人を脅すのはええ気分や」

「おれ、あんたという男が分からん」

「わしもときどき分からんがな」

「なんで、あのチンピラを蹴り倒したんや」

「さぁな、気がついたときはやってしもてた。あの女の金切り声で、頭に血がのぼってしもた」

計画では、電話番と佳代を縛りつけ、ケンを救い出してガレージ内の車に乗せるつもりだった。もし車がないときはケンを抱えて路地を抜け、百メートルほど北へ行った三国神社の境内にケンを隠す。友永が中島にとって返し、ライトエースを運転してきて、稲垣とケンを拾うというのがその筋書きだったが……。

「まさか、もうひとり隠れてるとは思わんかったで」

「あの音、隣近所に聞こえたかな」

「そら聞こえたやろ。誰ぞが通報してるかもしれん」

やつらは大慌てで銃を隠している。ケンが事務所に連れもどされることはない、と稲垣はいう。

「しかし、ケンはどこにおるんや」

「まさか、曾根崎へ行ったとは思えんしな」

そう、監禁場所を変えたに違いない。

「しゃあない、また一から仕切りなおしや」

稲垣は膝をさすりながら、長いためいきをついた。

友永は立ち上がり、周囲を見まわしてから歩道に出た。ガードレール越しに身を乗りだして、タクシーを停めた。


大和田。阪神高速道路神戸線のガードをくぐったところで開いている煙草屋を見つけた。ショートピースは自動販売機に置いていないから、いつも店番のいる煙草屋で買う。運転手に車を停めさせた。

ピースを五箱買って釣銭を受け取ると、稲垣がタクシーから降りてきた。妙に足どりが重い。

「どないした」

「電話や。矢代に電話してくれ」

「それは倉庫に帰ってからする」

「わし、気になるんや」

稲垣は悄然として言葉に力がない。「ケンはひょっとして、死んだんやないやろな」

「え……」

「おかしいやないか。ケンはなんで事務所におらんのや」

「そやから、監禁場所を……」

「ちがう。ケンが生きてたら、いちいち場所を移したりせん」

稲垣はかぶりを振る。「矢代は死体を始末したんかもしれん」

「あっ……」いわれてみれば、そのとおりだ。ケンの死体にハリガネでブロックを巻きつけ、海に沈める光景が眼に浮かぶ。

友永は煙草屋の店前の電話をとった。テレフォンカードを差す。矢代の携帯電話の番号を押した。

――村山や。

――この、くそガキ、組にカチこんだな。

――へっ、チンピラが連絡したんかい。

――おどれ、騙しくさったな。

――それはこっちのセリフじゃ。河野はベンツに乗ってへん。

――あほんだら、カマシかけんな。

――河野はどこや。

――どこでもええやろ。

――おのれ、河野を……。

――あほぬかせ。生きとるわい。

――ほな、声を聞かさんかい。

――ここにはおらんのじゃ。

――そうか、そういうことか。緋野をいてもうたる。

――待て。……あと一時間や。もういっぺん電話せい。

――それで河野が出るんかい。

――声は聞かしたる。そっちの方こそ、おやっさんを出せ。

――じゃかましい。注文つけんな。

受話器を置いた。

「どうやった」

「一時間後に、また電話せいといいよった」

「ケンの声は聞いてないんやな」

「ああ」

「時間稼ぎか」

「いや、やっぱりケンを移したみたいや」

「場所は」

「分からん。いうはずもない」

「くそっ……」稲垣は唇をかんだ。「緋野を締めたる。血へど吐いて、小便たらして、泣いて命乞いするまで締め上げたる」

鉄工団地。神崎川の堤防沿いでタクシーを降りた。北へ歩き、人影のないことを見定めてから倉庫脇の路地へ。両隣の鉄工所はシャッターを下ろして、旋盤の音は聞こえない。

裏通用口から中に入り、稲垣が事務室の蛍光灯をつけた。それで倉庫内にうっすらと明かりがさし、友永はクレーンの電源を入れた。天井のレールからぶら下がったコントローラーを操作して、緋野のまわりに積んだプレスをひとつずつ横へ移動させる。緋野はスチール椅子に縛りつけられ、首をたれたまま動かない。倉庫を出ていくときに着せたコートのボタンは外れていず、ロープの結び目も緩んではいなかった。

稲垣はプレスにかこまれた一坪ほどのスペースに足を踏み入れた。

「組長さんよ、残念やけど、取引はまた失敗した」

緋野はわずかに顔をもたげた。

「矢代はな、ケンを連れてこんかったんや」稲垣はつづける。「あんた、矢代にいうたがな。人質の交換はせんでもええ、となな。……電話や。あんたと矢代のやりとりは、わしらに筒抜けやったんや」

緋野は小さく首を振る。

「おたがい人質を持て余してる。ほんまに交換する気もない。おまけにケンは死んでしもたらしい。……そやから、緋野さんよ、あんたを殺すことにした」

稲垣は友永の方に手を差し出した。友永はコントローラーを渡す。稲垣はレバーを操作して、クレーンのフックを下ろした。

ウグッ、ウグッ――緋野はもがいた。懸命に上体をよじり、膝を屈伸させ、つま先で床を蹴ろうとするが、とどかない。

「すまんな。わしもあんたの口をふさがないかんのや」

稲垣はスチール椅子の背もたれにフックを引っかけた。モーター音がして、緋野は椅子ごと宙に浮く。緋野は前傾し、振り子のように揺れるが、胸と腰、足首を椅子に固定されているから、落ちることはない。

「冥土の土産や。もういっぺん、わしらの顔を拝ましたろ」

稲垣は緋野の眼と口のテープを剝いだ。

「や、やめんかい」緋野が叫んだ。

「大声だすな。ここでくびり殺すぞ」

稲垣はレバーを押した。ワイヤーが巻きとられて、緋野は上昇する。

「ええ眺めやろ。あんた、飛び降り自殺するんや」

「頼む。やめてくれ」

「死体は通天閣の下にでも捨てといたる」

「待て。金は払う。五千万払う」

「いまさら遅いわい。金はいらん」

「聞いてくれ。あと三日で五千万が入るんや」

クレーンは上昇し、緋野は遠ざかる。三階の天井までは十数メートル、人間が最も強く恐怖感を抱く高さだ。

「わしら、飯田屋でチャカ突きつけられた。曾根崎にもケンは来てなかった。あんたは命より金が惜しいんや」

「ちがう。今度こそ、ほんまや」

クレーンのフックが天井のレールに達した。

「助けてくれ。わしは死にとうない」緋野は絶叫した。倉庫内に響きわたる。

「やかましい。大声だすなというたやろ」

稲垣はレバーを操作した。クレーンの基部はレールを走り、緋野は前後に揺れながら悲鳴をあげる。

危ないッ――友永は声を呑んだ。

クレーンは倉庫の最奥まで走って緋野の姿は闇につつまれ、ガツンと緩衝材に衝突した。もう叫びは聞こえない。

「気絶しよったかな」

稲垣はクレーンを頭上に引きもどした。上から滴が降ってくる。

「くそボケが、また洩らしくさった」

「――た、助けてくれ」緋野が呻いた。

「ケンは殺された。おまえも同じめにあわしたる」

「金や。五千万や……」

「ええ加減なことぬかすな。どこにそんな金があるんじゃ」

「ある。入ってくるんや」

「それ、理事長選か」

「そう。大阪情報大や」

「いうてみい。話は聞いたろ」

「いう。いうから、下に降ろしてくれ」

「あほんだら。そこで喋らんかい。聞いて話のつじつまが合わんかったら、おまえは墜落じゃ」

「ことの起こりは情報大の内紛や。わしの知り合いの不動産ブローカーがネタを持ち込んできた」

途切れ途切れに緋野は話しはじめる。「去年の秋、情報大の理事長が箕面の職員宿舎とグラウンドの一部、四千坪を三十億で売却した。……その三十億に、銀行から受けた二十億の短期融資を足して、京都の亀岡に学部をふたつ新設しようとしたんや」

「理事長は、芳賀という名前やな」

「芳賀俊彦。……狸や。極道より質《たち》がわるい」

「それがどういういきさつで内紛になったんや」

「――な、あんた、その前に下へ降ろしてくれへんか」

哀れみを誘うように緋野はいう。小さな黒い塊は洞窟の天井にぶら下がったコウモリを連想させた。「心臓が停まる。タマが縮みあがって、うまいこと話せんのや」

「組長さんよ、無理に話をしてくれんでもええんやで」

稲垣は指先でレバーを押した。ウィーン――と、クレーンのモーター音がする。

「やめてくれ」

緋野は叫んだ。「――箕面の土地を買収したんは、FC開発というディベロッパーで、ゼネコンの深沢建設の子会社や。FCは深沢建設が亀岡の新キャンパス工事を請ける約束で、芳賀の念書もとってたんやけど、ここに教授会のストップがかかった。……芳賀に背任横領の疑惑あり、というお定《き》まりの権力闘争や」

「芳賀はFC開発からキックバックを受けたんやな」

「噂では三億。……芳賀は雇われの理事長やのに、茨木の自宅を担保にして、銀行から四億の金を借りてる。その銀行というのが、情報大に二十億を融資した興和銀行の大阪支店なんや」

「芳賀の家の評価額は」

「せいぜい、二億……」

「芳賀はなんで四億もの金を借りたんや」

「株や。バブルがはじけて、むちゃくちゃ負け込んでる」

「その穴埋めのために大学の土地を売ったんやな」

稲垣はあごをなで、「理事長ひとりの裁量で、そんなことができるんかい」

「芳賀は事務局長とつるんでる。財務担当の常務理事も芳賀の子分や」

情報大の理事は十三人。今度の理事長選に負けたら、芳賀一派はつぶれてしまう。芳賀の対立候補は今川という現学長で、副学長や同窓会長を引き込んでぎりぎりの勝負を挑んでいる。理事長は理事の互選であり、理事の半数は各学部長が兼任している、と緋野は説明する。

「おまえ、切りくずしのために、米崎いう学部長に金を持って行ったやろ。出処《でどころ》は芳賀か、ＦＣ開発か」

「――金の出処はＦＣや。もちろん、芳賀が裏で糸ひいてる」

「ＦＣ開発の担当者は」

「梅本という営業本部長や」

「おまえ、いままでにＦＣからなんぼ引っ張ったんや」

「千七百万や。……嘘やない」

「理事長選に勝ったら」

「三千万。それが成功報酬や」

「さっきは五千というたやないけ」

「あとの二千は、芳賀からつまむんや」

「おまえ、芳賀にどないして食い込んだ」

「情報大の体育会や。体育会長が相撲部のＯＢで、警備保障会社をやってる」

「それ、『八紘警備保障』やろ」

「えっ……」

「八紘は心燿会系の総会屋がよう使うとる。株主総会の警備にな」

稲垣はいって、「芳賀が雇われの理事長なら、情報大のほんまのオーナーは誰なんや」

「個人のオーナーはいてへん。情報大は古い大学やし、もともとは船場の旦那衆《だんなし》が金を出し合うて作った経理の専門学校や。全資産は大阪情報大学という学校法人が管理してる。……芳賀は文部省の天下りやと聞いたけど、詳しいことは知らん」

「芳賀が札ビラまいてたら、対立候補の学長も負けてられんやろ。スポンサーはおらんのかい」

「――な、あんた、そんな詳しいこと聞いて、どないするつもりや」

「どないもこないもあるかい。おまえは聞かれたことに答えたらええんじゃ」

「――今川にもバックはついてる。日動建設や」

一部上場の大手ゼネコンだ。深沢建設と同規模か。

「今川が勝ったら、日動は亀岡のキャンパス工事を受注できるんや」

「ゼネコン同士の代理戦争かい」

稲垣はふくみ笑いをして、「で、いまの情勢は」

「分からん。五分五分や。……そやし、わしがおらんと、芳賀は負けてしまう。あんたも五千万は手に入らんのや」

「へっ、うまいこと話をつなげるやないけ。それで、わしを放してくれというたつもりか」

「金はやる。みんな、あんたにやる。男と男の約束や」

「すまんな。わし、そういう任侠路線はあかんねん」

「金は矢代に振り込ませる。それでええやろ」

「――な、どないする」

稲垣が耳許でささやいた。「腐れ極道が必死で餌まいとるぞ」

「ケンはどうするんや」

友永も小声でいう。「ケンは生きてるはずや」

「もちろん、ケンは救け出す。わしの命にかけてな」

「おたがい人質をとってるんや。いまさら身代金というわけにはいかんで」

「うん……」

「な、頼む降ろしてくれ」

緋野のしわがれ声が響いた。「あんたのいうことはなんでもきく」

「ほれ、組長は腑抜けになってしもた」

天井を見上げて、稲垣はほくそえんだ。

10

稲垣は緋野を降ろした。床から数十センチ離れたところでクレーンを停め、緋野の眼に布テープを貼る。緋野のズボンは濡れて滴がたれ、あたりに異臭が漂った。

「な、組長さんよ、正直にいえ。あんた、なんぼほど用意できるんや」

「――金は、金は払う」

「そやから、自分の値踏みをしてみんかい」

「五千万や。あと三日で……」

「そんな先の話はどうでもええ。明日、振り込める金を訊いとんのや」

「千五百万や。どうにかする」

「ケンは死んだんやで。弔いもしてやらんとな」

「二千や。それが精いっぱいや」

「そうか。また〝ピーターパン〟をしてみるか」

「嘘やない。うちもあちこち焦げつかせとるんや」

「心燿会の金庫番がその程度かい」

「わしが動くんなら、三千や四千は半日で都合する。矢代では無理なんや」

「へっ、あんた、やっぱり大物や」

稲垣は鼻をならした。「あっさり金を払《はろ》うときゃええもんを、つまらん意地通すから、こんなめにあうんじゃ」

「……」緋野は力なく首を振る。

「ま、そこでおとなしいにしとかんかい」

緋野を吊るしたまま、事務室に入った。

稲垣はソファに腰を下ろし、友永は椅子に座る。

「あんた、ほんまに金をとるつもりか」

「そう。金がいる。逃走資金がいる。ケンを救け出して、傷を治す金がいる」

「おれは矢代が振込に応じるとは思えん。緋野があんなふうにいうたんはケンが死んだと思い込んでるからや」

「そのとおり。わしもあんたの意見に賛成や」

「なんやて……」

「そやし、ケンは死んだことにして緋野を嵌めるんや」

「どういうこっちゃ」

「緋野と矢代を喋らさんようにする。矢代には緋野の声だけを聞かせる」

「しかし、緋野を差し出さんことには、ケンを受け取られへん」

「そこや。そこんとこを考えるんや」

稲垣は言葉を切り、テーブルに片肘をついた。「まず、矢代がわしらのことをどれだけ知ってるか考えてみよ」

「矢代はおれの身元を知らんと思う。おれは村山で、ケンは河野や」

「そこへ新手が登場した。片足をひきずったゴキブリや。名前は稲垣というて、当たり屋をしてる」

「ケンはそこまで吐いたかな」

「さあ、分からん。……けど、わしのヤサはバレたかもしれん」

「あんた、どこに住んでるんや」

聞いたことがなかった。友永は稲垣の私生活をほとんどなにも知らないのだ。

「わしの巣は阿倍野や。文の里の安アパートに三年前から入ってる」

「あのフェアレディは」

「近くのモータープールや。車庫証明代を二十万もとりくさって、アパートの敷金より高《たこ》うついたがな」

稲垣は熱のこもらぬふうにいい、「どっちにしろ、わしは二度と巣にもどるつもりはない。これでも長生きはしたいからな」

「まさか、おれのアパートは知られてへんやろな」

「心配ない。あんたのことはなにもケンに話してへん」

「車はどないや。ライトエースは」

「あれは大丈夫や。飯田屋にはベンツで行ったと、矢代にいうたんやろ」

稲垣はソファにもたれかかった。「車種がバレたところで、白のライトエースなんぞ、何百台と街中を走っとる。それより、わしが気になるのは警察や。飯田屋の発砲事件で、いずれは緋野組に手がまわる。わしもいま分かったんやけど、矢代がケンを移したんはそのためかもしれん」

「しかし、誰も警察に捕まってへんし、ベンツのナンバーも……」

「ちがう。そんなことやない」

稲垣は真顔になった。「警察は柳月堂を調べたはずや。あんたとケンの座ってた席、極道の指紋だらけやないか」

「あっ……」いわれて、やっと気づいた。矢代が伝票をとってレジへ行き、勘定をしていた光景が眼に浮かぶ。

「わしら、まだツキがあったんや。警察が組事務所に張り込んでたら、ふたりとも、いまごろは檻の中や」

「ということは、矢代や三島も……」

「そう。緋野をとりもどすまでは事務所を空けるやろ」

「あんた、心あたりはないんかい。あいつらのアジトに」

「なんぼわしでも、そこまでは知らん」

「緋野に訊いたらどないや」

「訊くのは簡単や。……けど、ケンがいてるはずない。下手にカチこんだら、今度こそ蜂の巣にされる」

「もういっぺん曾根崎署の前で取引というのは……」

「あかん。いまから段取りしたら真夜中になる。車を降りた途端、背中にヤッパが刺さってる」

稲垣はいって、腕の時計に眼をやった。「九時半……電話の時間やで」

「よっしゃ。緋野を連れてくる」

「待て。先にケンの声を聞け」

稲垣は立って受話器を上げた。受け取って、友永はダイヤルボタンを押す。

——村山や。

——ばかたれ。遅いやないけ。

——河野を出せ。

——おやっさんを出さんかい。

——切るぞ、電話。

——くそめが。

ケンの声が聞こえた。

——おれや。

——ケン……。

思わず、ケンといってしまった。稲垣の眼が細くなる。

――体はどないや。
――なんともない。
――歩けるんか。
――ちょっとはな。
――いま、どこや。
――分からん。眼隠しされてる。
――部屋の中か。
――ああ。
――郊外か。
――たぶんな。
――音は聞こえへんか。踏切の音とか、車の音とか。
――水が流れ……。
声が途切れた。
――こら、喋りすぎじゃ。
――おまえら、どこにおるんや。
――やかましわい。おやっさんに代われ。
――待て。
手で通話口を押さえた。

「ケンは大丈夫や。矢代が緋野に代われというてる」稲垣にいった。

「その前に、金を振り込めというたれ。二千万や」

——おい、金を出せ。

——なんやと、こら。

——組長がいうとるんや。わしらに一千万の見舞金を払いたいとな。

——おどれ、なにをほざいとんのや。

——おまえらは河野を傷めた。治療費じゃ。

——寝言ぬかすな。この鉄砲玉をいてまうぞ。

「あかん。ケンに手を出しよる」また通話口をふさぐ。

「そうか……」

「矢代は本気や。無理強いしたら、ケンがやられる」

——こら、おやっさんを出せ。

——分かった。待て。

受話器を稲垣に渡して、事務室を出た。クレーンを操作して緋野を降ろす。

緋野は寒さに体をふるわせていたが、首をたれて一言も口をきかない。椅子を押して事務室にもどった。

「ほら、声を聞かせたれ。矢代が電話に出とる」

稲垣がいって、受話器を緋野の口許に向けた途端、

「この、あほんだら！」緋野は狂ったようにわめいた。「いつまでぐずぐずしとんのじゃ。おのれは若頭のくせに、親のわしを殺す気か。なんでもええから、こいつらのいうとおりにせい。このうえ、わしに泥かけたら足腰立たんようにしたるぞ」

「そうそう、その意気や。もっと脅したれ」

稲垣が囃したてる。「おまえんとこの若頭は金を払いとうないらしいで」

矢代は必死に抗弁しているのだろうが、なにも聞こえない。

「二千万や。さっさと振り込め」

緋野は見えない受話器に向かって怒鳴りつける。

「よっしゃ、もうええ」

そこで稲垣は受話器を友永の方に差し出した。緋野の後ろにまわって椅子を押し、事務室を出ていく。ドアが閉まるのを見て、友永は話しかけた。

――どうや、聞こえたか。組長さんは機嫌がわるいで。

――横でごちゃごちゃぬかしとんのは、組にカチコミかけた腐れやな。

――二千万、耳そろえて振り込まんかい。口座番号は知っとるやろ。

――眠たいことぬかすな。そんな金がどこにあるんじゃ。

――おまえ、指が飛ぶぞ。

――金を振り込んだら、おやっさんがもどるという保証は。

――なんなら誓約書でも書いたろか。

——手元に現金はないんや。

——生野の金山商事で借りんかい。ベンツのトランクに六百万入ってたやろ。

——いつ、おやっさんを放すんや、え。

——明日や。振込を確認したら、人質を交換する。

——場所と時間は。

——それはこっちから指定する。

——おやっさんに代われ。話がしたい。

——おれも河野と話したいな。

——なめとんのか、え。

——また連絡する。しっかり金策をせんかい。

フックを押さえた。ふう、と息をついてから受話器をおろす。

ドアが開いて、稲垣がもどってきた。

「緋野の手、ひどいしもやけになっとるな。指がバナナみたいに脹《ふく》れとる」

「無理もない。まる二日間、後ろ手に縛られとるんや」

「ほんまに気の毒やな」

稲垣はさもおかしそうに笑う。「片方の眉毛はない。指はバナナ。腰から下はおのれの小便でびしょぬれ。わしが緋野なら胃に穴があいとるで」

「そういや、なにも食わしてへんな」

「わしらも食うてへんがな。ミナミの鮨屋でにぎりをつまんだだけや」

「なにか買うてくるか」

中島一丁目まで行けばコンビニエンス・ストアがある。

「それより、矢代はどうやった」

「金は振り込むやろ。今度ドジ踏んだら、緋野に殺されよる」

まさか、こんなにうまくいくとは思わなかった。ついさっきまで、金は諦めていたのだ。「感心するで。あんた、ほんまによう頭がまわる」

「小男はな、総身に知恵がまわるんや」

稲垣は首をこくりとまわして、ソファに腰を下ろした。「しかし、本題はこれからや。ケンを救け出さないかん」

「矢代はケンの声を聞かせるのに一時間待たしよった。そやし、ケンは梅田から一時間の郊外にいてる。近くを水が流れてるらしい」

「手がかりはそれだけか」

「ケンは眼隠しされてる」

「ただ、水が流れてるというだけではな。……小川、水路、滝、水門、港、噴水、数え上げたらきりがない」

いいながらも、稲垣はひょいと立ち上がって外へ出た。椅子を押して、緋野を連れもどしてきた。

「組長さんよ、ちょっと質問や。矢代のヤサはどこにある」

「そんなこと聞いて、なにするんや」緋野は顔をあげ、つぶやくようにいう。

「訊いてるのはわしや。おまえは答えるだけでええ」

「矢代は東淀川の公団や」

公団住宅に人質を運び入れるのは無理だ。

「おまえ、別荘を持ってたな。どこや」稲垣は探りを入れた。

「琵琶湖や。それがどないした」

「琵琶湖のどこや」

「近江舞子《おうみまいこ》。遊園地の近くや」

これはちがう。梅田から近江舞子へは、阪神高速道路と名神高速道路、湖西道路を経由して、少なくとも一時間半はかかる。

「おまえら、妙なことを訊くな。なにが狙いじゃ」

緋野が訝《いぶか》った。まちがってもケンの居場所を探しているとはいえない。

「金を受け取ったあと、おまえをどこに送りとどけるか考えとるんじゃ。素直に答えんかい」

稲垣はかわしたが、

「嘘ぬかせ。また新しい隠れ場所を探しとんのやろ」

と、緋野はいう。「どこでもええから、ちゃんとしたベッドでわしを寝かさんかい。

このくそ汚れた服を脱がして、風呂に入れたれ」

「おのれ、さっきは小便たらしたくせに、えらい変わりようやないけ」

「わしは二千万をドブに捨てるんじゃ。ありがとうございますと、肩のひとつも揉んでみせんかい」

「くそボケ。どの口がそういう戯《ざ》れ言を吐くんや、え」

稲垣は緋野の唇をひねりあげた。緋野はもがいて唾を吐きかけようとする。

このふたりは犬と猿だ。稲垣はヤクザを憎悪し、そして緋野はやはり生粋のヤクザなのだ。眉を焼かれようが、天井から吊るされようが、極道の本性は変わらない。

「もう、ええ」友永は稲垣の腕をつかんで引き離した。稲垣は緋野を蹴りつけ、椅子が床を滑って壁に突きあたる。わめきつづける緋野の口に、友永は布テープを貼った。

「おれ、食い物を仕入れてくる」

投げるようにいって事務室を出た。裏通用口から路地を抜けて外へ出る。小走りで中島一丁目へ向かった。


コンビニエンス・ストアで、弁当と焼きそば、缶ビールと緑茶を買った。熱いコーヒーを飲みたかったが、倉庫には湯を沸かすポットもコンロもない。ラックに差してあった売れ残りの朝刊を三紙とスポーツ新聞を四紙、いっしょに買う。

店を出たところでタクシーを拾い、鉄工団地にとってかえした。倉庫内に入ると、事務室には緋野がいるだけで、稲垣はライトエースに乗ってラジオを聞いていた。

「――さっき、十時のニュースが流れた。飯田屋の件は音沙汰なし。東三国のカチコミは事件になってないみたいやな」

稲垣はラジオのスイッチを切り、今日の午後、神戸三宮で起きた信用金庫強盗事件が大きく報道されていたという。「今年もあと十日や。暮れになったら強盗が流行る。なにも特別警戒してるとこへ突っ込むことないやないか」

「そういうおれらも、こうやってジタバタしてる。他人のことを笑えるかい」

「極道さらうにゃ世間の騒がしいときがええんや。わしの卦《け》にはそう出とった」

稲垣は屈託ありげにいい、「さて、明日の人質交換まで、することは山ほどある。今晩は寝る暇ないで」

「というのは」

「まず、アジトの確保や。いつまでもこんなとこにはいてられへんし、ケンがもどったら治療をせないかん。腰を据える場所を見つけるんや」

「大阪から遠い方がええな」

「わしは四国か中国を考えてる。飛行機や電車は使いとうない」

山深い田舎の湯治場はどうだ、と稲垣はいう。ケンの傷がどの程度かは分からないが、交通事故の怪我を治しにきたといえば、不審がられないのではないか。

「高知と愛媛の県境や。奥吉野とか石鎚山のあたりに、自炊しながら長逗留できる宿がある」思いついて友永はいった。西条市の南、中奥山に遠い親戚がいるから、多少の土地勘はなくもない。「予約はおれがする。なんとかなるやろ」

「それと、このライトエースや」稲垣はステアリングに手をやる。「明日の晩、長堀で緋野組の追跡を振り切ったとして、そのあともこの車で逃走するのはヤバいような気がする。どこかで車を乗り換えるんや」

「乗り換えるて、レンタカーか」車を盗めというのなら、お断りだ。

「レンタカーは足がつく」

稲垣はかぶりを振って、「そやから、わしのフェアレディを使う」

「あん……？」

「わしの車はモータープールや。わしがフェアレディを買うたことはケンも知らんのや」

「あんた、車をとりに行くんかい」

「そう、とりに行く。今晩や」

「分かった。四国へはフェアレディで走ろ」

いざというときはスポーツカーの方がいい。ケンを奪還したら、ライトエースはナンバープレートを外して捨てるのだ。

「まだある」低くいって、稲垣はこちらに向き直った。「わしは芳賀に委任状を売ろうと思う」

「なんやて……」

「わしは考えた。緋野を放したら、二度と委任状を金にする機会はない」

稲垣はグローブボックスを開けた。緋野から取り上げた茶封筒を手にとって、中の書類を抜く。友永は武上山の山荘で委任状を見たきり、その存在を忘れていた。

稲垣はルームライトを点けた。委任状は二通。どちらも議長あてに、理事長選において芳賀俊彦を支持する旨、したためてある。署名、捺印は《理事　経営学部長　吉見道雄》《理事　情報科学部長　鎌谷誠一》とあった。

「日曜の夜、緋野が箕面の外院へ行ったんは、吉見か鎌谷の委任状を受け取るためやったんや。そして、その足で桂へ走りよった」

稲垣はポケットから黒い手帳を出した。緋野のアドレス帳だった。「これには芳賀の住所と電話番号も書いてある。……茨木の春日丘。わしはいまからこの委任状を売りに行く」

「ま、待たんかい。そんなこと急にいわれても、おれには判断ができん」

「わしが緋野の繰り言を長々と聞いたんは、こいつがひょっとして金になるかもしれんと思たからや」稲垣は二枚の委任状をひらひらさせる。「緋野は芳賀と今川がぎりぎりの勝負をしてるというたやないか。理事長選まであと三日、芳賀は委任状が喉から手が出るほど欲しいはずや」

「そら、そうかもしれん。……けど、緋野組が待ち伏せしとったらどないするんや」

「待ち伏せなんぞしとるかい。『実け組長が誘拐されました。そやし、吉見と鎌谷の委任状は手元にございません』と、そんな恥さらしなことを、矢代が芳賀に報告してると思うか」

「……」

「この委任状を手に入れるのに、緋野は相当の金を積んだはずや。それを回収して、どこがわるい」

「あんた、芳賀を脅すんか」

「手荒なことはせん。わしは緋野の代理人として芳賀に会う」

「もう十時半や。茨木へ行ったら十一時半になる」

「十二時になろうが一時になろうが、芳賀に会えるのは今晩だけや」

「芳賀は家におると限らんやないか」

「そう。そやし、わしは情報大の職員と名乗って、芳賀の家に電話をかけた」

稲垣は内ポケットの携帯電話を叩いた。「年配の女が出て、主人に代わりますというたから、わしはそこで電話を切った」

「芳賀に会うのはかまへん」

友永はうなずいた。「芳賀がもし、おれらの正体に気づいて、矢代に連絡したらどないするんや」

「矢代がおるのは梅田から一時間の遠いとこやろ。茨木まですぐには来られへん」

「芳賀が委任状の買い取りに同意したとしても、何百万の現金を家に置いてるとは思えん」

「いや、わしはそう思わん。理事長選まであと三日やし、芳賀は手元に実弾を用意してるはずや」稲垣はしたり顔で腕を組む。「百万や二百万はあるで」

「そんなうまい具合にいくんかい」

「いったら元手いらずの大儲けや。バカ食ろうても腹は立たん」

「分かった。好きなようにせんかい」いいつつ、ものになりそうな予感がした。

「わるいけど、飯を食うてる時間はない。緋野の背広の金バッジを外してくれ」

稲垣は委任状を封筒にしまった。

緋野の下半身を括ったロープを解いて、濡れたズボンを脱がし、友永のジーンズをはかせた。足首と太腿をスチール椅子に縛りつけ、椅子の背もたれにクレーンのフックをかけて、十センチあまり吊り上げた。緋野はなにやら唸り声をあげていたが、体が宙に浮くと、すぐにおとなしくなった。

十時四十五分。倉庫をあとにした。

11

千里万博公園から約一キロ、茨木市南春日丘に着いたのは十一時三十五分だった。

稲垣と友永はタクシーを降り、なだらかな坂を上がっていく。右の住宅の屋根越しに見えるこんもりとした森は春日丘八幡宮らしい。

坂を上りきると、正面にコンクリート打ち放しの擁壁。二十メートルほど左に石積みの門柱があった。付近の路上に車は駐まっていない。

稲垣はスーツの襟に金バッジをつけた。

「どうや、似合うか」

「眼つきのわるさだけは充分に極道やで」

バッジは心燿会の代紋である三つ鱗《うろこ》のマークに『ヒ』とカタカナのひと文字を浮き彫りにしている。

《芳賀俊彦》——表札を確かめて、稲垣はインターホンのボタンを押した。しばらく待って応答があった。

——夜分、恐れ入ります。緋野興産の小川と申しますが、芳賀先生はご在宅でしょうか。

——芳賀はおりますが、どういうご用件でしょう。

——大学の理事長選挙の件で、ぜひとも先生のお耳に入れたいことがございます。こんな遅くにご迷惑でしょうが、お取次ぎ願います。

——お待ちください。

友永は門扉の隙間から中をのぞいた。一階の手前の部屋に明かりがともり、玄関から白いカーディガンをはおった小柄な女性が出てきた。

「お入りください」門扉が開いて、女性がいった。

一礼して門をくぐった。前庭は石だたみのポーチと広い芝生。敷地は二百坪を越えるだろう。母屋は軒の高い二階建で、スペイン瓦の屋根と白壁に瀟洒な趣がある。

稲垣と友永は玄関に入った。広い式台の正面にすけた石板の衝立《ついたて》。一面に釘で引っ掻いたようなアラビア文字が彫りつけてある。

「芳賀はすぐ参ります。こちらでお待ちください」

女性に指示されて、廊下の右側、応接室のドアを引いた。さっき明かりのともった一階の手前の部屋だ。フローリングの床に大きなペルシャ絨毯が敷かれ、中央にどっしりした革張りの応接セットが配されている。稲垣と並んで腰を下ろした。

「豪勢やな、え」

「評価額は二億とかいうてたやないか」

格子天井、漆喰の壁、シャンデリア、ドレープのカーテン。猫脚のサイドボード。部屋の造作は趣向を凝らしたもので、調度類も金がかかっている。

友永はショートピースをくわえた。稲垣も一本抜いて吸いつける。稲垣の上着の裾がわずかに膨らんでいるのは、ベルトに拳銃を挟んでいるためだ。

「まさか、矢代に電話してるのとちがうやろな」

「考えすぎや。そんなことはない」

――と、そこへノック。ドアが開いて紺のガウンを着た長身の男が現れた。白髪、べっこう縁の眼鏡、鼻下に細く切り整えた髭。顔色がほんのりと赤く、髪をきっちり七三に分けているのは、風呂上がりなのだろう。

「こんな時間に、突然押しかけまして、申しわけございません」

稲垣は深く頭を下げた。「私、緋野興産の小川といいます」

「大西です」友永も頭を下げた。

芳賀は稲垣のバッジにちらっと眼をやって、ソファに座るなり、

「緋野さんはどうしてるんです」と、険しい顔で訊いた。

「それは矢代がいうたはずですけど……」

「矢代くんの説明ははっきりしない。社長は京都に泊まり込みだとか、必死の説得工作をしているとか、言を左右にしたあげくに、今日はまったく連絡がとれなかった。理事会まであと三日だというのに、いったいどうなってるんだ」

「緋野は京都に泊まり込みで米崎学部長の説得工作をしてたんですけど、一昨日、どうしても抜けられん義理ごとが起きまして、地方へ飛びました。それで私がこれを先生におとどけするようにことづかってきました」

稲垣は芳賀の言葉を遮るようにいって、内ポケットから封筒を出す。「――委任状です。吉見先生と鎌谷先生からいただきました」

「ほう、二人分か」芳賀の口許がかすかにほころんだ。

「ごらんください」稲垣は二枚の委任状を広げてテーブルに置く。

芳賀はテーブルに手を伸ばしたが、

「ちょっと待ってください」稲垣が指先で委任状を押さえた。

「うん……」芳賀は手をとめて稲垣を見る。

「これをお渡しする代わりに、というたらなんですけど、芳賀先生から選挙資金をお預かりしてこいと、緋野にきつくいわれとるんです」

「選挙資金？」

「緋野がいうには、米崎先生がどうしても首を縦に振らん。あとひと押しの資金が不足してるということなんです」

「で、いくら足りないんだ」

「あと五百万。……いえ、四百万でも三百万でも、できるだけの現金をお預かりしてくるようにいわれました」

「ここにそんな金は置いていない」

芳賀は眉を寄せた。「それならそうと、なぜ事前に連絡しないんだ」

「先生のお怒りはごもっともですが、詳しいわけをいうと先生にご迷惑がかかるようなことがあるかもしれません。ここはひとつ、私らの渡世上のしがらみというやつで、ご理解願えませんか」

稲垣はうまく切り返す。なかなかの役者だ。

「いまうちにある現金は百五十万だけだ。残りの三百五十万は明日になったら用意できる」

芳賀は勢いをそがれたように低くいった。

「いえ、明日ではもう遅いんです。今晩のうちにとどけんといかんのです」

「どこの誰にとどけるんだ」

「それは、いまはいえません」

稲垣はまた頭を下げた。「非常識は承知の上で押しかけました。緋野も私らも、先生の再選を願って全力を尽くしてます」

「分かった。ここで押し問答していても仕方がない。金を持ってくる」

芳賀は膝に両手をあてて、さも大儀そうに立ち上がり、応接室を出ていった。

「へへっ、やったな」稲垣はせせら笑う。

「あんた、天才やな。希代の詐欺師や」

「詐欺師やない。ゴト師や」

「紙切れ二枚が百五十万に化けたがな」

「ここや。ここが違う」稲垣は指で頭を叩く。「ケンの出所祝い金を稼がんとな」

「シャンペンの一杯も飲みたい気分やで」

「まあ、待て。もうちょっとの辛抱や」

稲垣はソファに寄りかかって脚を組んだ。

芳賀は十分後にもどってきた。家中の金をかき集めたといって、テーブルの上に袱紗《ふくさ》包みを置く。「――百七十万ある」

「すんません」稲垣は包みを開けた。「確かに」

「あと、二百万がもうすぐとどく」

「は……？」

「FC開発の梅本くんに電話したんだ。二百万円を持って、こちらに向かってる」

「ああ、そうですか。それはありがとうございます」

稲垣は予想外の展開にとまどったようだ。「梅本さんはどちらから」

「自宅だよ。彼は旭区に住んでいる」

「二百万もの現金、ようありましたね」

「いや、梅本くんは兎我野町《とがのちょう》の会社に寄って、金庫の金を出してくるそうだ」

「なるほど、そういうことですか」

稲垣は笑った。眼は笑っていない。

「だから、ここで待っていればいい」

愛想よく芳賀はいう。「――ところで、なにか飲むかね」

「そうですね、コーヒーを」

「じゃ、ぼくが淹れよう。こう見えてもコーヒーマニアでね、豆は十種類そろってる。

ブレンドしてネルドリップするんだ」

いうなり、芳賀は部屋を出ていった。

「なんじゃい、人が変わったみたいに機嫌ええやないか」

「委任状を見せたからやろ」

「間抜けがわざわざ電話して、もう二百万、騙しとられよる。日頃、偉そうにしとるから他人の裏が見えんのや。明日になったら歯ぎしりしよるで」

「けど、三百七十万とはな……」

「あいつも必死なんや。ここで金を惜しんだら理事長選に負ける。負けたら身の破滅やと、それしか頭にない」

「梅本もええ迷惑やで。いまごろ汗拭きながら金庫のダイヤルまわしとる」

できすぎだ。笑いをこらえて煙草に火をつけた。


そして二十分――。芳賀はもどってこない。

「あのガキ、なにさらしとんのや」じれたように稲垣がいう。

「遅いな……」友永は三本めのショートピースを揉み消した。

「な、あんた、芳賀は時間稼ぎしとるんと違うやろな」

「なんやて」

「ひょっとして、梅本の代わりに緋野組が来たりしてな」

「脅かすな」スッと血の気がひく。

「ああいう尊大な男が自分でコーヒーたてたりするかな。それも、見ず知らずの初めての客に」

「そういや、えらい愛想がよかったな」

「欲をかかんと、ずらかるか」

「しかし、ここでドンパチをするとは思えん」

「この家を出たとこでホールドアップや」

「二百万、棒に振るんか」

「わし、胸騒ぎがするんや」

――と、そこへ足音。開けてくれないか、と芳賀の声が聞こえた。

稲垣は立って右腰の拳銃に手をやり、ドアを引いた。

芳賀はポットとカップを載せたトレイを持って応接室に入ってきた。テーブルにトレイを置く。稲垣はドアを閉めて、ソファに座った。

芳賀は白磁に青い染付のカップを並べてコーヒーを注ぎ分けた。クッキーの皿を真ん中に押し出す。

「先生は文部省におられたそうですね」稲垣がいった。

「高等教育局だ。学校教育部長で退官した」

「天下りというやつですか」

「私学は助成金がいるんだよ」

「ＦＣ開発とは長いんですか」

「身上調査かね」

「いや……」稲垣はコーヒーをすすった。「上品なカップや。『スポード』ですか」

「ロンドンで買ったんだ。視察で英国へ出張したときに」

「先生はカップや皿にも造詣が深いんですね」

「器はヨーロッパがいい。長い伝統がある」

「このカップ、『マイセン』でしょ」

稲垣は受け皿を裏返して銘を見る。

「ああ、そうだったかな」芳賀は眼をそらした。

「先生、奥さんは」

「家内は寝たよ。君はいったい……」

顔を上げた瞬間、芳賀は凍りついた。

「おっと、騒いだらあかん」

稲垣は芳賀の喉元に拳銃を突きつけた。「とうとうボロが出たな。カップの銘柄も知らんくせにマニア面《づら》かい」

「……」芳賀はへなへなと崩折《くずお》れた。

「あんた、コーヒーを淹れに行ったんやない。時間稼ぎをしたんや」

いいながら稲垣はクッキーをつまんだ。「この家に向かってんのは梅本やのうて、緋野組の連中や。あんた、矢代に電話したな」

「……」芳賀は惚《ほう》けたようにうなずく。

「答えんかい。矢代はいつ来るんや」

「十二時……十二時半」

友永は時計を見た。あと十分で十二時半になる。

「矢代はどこから来る」

「箕面だといってた」

「箕面のどこや」

「知らん。聞かなかった」

「あんた、車は」

「ガレージだ」

「キーは」

「玄関にある」

「案内してもらおか」

稲垣は袱紗包みと委任状を上着のポケットにねじ込む。

「君、その委任状は……」

「なんじゃい、文句あるんかい」

「金はやる。それだけは置いていってくれないか」

「そういわれると、なおさら渡すのが惜しいがな」

稲垣は芳賀の腕をとって立ち上がった。


友永はキーを二本持って庭へ出た。ガレージは敷地の東の隅、黒のディムラーとシルバーのアリストが駐められていた。

どっちや――少し迷ったが、アリストのドアにキーを差した。ディムラーは目立ちすぎる。

「乗るか」稲垣がいった。

「いや……」芳賀はあとずさる。

「冗談や。大学の理事長を誘拐したら新聞に載る」

稲垣はパイプシャッターを上げろといい、芳賀は壁際のスイッチを押した。

友永はアリストに乗り、エンジンをかけた。ライトを点ける。燃料は満タン、走行距離はまだ一万キロだ。

「ほな理事長、お暇《いとま》します」

稲垣が助手席に乗り込み、友永はサイドブレーキを下ろした。


坂を下りて、三叉路を右へ行く。小さな橋を渡り、幼稚園の角を出た瞬間、眼の前にヘッドライト。とっさにブレーキを踏みステアリングを左に切ってかわした。

ぼけッ、どこ見とんじゃ、セルシオのリアウインドーから男が顔を出してわめいた。テールランプが坂を上がっていく。

「あのガキ、見憶えがあるな」

「飯田屋やろ。あのときは黒いセーターを着てた」

銃が弾け飛んで回転しながら売場を滑った。それを拾いあげる黒セーター。友永はエスカレーターを駆け上がり、黒セーターが追ってくる。――瞼に焼きついたあの光景は一生薄れることがないだろう。

「また、すれ違いやったな」

稲垣はつぶやいて、首をなでた。


国道一七一号線を西へ走り、新御堂筋を南下した。稲垣は少し眠るといってシートを倒し、すぐに寝息をたてはじめた。こんなときによく眠れると、稲垣の図太さに感心するが、おたがい少しでも睡眠をとらなければ体がまいってしまう。

おれもそろそろ限界かな――。神経は張りつめているのに、どこか思考が散漫になって、頭の芯にいつも寝汗をかいているような感覚がある。じりじりするような緊張感はわるくないが、瞬発力は確実に落ちている。

大阪市内に入った。南森町から阪神高速道路に上がって松原線を走り、夕陽丘出口で降りた。稲垣を起こす。

「――どこや、ここ」稲垣は眼をしばたたいた。

「天王寺公園や。いま東を向いてる」

「まっすぐや。あびこ筋に出たら南へ行ってくれ」

飯田屋デパートをすぎ、松崎町を右折した。阿倍野区役所の角を左に曲がってしばらく行くと、高い尖塔のある教会が見えた。

「あの教会の裏にわしのアパートがあるんや」

「あんた、クリスチャンになったんやろ。日曜の礼拝に行かんかい」

「そうやな。聖歌隊でゴスペルでも歌おか」

この男には信仰心のかけらもない。

文の里公園の脇を走り、公設市場の前で、稲垣は車を停めるようにいった。付近に駐車場は見あたらない。

「フェアレディはどこや」

「もう通りすぎた」

「なんやて」

「ようすを見たんや。怖い人が隠れてへんかなと」

さっきの教会の隣にあったモータープールがそうだと稲垣はいう。「もう一周してから中に入ってくれ」

「この車はどないする」

「フェアレディと入れ換えや。二、三日して芳賀に場所を教えたったら、とりに来るやろ」

「そのころ、おれらは湯治場か」

「そうなることを願おうや」

一方通行路を迂回し、駐車場に入った。屋根付きで車は約三十台。市内の駐車場としてはけっこう広い。レモンイエローのフェアレディは右のいちばん奥、そこだけフェンスのない教会の塀際に駐められていた。

稲垣はフェアレディのドアを開けて乗り込んだ。太いエンジン音が響いて二本のエキゾーストパイプから白い蒸気がたちのぼる。ゆっくり前に出て停まった。

友永は塀際にアリストを駐めて車外に出た。キーをポケットに入れようとして思いなおし、右のリアタイヤの上に置いた。フェアレディに乗ってドアを閉める。

「久しぶりの運転や。やっぱりマイカーはよろしいで」

稲垣は上機嫌でいい、ヤレクターレバーを引いた。

阿倍野入口から阪神高速道路に入った。環状線を半周し、三号神戸線へ。稲垣の運転は意外におとなしく、車の流れにのってスムーズに走る。右膝のハンデはまったく感じない。

「雨、やんでるな」

ぽつりと稲垣がいった。「いま、気がついた。わしらが緋野組にカチこんだとき、佳代は傘をさしてたがな」

「いつ、やんだんやろ」憶えていない。雨のことなど頭になかった。

「さぁな……」稲垣は首をひねる。「大和田の煙草屋で、あんた、ピースを買うたやろ。あのときはまだ降ってたで」

「ああ、そうや。タクシーのワイパーが動いてた」

どうでもいい話に弾みがつく。おたがい疲れているのだ。

「いっそ、どしゃ降りにならんかい。その方がハードボイルドや」

「あほくさ。小便だらけのお荷物抱えて、三日間も這いずりまわってるんや。ハードボイルドが聞いて呆れる」

「緋野のあほんだらめ、いらん小細工しくさって」

「あんた、よっぽど緋野が嫌いなんやな」

「極道てなもんはクズや。虫酸が走る」

「ヤクザに因縁でもあるんかい」

「因縁？　あるがな」

稲垣は声を落として、「わしのおやじ、極道や」

「えっ……」

「わしがものごころついたころ、おやじは家におらんかった。おふくろは芳江というて、色の黒い、背の低い女やったけど、キタのキャバレーに勤めてた。わしと兄貴は六畳二間のアパートにいつもふたりきりで、まともな晩飯は食うた憶えがない」

稲垣が小学四年生になったとき、父親の栄一が〝長い出張〟から帰ってきた。栄一は日がな一日テレビの前に座って働きもせず、芳江がひと言でも文句をいうと狂ったように暴れだし、家中の金をかっさらって競艇へ行く。生活に疲れた芳江は兄弟を連れ、着の身着のままでアパートを出た。キャバレーもやめて、栄一から逃げたのである。

芳江は西成区岸里に新しいアパートを借り、そこからミナミのアルサロへ勤めに出た。ところが半年ほど経ったある日、どこでかぎつけたのか、栄一がアパートに現れた。で、お定まりの殴る蹴る。芳江は泣き叫び、派出所の警官が止めに入った。栄一は岸里のアパートに住みつき、またヒモ暮らしをはじめた。

「そうこうするうちに、おふくろに男ができたらしい。わしが中学二年になった春に、おふくろは失踪した。おやじもどこかへ消えて、二度と顔を見ることはなかった」

一家は離散し、兄弟は和歌山の祖父に引き取られた。中学を卒業した稲垣は大阪の建築板金工場に就職した。

「おもろいやろ。絵に描いたようなろくでなしの家系や」

「おふくろさん、連絡はないいんか」

「いまは下関に住んどる。干し椎茸みたいな婆《ばばあ》になった」

「おやじはどうなった」

「シャブでのたれ死んだらしい。半端極道に似合いの腐ったくたばり方や」

「それで、兄さんは」

「因果はめぐる。高い塀の向こうで、お務めの最中や」

姫島出口を降りて、淀川通りを左折した。

午前二時、芳賀の邸を出てから一時間半経った。

「——あんた、シートベルトを締めんかい」ふいに稲垣がいった。

「なんでや」

「尾けられてる。白のローレルや」

友永は振り返った。ヘッドライトが眩しいが、後ろに白い車が見えた。

「間違いないんやな」

「わしの眼は節穴やない。こっちが車線を変えるたびに、ウインカーも出さずに尾いてきよる」

「どこからや」シートベルトを締めた。

「分からん。……たぶん、文の里やろ」

「なんで、駐車場で襲わんかった」

「チンピラがひとりで見張ってたんやろ。応援を呼ぶ暇はない。わしのチャカが空砲やとも知らん」

「あんた、この車のことは……」

「ケンにはいうてへん」

稲垣はかぶりを振った。「矢代がアパートの大家に金つかませたんやろ。わしは大家にモータープールを紹介してもろたんや」

「どないする」

「さぁ、どないしょう」

前方に阪神電鉄の高架が見えた。稲垣もシートベルトを締める。

高架をくぐると、国道四三号線との交差点。信号が赤に変わり、稲垣は停止線を一メートルほど越えて車を停めた。

「あんた、両手をダッシュボードに突っ張っとけ」

「ここで振り切るんか」

「ああ」稲垣はエンジンを空ぶかしし、セレクターレバーをセカンドに入れる。

四三号線の信号が黄色になり、赤に変わった。右折車が三台、動きだす。

瞬間、フェアレディは咆哮し、タイヤを軋ませて交差点に突っ込んだ。中央でスピンし、対向車線の大型トラックが急停止する。稲垣はリアをスライドさせてターンし、たてなおして加速する。ローレルは急発進し、半回転してトラックの横腹に衝突した。クラクションが鳴り、ラジエターから蒸気が噴きだす。

稲垣は速度を落とし、淀川通りを引き返す。さっきくぐった高架の手前で、フーッとひとつ、長い息を吐いた。

12

「むちゃくちゃやな。また寿命が縮んだ」

友永はひきつった顔を掌《てのひら》で叩いた。

「ドリフトとスピンターンはわしの得意技や。まだ腕は落ちてへん」

若いころはよく暴走したと稲垣はいう。「車はロールバーを入れたポンコツのトレノや。リアシートを外して、内張りも剝がして、ナンバープレートに泥塗りつけて、生駒のあたりを走りまわってた」

「あんた、〝族〟やったんか」

「わしは群れへん。いつも一匹や」

「免許、いつとったんや」

「十八や。あのころは車がわしの生きがいやった。……ガソリン代がないからスタンドで働いたこともあったけど、たった五十リッターほど自分の車に入れたんがバレて、その日のうちに馘になってしもたがな」

赤信号。稲垣は車を停めた。ラーメン屋の店前で、犬が生ごみをあさっている。

友永は煙草をくわえて、

「いつもの道で中島に帰るのはヤバいな。いったん佃《つくだ》に出て、出来島大橋を渡るか」

「わしは気が変わった。このまま梅田へ走って下見をしよ。曾根崎署から長堀駐車場までの走行時間と、信号の数を調べるんや」

「矢代には電話せんでええんか」

「心配せんでも、ケンに手出しはせん。この金は矢代から奪《と》ったんやない」

稲垣は上着のポケットの百七十万円を叩いてみせる。「倉庫にもどったら、あんた、矢代に電話してくれ」

信号が青に変わって、また走りだした。淀川通りを東へ向かう。


午前二時二十分、梅田――。

HEP《ヘップ》の近くに数十台の車が駐まっていた。車のまわりには暴走族がたむろし、終電に乗り遅れた少女たちを狙って網を張っている。

「この寒いのに、ようやるな、え」稲垣が笑う。

HEPから南へ百メートル、曾根崎界隈は人影が少なかった。稲垣は曾根崎署前にフェアレディを停めて、

「あんたは時間を計ってくれ。わしは距離と信号の数を数える」

友永は腕のダイバーズウォッチを見た。リングのゼロを長針に合わせる。

稲垣はトリップメーターをゼロにセットして、フェアレディを発進させた。曾根崎署

の角を左折して御堂筋へ。駅前第四ビル、梅田新道、新地本通り、大江橋北詰、大江橋南詰、淀屋橋北詰の信号を通過して、淀屋橋南詰の土佐堀通り交差点で赤信号にひっかかった。走っている車はほとんどがタクシーだ。

「経過時間は」

「百十三秒」

「たった一キロで信号が七ヵ所。これはちょいと多すぎるな」

「いまは車が少ないけど、夜の七時、八時台はあと一、二ヵ所でひっかかるで」

ライトエースが停まった途端、後ろの車から男たちが飛び出してくる光景が眼に浮かぶ。前後左右を車にかこまれて、どこへどう逃げろというのだ。

「大丈夫や。御堂筋の真ん中でピストルをぶっ放したりはせん」

ほんとうにそうだろうか。ヤクザはいったん火がついたらとまらない。途方もないむちゃをするからこそ、代紋を張ってシノギができるのだ。

「極道には極道の面子があるんや」

稲垣はつづける。「これが組同士の戦争なら功名争いでとことん走りよるけど、ことを派手にしすぎたら事情が表に出る。堅気に親分をさらわれて、極道の一分《いちぶ》が立つと思うか」

「けど、矢代はおれらを膾に刻むというたやないか。車三台と組員五人を曾根崎署のまわりに張りつけると、緋野にいいよった」

「そら、追跡はされるやろ。されるけど、いきなり撃たれることはない。振り切ったらこっちの勝ちや」

「うん……」

「それに、そういう心配は人質を交換してからの話やないか」

そう。そのとおりだ。おれはケンをとりもどすと心に決めたのだ。

「すまん。また弱音を吐いてしもた」

「あんたはまだ外れるネジが残ってるんや。わしみたいな殻《ガラ》と違う」

信号が変わった。稲垣はヘッドライトを点ける。

淀屋橋から本町、船場中央でまた停まった。信号は十基。七十二秒かかった。

そうして、久太郎町から南船場、長堀通りまで四十四秒。前方に土木工事現場が見えた。遮蔽用の鉄製スタンドをめぐらせた現場内に、ショベルローダー、クレーン車、大型トラックが駐められ、夥しい数の赤色灯がほぼ二メートル間隔で並んでいる。

「あれはなんや」

「地下鉄工事やないか」

「そんなことは分かってる」

地下鉄鶴見緑地線の延伸工事だろうが、ここまで工事が進んでいるとは思わなかった。長堀通りの中央分離帯付近にあったはずの地下駐車場の入口が見あたらない。

「駐車場はどないなった」

「とっくに閉鎖されたがな」

「なんやて……」あいた口がふさがらない。

「地下駐車場の跡を地下鉄が走るんや」

「おれは、駐車場までつぶすとは思てなかった」

「あんた、それでも大阪人かい」

稲垣は笑って、長堀通りを東へ折れた。以前は屋外駐車場だった広い道路の中央部が工事現場になっていて、その両側に東行きと西行き、各々三車線の車道をとっている。

「駐車場がなくなったら、計画はオジャンやないか。どないして振り切るんや」

友永の記憶では、市営長堀地下駐車場は御堂筋の交差点内に入口があり、堺筋に出口があった。地下は一方通行で、出口はひとつしかなかったから、料金所に向かう急勾配の上り坂でライトエースのリアデッキから積み上げておいたブロック数十個を蹴落とし、追ってくる車を走行不能にさせるというのが稲垣の計画だった。

「まあ、待たんかい」

稲垣は小さくいって、フェアレディを加速する。信号が四ヵ所。堺筋、長堀橋の交差点に《長堀入口》という表示があった。

「ほれ、駐車場はまだ残ってるんや。こいつは一号棟で、駐車台数は二百八十。末吉橋の西詰に出口がある」

「えらい詳しいやないか。いつ調べたんや」

「あんたがテレフォンピックアップを買いにいったとき、都市計画課に電話で問い合わせた。あやふやな情報で人質の交換はできん」

稲垣は交差点に入った。長堀入口のゲートの前でフェアレディを停める。ウインドーを下ろして、発券機からカードを抜いた。駐車場は終夜営業で、料金は午前八時から午後七時までが三十分につき二百五円、午後七時から午前八時までが百五十五円となっている。民間の駐車場よりは割安だ。

ゲートが上がり、短い坂を降りて地下一階の駐車場に入った。人気《ひとけ》はまったくなく、車線は東行きの一方通行で、まっすぐ突きあたりまで見通せる。左右のスペースにぽつりぽつりと車が駐められていた。

「どないや、感想は」

「ここで追い越しかけられたら危ないな」

走行路の長さは約三百メートル。幅は六メートル以上ありそうだから、二台の車が並走することができる。

「坂を降りたら、わしは次々にブロックを落とす。あんたはジグザグに走れ」

突きあたりまで行くと、左に出口に向かう上り坂があった。坂は急勾配で右にカーブし、車は一台しか通れない。

「この坂で、残ったブロックをいっぺんに蹴落とす。後ろの車はぐちゃぐちゃや」

稲垣のいうとおりだ。駐車場に入ったら逃げ切れる。

坂を上がった。料金所には係員がひとりいて、防犯カメラの映像だろう、画面の静止した二台のモニターテレビを眺めていた。稲垣がカードを差し出すと、首をかしげて、いま入ったばかりですねという。ちょっと忘れ物を思い出しましてね、と稲垣は笑った。

料金所を出て右折し、東横堀川の脇道に入った。

「曾根崎警察から駐車場まで何分かかった」車を停めて、稲垣が訊く。

「百十三秒と七十二秒、四十四秒に二十五秒やから……ノンストップで、トータル二百五十四秒。……四分十四秒やな」

「約四キロで四分十四秒ということは、平均時速は五十キロ強か」

「この時間帯やから、そんなスピードで走れるんや。信号のある交差点と横断歩道は全部で二十五ヵ所。待ち時間を足したら、七分かかってる」

「ということは、夜の八時台なら十分を越えるな」

稲垣の渋い顔。「――あかん。時間がかかりすぎる」

「曾根崎署の前で人質を交換するというのが無理なんや」

「となると、適当なとこは……」

「中之島はどないや。市役所の前は」

「あこはヤバい。夜は閑散としてる」

「もっと南へ下って、久宝寺や博労町のあたりは」

「会社の退け時がすぎたら人目がないやろ」

「すると、御堂筋沿いに適当な場所はないで」

「ふん……」

「曾根崎署はやめて、いっそのこと、南署はどないや」

「南署の前は道が細い。おまけに一方通行や」

「いや、一方通行やけど、歩道と車道の区別はある。ミナミの繁華街の外れやし、人通りもけっこう多い」

「そうか、南署という手もあったか」

稲垣はあごをなでる。「よし、行ってみよ」

南へ走って周防町通りを右折した。西へ三百メートルほど行って、堺筋を北上し、一筋めの一方通行路を左へ。この時間になると酔客は見あたらない。五十メートルも進むと、左に南署があった。

「なるほど、こいつはよろしいな」

稲垣はほくそえむ。「道はそう広うないけど、走りやすいかな」

付近に違法駐車の車は一台も見あたらない。車道と歩道は煉瓦ブロック敷きで、段差がなく、塀やガードレールもない。南署の正面玄関は歩道から五メートルほどセットバックし、前に小さな車寄せを配している。ガラス張りのロビーには薄明かりがついていて、カウンターの向こうに制服警官が二人座っていた。

稲垣は歩道に片輪を上げてフェアレディを停めた。

りはようせん」
「この真ん前で人質の交換や。なんぼイケイケの極道でも、ここでチャカ振りまわした
「けど、ロビーからこっちが素通しやで」制服警官がこちらを見ている。
「そやから、人通りの多いときにやるんや。ライトエースとベンツをくっつけて、緋野とケンを交換したら、すぐに走りだす。警官もまさか、こんなとこで取引してるとは思わへん」

稲垣はフェアレディを発進させた。十メートルほど先の四つ角を右折し、百メートルほど行って、また右折すると、堺筋に出た。赤信号で停まる。

「本番では、この信号は無視や。赤でも青でも突っ込め。堺筋に入ったら、あとは長堀駐車場の入口まで北へ三百メートルや」

「御堂筋を四キロも走る必要はないな」

「よし、決まった。取引場所は南署前や」

「時間はいつや」

「日が暮れてからやな。八時でどうや」

矢代には曾根崎署前と伝えておき、七時四十五分になったら場所を変更する、と稲垣はいう。

「それでええ」

友永はうなずいた。「ライトエースからフェアレディに乗り換えるのは」

「南港のフェリー埠頭にするか。前のカローラと同じように、ライトエースのナンバープレートを外して捨てるんや」

「フェリーで四国へ渡るつもりか」

「いや、フェリーの客にケンの怪我を見せとうない」

「どこで治療するんや。あてはあるんかい」

「ないこともない。わしの昔の連れに医者がおる」

「それは心強いな」

「腕はわるうない。医者のくせに、しょっちゅう西成の常盆に出入りしとる」

「なんの医者や」

「獣医や」薬の横流しでもしているのだろうか。

「……………」

「さ、倉庫へもどろ。夜が明けるがな」

稲垣は短い欠伸《あくび》をした。


阪神高速道路を経由し、佃から出来島大橋を渡って中島に入った。新井鋼材に帰り着いたのは午前三時四十分。フェアレディは神崎川の堤防脇に駐めた。

裏通用口から倉庫内に入って事務室の照明を点け、友永はプレス置場へ。三段に積み上げたプレスの壁の向こうにクレーンのワイヤーが下がっている。

「待たせたな」

まわり込んだ瞬間、友永は凍りついた。「こ、これは……」血の気がひく。

クレーンのフックに吊り下がっていたのは、スチール椅子だけだった。緋野の姿は見あたらず、椅子の背もたれから長いロープが床に垂れて幾重もの輪になっている。

「おい、来てくれ」大声で稲垣を呼んだ。

事務室のドアが開いて、稲垣が走ってきた。椅子とロープを見て立ちすくむ。

「あかん。人質を失くしてしもた」

「くそったれ……」絞りだすように稲垣はいう。

「すまん。おれのせいや」

「いや、わしも油断した」

「クレーンをもっと上げとくべきやった」

緋野は何度も何度も執拗に椅子を揺さぶりつづけたのだろう。背もたれのパイプが後ろに折れ曲がっている。

「ここを出るとき、鍵はかけたか」稲垣は気をとりなおすようにいった。

「かけた。さっき帰ってきて、錠をあけたやないか」

友永は事務室のキーボックスにあった鍵を持ち歩いている。倉庫を出入りするときは必ず施錠していた。

「待て」いうなり、稲垣は走りだした。ライトエースの脇を走り抜けてシャッターの通用口へ行き、すぐにもどってきた。

「表も裏も通用口に鍵がかかってる。ということは、緋野はまだ倉庫の中や」

「ほんまかい」

「間違いない。いちいち錠をおろしてから逃げる人質がどこにおるんや」

稲垣はかがんで、ロープを拾いあげた。「見てみい、こいつは緋野を椅子に縛りつけたロープや。緋野の手を括ってた短いロープはない」

「緋野は後ろ手のままで隠れてるんか」

「さぁな……」稲垣は椅子の座面に掌をあてた。「冷たい。緋野が椅子から抜け落ちたんはだいぶ前や」

コンクリート床に落ちた緋野は、プレスの角、エッジの鋭い金属片にロープをあてて、ごしごしとやったのだ。手さえ自由になれば、目隠しと猿轡もとれる。

「あいつはこの倉庫の中におる。ロープを切って外へ逃げる前に、わしらが帰ってきたんや」

稲垣はベルトの拳銃を抜いた。「緋野を逃がすな。あいつを生きて帰したら、ケンが殺られる」弾倉を外して空包を掌に落とし、上着のポケットから頭の尖った弾を出す。

「実包か」

「どうにもしゃあないときは緋野を撃つ」

稲垣は弾をこめて弾倉をもどした。「あんたは裏や。わしは表にまわる」

二手に分かれた。友永は足音をひそめて、プレスの壁沿いを左へ進む。倉庫内は静まりかえって、自分の息づかいだけが耳の奥に響く。

クレーンの鉄柱にバールが掛けてあった。長さは約四十センチ、そっと取り上げて右手に握りしめる。素振りをくれたら、ヒュンと音がした。

事務室の窓から明かりが射す。その明かりの中、錆色のプレスに白く細長いものがひっかかっていた。緋野の手を縛っていた綿ロープだ。

そう、やつはここにいる。空腹と寒さで消耗し、衰弱している。痩せた体を丸め、息を殺して、どこかの隅に竦んでいるのだ——。

友永は頭上にバールをかざした。じっと耳を澄ます。なにも聞こえない。

そのまま左に移動した。明かりを避けて、ジグザグに進む。

——と、そのとき、倉庫内が真っ白になった。眩しい。天井の照明が点いたのだ。

「組長さんよ」稲垣の声が響いた。「あんたがこの中におるのは分かってる。出口は二ヵ所、両方とも固めてる。逃げられへんで。覚悟を決めて出てこんかい」

むろん、緋野の返事はなく、物音もしない。

「よっしゃ、分かった。倉庫は狭い。あんたが出てこんのなら、こっちが探す。最後通牒や。見つかったらあんた、腹に風穴あくんやで」

稲垣の声がやむと同時に、モーター音がした。クレーンではない。ライトエースのスターターモーターだ。エンジンがかかる。

どうした——友永はプレスの陰から出た。ライトエースの運転席に人影。エンジン音が高まる。ステアリングを握っているのは緋野だ。

「おったぞ」叫んだ瞬間、ライトエースが突っ込んできた。友永は横に跳び、倒れ込む。ライトエースは左に逸れ、バウンドしてクレーン鉄柱の基礎に乗り上げた。

友永は反転して起き上がり、バールをフロントドアに叩きつけた。サイドウインドーが割れ、「このガキ！」緋野が叫ぶ。

ドアの把手に手をかけた。ライトエースは車体を揺るがせて後退し、友永は引きずられる。蛇行しながらバックして友永は振り落とされ、ライトエースはシャッターに突っ込んでいく。激しい衝突音。ライトエースのリアハッチはシャッターにめり込み、タイヤが空転する。「殺すぞ」稲垣が銃を両手にかまえて仁王立ちになり、運転席の緋野に狙いをさだめていた。

「撃つな！」バールを投げつけた。走って稲垣と緋野のあいだにまわり込む。

「退け。殺したる」

「じゃかましい」

稲垣を突き飛ばし、ドアを開けて緋野の襟首をつかんだ。引きずり降ろす。蒼白になった顔に拳をたたき込むと、緋野はあっけなく尻から床に落ちた。

緋野の手足を縛って眼と口にテープを貼り、プレス置場にころがした。

ライトエースを前後に動かして、エンジンとサスペンションに損傷のないことを確かめた。オイルパンやギアボックスからのオイル漏れもない。ぶつかったリアの部分を点検すると、バンパーが折れて右の尾灯が割れ、ハッチゲートのヒンジが曲がっていて、開くことはできるが、きっちり閉まらない。とりあえずハリガネで固定し、エンジンをとめた。

天井の照明を消して、事務室にもどった。緋野が電話をした形跡はない。

「間一髪や」稲垣はソファにもたれ込む。「あと五分遅れてたら、アウトやった」

「おれはもう、なにがあっても驚かへん」

「しかし、ここにはおられへんな」

「夜が明けるまでに出んといかん」

外の道路から、あのふくらんだシャッターを見れば、誰もが異常に気づくだろう。

「どこへ行く」

「あてはない」

「しゃあない。ホームレスやな」

「いっそ、箕面へ行くというのはどないや」

「箕面？」

「芳賀がいうたやないか。矢代は箕面におると」

「なるほど、ええ案や」

「おれ、箕面は詳しないけど、キャンプ場やコテージぐらいあるかもしれん」

「箕面の滝の周辺は『明治の森』とかいう国定公園や」

「滝は水の音がする。ケンはその近くかな」

「あんな観光地にあるのは食堂と土産物屋だけや。保養所はあっても、みんな企業の持ち物やで」

「ケンはいったい、どこにおるんや」

「箕面は広い。市域の三分の二は山や」

「芳賀は箕面にある情報大の職員宿舎とグラウンドの一部を売り飛ばしたんやろ。宿舎が空になってたら、そこにケンを隠してるとは考えられんか」

「情報大の箕面キャンパスは粟生間谷というとこにある。国道一七一号線から十分ほど北へ上がったとこやし、間谷から茨木の春日丘までは、車で三十分や」

芳賀が矢代に電話をして、やつらが現れるまでに五十分あまりかかった。だから、ケンは粟生間谷や箕面の滝よりはもっと遠い豊能《とよの》町の近辺に監禁されているのではないか、と稲垣はいう。「どっちにしろ、いまの状況でケンの居場所を突きとめるのは無理や。それよりあんた、矢代に電話して、ケンの声を聞いてくれ」

いわれて、友永は受話器を取りあげた。矢代に電話をかけるのは何度めだろう。しわがれた声とヤクザに特有の粘りつくような口調が耳に染み込んでしまった。

——村山や。河野を出せ。

——おどれ、理事長になにさらした。

——ちょいと小遣いをもろただけや。行きがけの駄賃、というやっちゃ。

——なんやと、こら。もういっぺんほざいてみい。

——がなるな。おまえが一円でも出したんかい。

——委任状はどこや。

——あんなもんが欲しいんか。

——訊いとるんや。答えんかい。

——アリストの中に忘れてきた。

——嘘ぬかせ。どこにもなかったわい。

——ということは、文の里で張っとったな。

——いらん詮索さらすな。

——おまえもけっこうやるやないか。大阪中に手下を撒いとるんかい。

——おどれ、鉄砲玉をいてもうたろか。

——組長をいてまうぞ。

——おやっさんを出せ。

——河野を出せ。

——けっ……。

ケンは矢代のそばにいたらしい。声が聞こえた。

——あんたか。
——どうや、大丈夫か。
——ああ。
——明日、人質を交換する。もうちょっとの辛抱や。
稲垣に目配せをした。稲垣は立って事務室を出る。
——こら、おやっさんに代わらんかい。
矢代がいった。
——待て。いま連れに行った。
——稲垣たらいうネズミやろ。おどれら三人、まとめてぶち殺したる。
——くさいカマシは組長を取り戻してからにせい。一千万、用意したんか。
——おどれの指図で踊るかい。わしはおやっさんの命令で金を作るんじゃ。
——振込はいつや、え。
——昼までには振り込んだる。
——人質の交換は午後八時や。場所は曾根崎署の前。分かったな。
——またガセかましくさったら承知せんぞ。
——ガセはおまえやろ。曾根崎に河野を連れてこんかったやないけ。
——早よう、おやっさんを出せ、こら。
そこへ、ドアが開いて稲垣が緋野を引きずってきた。髪はばさばさ、油だらけのコート、土気色の顔に鼻血がこびりついている。
「ほれ、喋ったれ。若頭がお待ちかねや」

稲垣は銃口を緋野の首にあててロのテープを剥いだ。友永はかがんで、緋野の顔前に受話器をかざす。

「わしや」力なく、緋野はいった。「こいつらのいうとおりにしたれ。おまえはなにも考えんな。金はちゃんと振り込め」

それだけをいわせて、友永は受話器を耳にあてた。

――聞こえたか。できのわるい若頭のせいで、組長さんは疲れてはる。

電話を切った。

「おのれら、どこへ行ってた」緋野がいった。

「サウナでマッサージや。疲れがたまってたさかいな」稲垣が応えた。

「二千万、どないするんじゃ」

「近江舞子に別荘を買うことにした」

「おのれみたいなクズの住むとことちがうわい」

「おまえ、能勢や箕面のあたりに別荘は持ってへんのか」

「あほんだら。山でヨットに乗れるかい」

「まだ元気やな、え」

「手足が痺れてなかったら、おのれらを轢き殺してた」

「そら残念やったな。わしもおまえを撃ちたかった」

「寒い。風邪ひいたぞ」

「ええコート、着てるやないけ」

「ビキューナじゃ」

「さすが組長さんや。カシミア程度では満足できんか」

稲垣は緋野を引き起こしてソファに座らせた。「飯食え。これからドライブや」

「また逃げるんかい」

「やかましい。その口はものを食うだけに使え」

コンビニエンス・ストアで買った弁当と焼きそばをテーブルに広げた。どれも冷えきっていて、ひどくまずい。友永は弁当の半分を緋野に食べさせてやり、稲垣は焼きそばに少し口をつけただけで、新聞を読みはじめた。飯田屋の発砲事件は載っていないと眼顔でいう。砂をかむような食事は十五分で終わり、友永はあとを片づけた。

緋野の口にテープを貼り、ふたりで抱え上げてライトエースに乗せた。リアシートをたたんでデッキに横たえ、腰にロープを巻いてフロントシートの脚に縛りつける。上からナイロンシートをかけると、まったく目立たない。

事務室内の手で触れたと思われるところをウエスで拭き、テレフォンピックアップとテープレコーダーを外してバッグに入れた。裏通用口の鍵をキーボックスにもどす。

友永はライトエースのエンジンをかけた。稲垣がシャッターのスイッチを押すと、軋みながら開いた。ライトエースを外に出す。シャッターが閉まり、しばらく待って、稲垣が脇の路地から出てきた。

「忘れ物ないいな」

「あらへん」

稲垣を横に乗せて走りだした。堤防へ向かう。少し走ると、ステアリングが左にとられることに気づいた。首をかしげるのを見て、

「どないした」と、稲垣が訊く。

「ちょっとおかしい。ホイールアライメントが狂うてる」

クレーンの基礎に乗り上げたからだ。ロワーアームかタイロットが曲がったのかもしれない。

「走れるか」

「なんとかな」

ケンを救け出すまでは、ライトエースを棄てるわけにはいかない。

堤防に着いて、フェアレディの前に停まった。稲垣が降りてフェアレディに乗る。

四時五十五分、中島をあとにした。稲垣が後ろに随いてくる。

13

十三《じゅうそう》から西中島、新御堂筋を北上して箕面市に入った。国道一七一号線を越えて一キロほど行くと、白鳥というところで道は左右に分かれていた。

標識を見て、右の《粟生・外院》方面へ。フェアレディもウインカーを点滅させる。

バス通りを三キロ走って、コミュニティーセンターを左に折れた。なだらかな坂を上がっていくと、住宅街の外れ、ポンプ場の向こうにグラウンドが見えた。大阪情報大学の箕面キャンパスだ。周囲にフェンスをめぐらせた広大なグラウンドは、一万坪以上はあるだろうか。四千坪を売り払ったところで、体育クラブ活動に支障をきたすことはない。

どこや、職員宿舎は――。

フェンスに沿って走った。しばらく行くと、左に四階建の白い建物があった。低い生垣、外部廊下と各部屋にバルコニー。外観はマンションのようで、たぶんこれが職員宿舎らしい。ところどころ、窓に明かりがともっている。

友永は玄関の前でライトエースを停めた。門柱に《大阪情報大学粟生教職員宿舎》とある。建物は売却したが、まだ明け渡していないのだ。こんなところにケンがいるはずもない。

ウインドーから手を出して、これは違う、と合図した。稲垣がヘッドライトを点ける。

Uターンして、バス通りを引き返した。白鳥から、《箕面駅・箕面公園》方面へ。ステアリングが左にとられて、運転がしづらい。

阪急箕面駅前に着いた。ロータリーを半周して坂を上りはじめると、始発電車に乗るのだろう、コートの襟を立てた会社員が足早に降りてくる。箕面遊園地のロープウェイのそばで新聞配達のバイクを追い越した。

曲がりくねった坂を進んでいくと、あたりは徐々に山深くなり、箕面公園、弁天堂を過ぎて、右に箕面川が見えてきた。川沿いの道を三十キロのスピードで走行する。すれ違う車は一台もない。

約二キロ走って、箕面の滝駐車場に着いた。春から秋の観光シーズンだと、ここに猿の群れがいて、観光客に餌をねだっている。

ライトエースを停めた。緋野は眠っているのか、かぶせたナイロンシートはぴくりともしない。煙草をくわえて車外に出ると、フェアレディがすぐ後ろに停まって、稲垣が降りてきた。

「あかんな。貸し別荘なんかありそうもない」

見つけたところで借りられる時間ではない。六時五分、ようやく東の空が白んできた。

「豊能町へ走ろ。早いとこアジトを見つけんと、夜が明けてしまう」

「おれら、まるでゴキブリやな」そう、闇から闇への逃避行だ。

「ドラキュラの召使やで。緋野というバンパイアを柩に隠さないかん」

稲垣は友永の煙草を抜き、吸いつけた。「適当な巣を見つけたら、そこに入ろ」

「あんた、探してくれ」

車に乗った。今度は稲垣が先導だ。雄滝橋を渡って、ビジターセンター、営林署事務所、箕面川ダム、箕面トンネルをくぐって、箕面川沿いの府道四号線をなおも北へ行く。

山の家、農協倉庫、青少年野外活動センター、郷土博物館と、それらしい建物はあったが、緋野を運び入れられるようなところではなかった。朝靄の中、ふと気づくと、もうヘッドライトのいらない明るさになっている。あたりに人家はなく、箕面川の川原に段々畑が開けていた。

山間の尾根を切り通した府道を抜けて、フェアレディが左に寄った。徐行して停まる。ぬかるんだ雑草だらけの空き地に《箕面止々呂美《とどろみ》採石場》と、ほとんど字の消えかかった立看板があり、五十メートルほど奥に二階建の倉庫が見えた。稲垣がウインドーから右手を出して指をさす。

フェアレディは空き地に進入して、倉庫の裏側にまわった。友永もライトエースを停めて、降りた。

「ここにしよ」稲垣がいった。

倉庫と見えたのはスレート葺きの石材加工場だった。ところどころスレートが破れて中の鉄骨がのぞいている。加工場の裏は、方形のプールのような窪地に濃い緑色の水がたまり、その向こうに赤茶けた岩肌を露出した高い崖が立ちはだかっていた。

「こいつはええ。もう何年も操業してへんぞ」

稲垣がいうまでもなく、ここは廃工場だと分かった。採石の跡地が池になり、トラックヤードには雑草が生えている。パワーショベルもトラクターもなく、タイヤ痕もない。

友永は加工場のまわりを一周した。出入口の鉄扉にナンバー錠がついているが、リングが錆びついていてまわらない。錠を壊すより、スレートを破る方が簡単だ。

鉄扉の右の鉄骨階段を上がった。手すりも踏面も錆で膨れあがっている。二階の扉はベニヤの合板で、ペイントが剝げ落ち、朽ちている。ノブを握って力まかせに引くと、あっさり開いた。中は事務室だったのだろう、二十畳ほどのスペースに家具類は見あたらず、床の合成タイルに白い石粉のような埃が積もっている。窓は道路側と採石場側に二ヵ所、ガラスは割れていない。

友永は外へ出て、階段を下りた。

「二階や。人の入った形跡はない」

「よっしゃ、荷物を移そ」

ハリガネをほどいてリアハッチを開き、ナイロンシートをめくった。緋野はデッキに横たわって脚を縮めていた。見えない眼をこちらに向ける。

「組長、降りるんや」

稲垣は緋野の足を持って引きずり出した。友永が腋の下に手を入れて、抱え上げる。

階段を上がり、床に緋野をおろすと、埃が舞いあがった。社町の貯木場の廃屋を思い出す。

「寒いな」

「ああ、寒い」

大阪市内より四、五度は気温が低いだろう。窓ガラスに霜が張っている。

「どないする、これから」

「ちょっと眠ろ。限界や」

「シュラフを用意しとくべきやった」

「こんな事態になるとは思てへんがな」

稲垣は笑って、「わしらは車の中で寝よか」

「こいつは」

「括っとこ」

友永は下に降りて、ライトエースの車内から毛布とロープを出した。加工場の二階にもどって、緋野の腰にロープを巻き、両端を鉄骨の柱に縛りつけた。緋野はがらんとした床の真ん中に固定されて身動きできない。その上から毛布をかけてやった。

「優しいな、え」

稲垣は靴先で緋野を蹴る。「こいつはあんたを轢き殺そうとしたんやで」

「凍死したら困るやろ」

「人質は少々弱ってる方がええんや」

吐き捨てるようにいって、稲垣は外へ出た。友永も踵を返して階段を下りる。

フェアレディに乗ってエンジンをかけ、ヒーターを入れた。シートを倒し、稲垣と並んで横になる。

「――風呂、入りたいな」ふっと口に出た。

「明日の晩は湯治場や。いやというほど入れるがな」稲垣が応える。

「おれ、怖いわ」

「交換か、人質の」

「それを思うと、いまでも胸が締めつけられるような気がする」

「わしも怖い。緋野をさろうてから、見当外れのことばっかりや」

「どっちにしろ、出たとこ勝負か」

「最後の最後は、な」

「もし、撃たれたら」

「痛いやろな」

「死ぬかな」

「かもしれん」

「いややな、死ぬのは」

「けど、楽になる」

「ああ……」

「すまん。あんたを巻き込んでしもた」

「そんなつもりでいうたんやない。ケンはもっとえらいめにおうてる」

「あんた、わしより根性すわってるわ」

「あんたにいわれりゃ世話はない」

眼をつむった。それきり口をきかなかった。


ルーフを叩く雨音で眼が覚めた。横を向くと稲垣がいない。後ろのライトエースの中にもいないようだ。時計を見ると、十時四十八分。四時間あまり眠ったことになる。

友永は車を降りた。雨粒が首筋を打つ。上を向いて口をあき、顔を拭った。

「おい、なにしとるんや」稲垣の声が聞こえた。石材加工場の階段下のスレートが割れて、大きな穴が開いている。

穴をくぐって中に入った。薄暗い部屋の中央、一段高くなったコンクリート基台にレールが敷かれ、その上に赤錆びた大型機械が据えられていた。

「これは」

「石を切るんや。この円盤でな」

太いアームに直径一メートルほどの円盤が取り付けられていた。これを回転させて石を切るようだが……。

「刃がついてないやないか」

「ダイヤの粉や。先端に埋め込んである」

「よう知ってるな」

「連れが和歌山で墓石屋をしてる。わしが死んだら戒名を彫ってもらう約束や」

「あんた、戒名なんか持ってるんか」

「あんなもんは自分で好きなようにつけりゃええんや。坊主の専売特許やない」

「で、あんたの戒名は」

「極道院誘拐居士、とでもしとこかい」

「間違いなく地獄行きやな」

煙草をくわえた。稲垣にも一本やって、火をつけた。「あんた、いつ起きた」

「ついさっき、十分ほど前や」

稲垣はけむりを吐いて、周囲を見まわした。「緋野のようすをみてから、適当な瓶でもころがってへんかと探しに入ったんやけど、きれいさっぱり、なにもない」

「瓶とは……」

「中にガソリンを詰めたら、火炎瓶になるやろ」

「なるほど。そら、ええな。緋野組の連中を振り切れるがな」

ブロックを落とし、火炎瓶を投げつけるのだ。

「どこぞでビール瓶でも拾《ひら》お。ガソリンも買わんといかん。腹ごしらえもしたい」

壁の穴をくぐって外に出た。

二階に上がって、緋野のロープが緩んでいないかを確認した。口のテープを剝ぐと、小便がしたいという。横にしたまま放尿させせて、またテープを貼った。

「あのガキ、便秘やな」

下に降りて、稲垣が笑う。「この四日間、出しとらへん」

「あんな状態や。出るもんも出んやろ」

「紙オムツでも巻いたろかい」

稲垣はフェアレディのドアを開けた。友永は助手席に座る。エンジンをかけるなり、走りだした。

二キロほど南へ下りると、農協があった。前に公衆電話ボックス。

「あんた、電話してくれ」

稲垣が車を停めた。友永は降りて電話ボックスに入る。矢代の携帯電話の番号を押した。

――村山や。

――遅いやないか、こら。

――朝っぱらから大声出すな。金は振り込んだんか。

――いま、若い者が走っとる。十二時までには振り込むわい。

――口座番号、間違うなよ。

――じゃかましいわ、くそっ。

――河野を出せ。

——おやっさんを出さんかい。

——ここにはおらん。この電話は公衆や。

——ほな、鉄砲玉には代われんな。

——振込を確認したら組長の声を聞かせたる。

電話を切った。ボックスを出て車に乗る。

「十二時までに振り込むというてる。ケンの声は聞けんかった」

「あと、三十分やな」稲垣が時計を見る。「飯、食うか」

「ああ、食うとこ」あまり食欲はない。熱いコーヒーをブラックで飲みたかった。

また走りはじめた。風圧を受けて、フロントガラスの水滴が波打つ。稲垣がワイパーを作動させると、扇型の視界が開けた。

農協から箕面川ダムの近くまで下りて、ドライブインを見つけた。敷地の左に二十台ほどのパーキング、軒の高い民芸風の建物に《ぼたん鍋》と書いた幟《のぼり》を立てている。豊能から能勢にかけて、この一帯が猪の本場だということを思い出した。

稲垣はパーキングに入って、車を停めた。前にダンプカーが一台、駐まっている。

「あんた、猪は」

「旨いとは思わんな。あれはにおいがある」

「そやから、味噌仕立てにするんやないか」

「おれは牛で充分や。馬も鯨も食いたない」

車を降りた。自動扉が開く。店内裏手は全面がガラス張りになっていて、ダムと湖が一望できる。細い水路を滝のように流れ落ちる水、発電設備のない治水ダムの
頂上には、橋を兼用した二車線の道路が走り、対岸の樹林が雨に煙っていた。

稲垣はカツ丼と味噌汁、友永はオムライスとサラダを食べた。食後のコーヒーは、案の定、まずい。淹れっ放しにしていたのを温めなおしたのだろう。

「十二時や。大手前支店に電話する」

稲垣が立ち上がった。ゆっくり歩いて、入口横の電話をとる。テレフォンカードを差し、手帳を見ながらボタンを押した。

二千万か……。友永は独りごちた。三人で分けたら約七百万。それを持って大阪を離れよう。北か、南か、それとも外国か。北海道、東北、東京もいい。南なら、九州、沖縄か。フィリピン、タイ、東南アジアはどうだろう。言葉は通じないが、物価は安い。半年や一年は食いつなげそうだ。

どっちにしろ、もとの生活にはもどれない。おれはどうせ根なし草やないか――。

稲垣がもどってきた。表情に変わりはない。

「どうやった」

「二千万、入ってる」

こともなげにいった。「村山貴志夫の口座に二千万、確かに入ってる」

「やったな」

「ああ、やった」稲垣は口端で笑った。「出しに行こ」

「バッグがいるな」

「ポケットには入らんわな」

稲垣は伝票をとった。


阪急箕面駅まで下りて、ロータリーに車を停めた。友永が売店に走り、朝日、読売、毎日、産経の朝刊を買った。ふたりで二紙ずつ流し読んだが、〝飯田屋事件〟と〝緋野興産の発砲〟に関する記事はなかった。

「なにも載ってないというのも不気味やな」

「警察が抑えとるんや。緋野組の内偵をしてんねやろ」

稲垣は新聞をリアシートに放り、ワイパーのスイッチを入れた。

箕面駅から西小路まで下りて、箕面市役所に車を駐めた。道路の向こう側、交差点の角に三協銀行がある。

「キャッシュカードで二千万をいっぺんに下ろすことはできへん。一日あたりの限度額は五百万や。ここで二百万ほど出しとこか」

三軒の支店をまわって五百万を引き出し、あとの千五百万は通帳と印鑑で下ろすと稲垣はいう。

「防犯カメラは大丈夫かな」

「矢代が警察に手配してると思うか」

「いや……」

薄汚れた上着、膝の抜けたズボン、ふたりともスーツを着ているが、どことなく胡散臭い。きのう組事務所に殴り込んでから、着替えていないのだ。

ワイシャツのボタンをとめ、ネクタイを締め直した。車を降りる。

横断歩道を渡って銀行に入った。キャッシュディスペンサーは五台。三協銀行の支店口座なら一度に百万円が引き出せると、プレートに書いてある。

稲垣がキャッシュカードをディスペンサーに差し、暗証番号を押した。モニター画面に『村山貴志夫様』と表示される。百万の数字を稲垣は入力した。

――がしかし、札を数える音が聞こえない。カードだけがもどってきた。

「こら、どういうこっちゃ。え」

稲垣が振り返る。「大手前支店は振込があったというたんやぞ」

「残高を調べてみい」

稲垣はもう一度カードを差した。残高照会のボタンを押すと、画面に二千一万円の表示が出た。端数の一万円は口座を作るときに預金した金だ。

「おかしいやないか。残高はあるのに、なんで出えへんのや」

「もういっぺん、やってみい」

稲垣はまた同じことを試みた。現金は出てこない。

友永は係員を呼んだ。

「なにか……」初老の、人のよさそうな行員が来た。

「金が引き出せんのですわ」

「残高が不足してるんじゃないですか」

「いや、金は入ってますねん」

稲垣は行員にキャッシュカードを渡した。行員がディスペンサーを操作すると、やはり二千一万円の表示が出た。

「確かに、残高はありますね」

行員は首をかしげた。「暗証番号をお間違いになったのでは」

「そんなことはない」

いらだたしげに稲垣はいって、支払い操作をした。モニター画面にエラー表示はなく、しかし現金は出てこなかった。

「これは妙ですね」行員もそういった。

「たとえば、振込主が振込先に対して、支払い停止、というような手段をとることはできるんですか」友永が訊いた。

「それは難しいですね。本来、振込というのは支払いのためにするものですから、それを停止させるのは、よほどの事情がなければできません。いったん振り込んだ現金は振込先のものなんです」

「その、よほどの事情というのは」

「そうですね……」

行員は間をおいて、「振込主が急死してしまったとか、犯罪がらみで警察から要請があったとか……それくらいしか考えられません」

警察の要請と聞いて、一瞬、どきりとした。行員の口調にふたりを疑うふうはない。

「お差し支えなかったら、支店名と口座番号を教えていただけませんか。調べてみます」

「三協の大手前支店。普通預金の１４８２３４」

「少々お待ちください」

行員は口座番号をメモして、カウンターの中に入っていった。

「くそったれ、矢代のガキが仕組んでくさる」

「けど、金を振り込んだことは確かや。村山貴志夫の口座に二千万が入ってる」

「それを引き出せんというのはおかしいやないか」

「まさか、警察が……」

「矢代と警察が組んでるんかい。それやったら、わしらはとっくに捕まっとる」

稲垣は壁に寄りかかった。

傘を提げた老人がディスペンサーの前に立って、あたりを見まわしている。友永と眼があった。

「すんません。ちょっと教えてもらえませんやろか」

「なんです」そばに行った。

老人は三枚の一万円札を握っていた。それを預けたいのだという。友永がディスペンサーを操作して預金してやると、老人は丁寧に礼をいって出ていった。

「功徳やな、え」稲垣が笑う。

「おれ、年寄りにもてるんや」

そこへ、さっきの行員がもどってきた。

「事情が分かりました。振込主は緋野興産という会社ですね」

「ええ、そうです」稲垣が答えた。

「緋野興産は銀行保証小切手で二千万円を振り込みました。小切手は当行の生野支店の発行で、それを共和銀行の三国支店から、大手前支店の村山様の口座に振り込んだんです」

「それはどういうことや。銀行保証小切手は現金と同じ扱いやろ」

「そう、現金と同じですが、いまは他店券振込という状態になっているんです」

「他店券振込……」

「大手前支店が小切手の取立を代行しなければならないんです。だから、通帳面には二千万円の記載がされますが、支払いは翌々日の午後以降になります」

「なんでそんなに時間がかかるんや、え」稲垣の口調が変わった。表情が険しい。

「大阪手形交換所に取立を依頼して、それを現金化する時間が必要なんです」

なだめるように行員はいった。

「待った。銀行保証小切手は手形やない。他行であろうが自行であろうが、第三者が小切手を持参したら、その場で現金になる。まして同じ三協の生野支店の発行やのに、取立依頼というのはおかしいやないか」

「おっしゃるとおりですが、小切手を持ち込みではなく、振込にした場合は……」

「わしらは金融のプロやない。支払いが遅れて倒産したらどないしてくれるんや」

「だから、取引先には現金で振込をするように……」

「いまさら、そんなこというてもしゃあないんじゃ」

「……………」行員は助けを求めるような眼をカウンターの方に向けた。ロビーの客がこちらを見ている。

「もうええ。分かった。ここであんたにねじ込んでも埒《らち》あかん」

稲垣は吐き捨てた。「そういう杓子定規は直すこっちゃな」

行員を睨みつけて外へ出た。友永もあとを追う。

「くそっ、矢代に謀られた」

「あかん。二日も待てんぞ」

「矢代は二千万円を振り込んだ。それで大義名分は立つ」

稲垣は空を仰いでためいきをつく。「組長を取り戻したら、銀行を脅して支払い停止にする肚やろ」

「しかし、あのガキにそこまで考える頭があるかな」

「あんた、矢代に電話してくれ」

「分かった」

横断歩道を渡った。市役所前の電話ボックスに入る。

——村山や。

——矢代や。

——おのれ、仕掛けたな。

——なんやと。

——二千万、小切手で振り込みくさったな。

——金は振り込んだ。文句あんのかい。

——なんで小切手なんか使うたんじゃ。

——あほんだら。二千万もの金抱えて外を歩けるかい。

——生野から三国まで、組員を走らせたんか。

——なんで知っとんのや、え。

——ちゃんと調べはついとんのや。小細工さらすな。

——仕掛けとか小細工とか、さっきからなにぬかしとんのや。

——おのれ、とぼけんなよ。

――わしがなにをとぼけたんじゃ、こら。

――くそぼけ、その腐った胸に手をあてて考えてみい。

受話器を叩きつけた。ボックスを出る。

「どうやった」稲垣が訊く。

「おれの勘では七・三や」

「どっちが七分や」

「七分は矢代が仕掛けてる。三分は仕掛けてへん」

友永は下を向いた。「そやし、金が引き出せんことはいわんかった。わざわざ、こっちの弱みを見せることはない。矢代が仕掛けてないんなら、二千万は手に入る」

「よっしゃ。それならそれで、こっちも動かないかん」

「どういうこっちゃ……」

「委任状を金にする」

濡れた前髪を払って、稲垣はにやりと笑った。

14

西小路の箕面市役所から外院に着いたのは十分後だった。

「あの日も雨が降ってたな」稲垣がいう。

「ああ、降ってた。日曜の夕方や」

箕面市外院の新興住宅地、周囲にモクセイの生垣をめぐらせたプレハブの一戸建。玄関先に柴犬がつながれている。あのときはライトエースにケンが乗っていた——。

稲垣は生垣の脇にフェアレディを停めた。友永は車外に出る。門柱の表札には《鎌谷誠一》と書いてある。大阪情報大の情報科学部長だ。

稲垣が降りてきて玄関の軒下に立ち、チャイムのボタンを押した。少し待ってドアが開き、女が顔をのぞかせた。年のころは三十すぎ、化粧気はなく、赤のトレーナーにジーンズをはいている。

「はい、なんでしょう」

「佐藤と申しますが、先生はご在宅でしょうか」

「あの、どちらの佐藤さんで……」

女は鎌谷の娘だろうか、背が高く、知的な面立ちだ。

「情報大のOBです」

「すみません。父はいま、海外研修に出ているんです」

一昨日、ロサンゼルスに発って、年明けまで帰国しないという。

「そうですか……」稲垣は首筋に手をやって、「だったら、申しわけありませんが、今川学長と同窓会長の住所と電話番号を教えていただけないでしょうか」

「同窓会長のお名前は」

「それが、分からんのです。調べていただけませんか」

「今川先生と同窓会長ですね。お待ちください」愛想よくいって、女はドアを閉めた。

「吉見とかいう理事も、日本にはおらんな」

友永はいった。「それで、ふたりは委任状を書いたんや」

「旅行の費用は、芳賀の懐から出たんやろ。二、三百万の小遣いつきや」

「明後日《あさって》の理事会に出席するのは何人かな」

「さて、何人やろな」

理事は十三人だと緋野に聞いた。二枚の委任状は理事長選の帰趨を左右するかもしれない。ドアが開いて、女が出てきた。手に紙片を持っている。

「同窓会長は鷺沢《さぎさわ》朋行さんとおっしゃいます。鷺沢さんと今川先生の住所と電話番号をメモしました」

「ご丁寧にありがとうございます」

稲垣は紙片を受け取った。「鎌谷先生がお帰りになったら、よろしくお伝えください」

「佐藤さんですよね」

「佐藤春雄といいます」

稲垣は一礼し、玄関先を離れた。

「どっちへ行く」車に乗って、友永は訊いた。

「わしは同窓会長を攻めた方がええと思う。学長には金がないやろ」

「鷺沢の住所は」

「宝塚市中山五月台二丁目十六番。電話番号は——」

稲垣はメモを見ながら携帯電話のボタンを押す。電話はすぐにつながって、話しはじめた。「鷺沢さんのお宅でしょうか。——私、佐藤と申しますが、大阪情報大の件で、同窓会長の鷺沢さんにお会いしたいのですが。——はい、そうです。——一七一号線沿いですね。——分かりました。会社の方へおうかがいします」

稲垣は電話を切った。「鷺沢は自動車ディーラーや。西宮の門戸厄神《もんどやくじん》に店がある」

「オーナーか」

「たぶん、そうやろ。よめはんはそんな口ぶりやった」

稲垣はエンジンをかけ、デフロスターを最強にした。

外院を南に下りて、国道一七一号線を右折した。門戸厄神までは一本道だ。ちょうど昼時で、車もそう多くない。一時半までには着くだろう。

「わしはなんとしても委任状を金にする。大の男三人がたったの百七十万では、湯治もできん」

「そういや、宿の予約を忘れてる」

「あんた、してくれ」稲垣は携帯電話を出した。

友永は一〇四で、愛媛県西条市の観光協会の電話番号を訊いた。

阪急今津線門戸厄神駅を越えると、右に《明光商会》という自動車ディーラーが見えた。稲垣は強引に車線を変更して右に寄り、ディーラーのパーキングにフェアレディを乗り入れた。ガラス張りのショールームには、オペル、ボルボ、ベンツ、プジョーといったヨーロッパの車が駐められていて、どれも並行輸入車らしい。正規代理店ではないようだ。

「こいつはけっこうやで。鷺沢がオーナーやったら、億の金を動かせるぞ」

車を降りた。ショールームに入る。紺の制服を着た受付の女性が頭を下げた。

「すみません。鷺沢さん、いらっしゃいますか」

「社長ですか、専務ですか」

「同窓会長です。大阪情報大の」

「じゃ、専務ですね。失礼ですが、どちらさまでしょう」

「佐藤といいます。情報大の同窓会のことで、少し時間をいただきたいんですが」

「そこにおかけください」

女性は傍らのソファを手で示した。稲垣と友永は並んで座る。女性はデスクの電話をとって、ふたりの来訪を告げた。

「鷺沢はすぐにまいります」

「どうも……」稲垣は応えて、「同窓会長は二代目やな」と、小さくいう。

「坊ちゃん育ちの遊び人かい」そんな感じがする。

「煙草、くれ」

「ショートピースが好きになったか」

「けむりが出るからな」稲垣はデュポンで火をつける。

「髭、剃ったらよかったな」

「そんな暇がどこにあった」

ふたりとも不精髭が伸びている。ワイシャツの襟も黒ずんでいた。

そこへ、ライトグレーのスーツを着た、長身の痩せた男が現れた。半白の髪をオールバックにし、華奢な縁なしの眼鏡をかけている。年齢は四十代後半か。背格好と雰囲気が拉致する前の緋野に似ているといえなくもない。

「鷺沢ですが」

「お忙しいとこ、突然お邪魔して申しわけありません」

稲垣は立ち上がった。友永も立つ。

「初めて、お眼にかかります。私、佐藤と申します」

「高橋です」深く頭を下げた。

「同窓会の件だと聞きましたが、おふたりは情報大の卒業生ですか」

鷺沢の表情はかたい。警戒の色が見える。

「実は、我々はOBやないんです。事情があって身分は明かせませんけど、今度の理事長選には少なからぬ利害関係がある。そのためには、ぜひとも今川学長に勝っていただきたいと考えてる人間です」

持ってまわった言い方だが、含みはある。鷺沢も察したらしく、声をひそめて、

「ここではなんですから、場所を変えましょう」という。

「どうも……」稲垣は煙草をもみ消し、ふたりは鷺沢について外に出た。

ショールームから百メートルほど離れたビルの二階、コーヒー専門店に入った。国道に面した窓際に席をとる。鷺沢と稲垣はブルーマウンテン、友永はモカを注文した。カウンターに客がひとり腰かけている。

「で、用件というのは」鷺沢が切り出した。

「委任状を持ってるんですわ。理事長選の」稲垣がいった。

「ほう、委任状ね」

「経営学部長の吉見道雄、情報科学部長の鎌谷誠一、ふたりが書いた委任状です」

「それはどこから……」

「ある筋、としかいえません。私らの首が飛んでしまいます」

「内容は」

「明後日、十二月二十三日の理事長選挙において、現理事長の芳賀俊彦を推すと書いてあります」

稲垣は上着の内ポケットから封筒を出した。二枚の委任状を抜いて、テーブルに広げ

る。「鎌谷も吉見も日本にいてません。海外研修という口実でね」

「なるほど、不在者投票か」

鷺沢は眉を寄せて、「芳賀がこんな姑息な策を弄しているとは、ぼくも知らなかった。鎌谷と吉見は棄権すると思ってましたよ」

「今度の理事長選、ぎりぎりの勝負と聞いてますけど」

「学内ではそういう噂ですね」

「芳賀にはヤクザがついてる。知ってましたか」

「聞いたことはある。箕面グラウンドの売買を仲介した不動産ブローカーは心燿会の企業舎弟ですよ」

「そのブローカーがFC開発に話を持ち込んだんですな」

「和泉という男です。箕面で霊園を造成している」

「ほう、箕面でね」

稲垣の眼が細くなった。「箕面のどこです」

「確か、明治の森の近くじゃなかったかな。ダムのそばですよ」

「箕面川ダムですか」

「箕面にダムはひとつだけでしょう」

心燿会の企業舎弟、箕面、明治の森、ダム、水音——言葉の意味するものが焦点を結んでくる。ケンは霊園に監禁されているのではないだろうか。

「霊園の名称は」友永が訊いた。

「知りません」

そこへコーヒーが来た。三人は口をつぐむ。

友永はブラックで飲んだ。稲垣はミルクだけ。鷺沢は砂糖を三杯も入れた。

「明後日の選挙ですけどね」

稲垣がいった。「理事は十三人。うち、二人が欠席。……いまの情勢は」

「さあ、どうかな」鷺沢は言葉を濁す。

「芳賀が負けたら」

「破滅ですよ」

「この委任状が理事会に出たら」

「今川学長には不利ですね。正直いって、大打撃だ」

「この委任状を破ったら」

「いや、恩に着ます」

「ほな、破り賃をもらえますか」

「えっ……」

「我々も首がかかってるんですわ。これを手に入れるには相当の金と時間をつぎ込みました」

「買えというのかね、委任状を」鷺沢の声が尖った。

「ま、そういうことです」

「君はさっき、今川さんに勝ってほしいと……」

「いいました。心情的には学長の味方です」

稲垣は委任状を封筒に収める。「しかしながら、心情で飯は食えまへん」

「ぼくが断ったら」

「芳賀に売りますがな」

鷺沢の顔がひきつった。

「理事長選は深沢建設と日動建設の代理戦争や。芳賀が勝っても今川が勝っても、億単位のキックバックがある。同窓会長のあなたが今川に肩入れするのは、決して理由のないことやないと思うんですけどね」

「………」鷺沢は拳を握りしめる。

「鷺沢さん、あんた、今川が勝ったら理事になるんと違いまっか。……伝統ある大阪情報大の理事いうたら、名刺に一行、肩書を刷るだけで世間の見る眼もころっと変わる。名誉と権力を手に入れて、あとは私腹の肥やし放題ですがな」

「――分かった。買おう」苦々しげに鷺沢はいった。

「そう。同窓会長は太っ腹やないとあきまへん」

「君はいったい何者なんだ」

「さて、何者やろ」

「ＦＣ開発に食い込んだゴロツキか」

「こう見えても、立派な堅気でっせ」

「委任状はいくらだ」

「ちょっと高いんですわ」

「いくらなんだ」

「五百万。二枚でね」

「冗談をいうな」

「芳賀は文学部長の米崎に六百万を提示した。それでも米崎はウンといわんのです」

「委任状が本物である証明は？」

「偽物やと思うんやったら、買うてもらわんでもよろしい」

稲垣は封筒をポケットに入れた。「これから芳賀のとこへ走りますわ」

「――待った。待ってくれ」

「値引きはしまへんで」

「いま、現金はないんだ」

「外車のディーラーにたったの五百万もないとはね。仕入れはどないしてますねん」

「だから、手形だったら……」

「もう、けっこう。二度と顔見ることはおまへんやろ」稲垣は立ち上がった。

「待て。分かった」

鷺沢は気弱な眼で稲垣を見上げた。

鷺沢は会社にもどって小切手を書いた。稲垣と友永は鷺沢を同道して大東銀行門戸厄神支店へ行き、小切手を現金に換えた。

稲垣は委任状を渡し、銀行のロビーで鷺沢と別れた。フェアレディに乗って走りだすなり、友永は快哉を叫んだ。

「あんた、天才やで」

「きのうも聞いた台詞やな」

浮かぬ顔で稲垣はいう。「希代の詐欺師、といいたいんやろ」

「なんや、どないした」

「くそっ、失敗や」

「なにが……」

「一千万というたらよかった。鷺沢は出したはずや」

「素直によろこばんかい。紙切れが五百万になったんや」

「へへっ、よう破り捨てんかったこっちゃ」

稲垣も笑いだした。

一七一号線を東へ向かった。西宮市から伊丹市、自衛隊伊丹駐屯地の近くに郊外型のディスカウントショップがあった。稲垣はパーキングにフェアレディを乗り入れた。案内板に《建材・園芸用品》の表示があり、パーキングの一角にテントを張って、植木鉢やセメント袋を積み上げていた。

「ここで道具を揃えよ。ブロックと灯油タンクとナイロンシートを買うんや」稲垣がいう。

灯油タンクには火炎瓶用のガソリンを入れるのだ。

「この車にブロックを載せるんかい」友永は訊いた。

「あのライトエースで買いに行くんか。サイドウインドーは割れてるし、リアハッチはハリガネでとめてるんやで」

「それも、そうやな」車を降りた。

灯油タンクをひとつと、ナイロンシートを一枚、コンクリートブロックを二十個買って、フェアレディのリアデッキとリアシートに新聞紙を敷いて載せた。ブロックにナイロンシートをかけて隠す。走りだすと、車体が低く沈み込んで、サスペンションが軋みをあげた。

「さすがに重いな」稲垣がいう。

「ブロックて、何キロや」

「十キロはあるやろ」

「ほな、二百キロは積んでるわけや」

池田市石橋でガソリンスタンドに入った。フェアレディを満タンにし、灯油タンクにもガソリンを入れた。店員は怪訝な顔をしたが、機械部品の洗浄用でね——と稲垣はいった。

「さて、お次はビール瓶や」

「妙な買い物やで」

「ショッピングは楽しいがな」

箕面桜井の酒屋で缶ビールを半ダース買った。空き瓶を十本ほど分けてくれというと、タダでくれた。積んで、また走りはじめる。

「本屋があったら停めてくれ」

「なにするんや」

「地図を買う。霊園を調べるんや」

牧落の交差点を左折して北上し、箕面消防署の前に書店を見つけた。友永は書店に入り、箕面市の区分地図を買った。車内で広げる。

「あるか……」運転しながら稲垣が訊く。

「ある。二ヵ所や」

箕面川ダムの東側と南側に霊園があった。東の『雲滝霊園』はダムから直線距離にして約二百メートル、南の『開成寺園地』は三百メートルほど離れている。等高線を見ると、どちらもダムをのぞむ山の中腹だ。

「この雲滝霊園というのが怪しいな」

昼、立ち寄ったドライブインに近い。もし雲滝霊園に矢代がいるのなら、すぐ眼の下にレモンイエローのフェアレディを駐めていたことになる。偶然とはいえ、けっこう危ない状況だったのかもしれない。

「いったん採石場にもどろ。それから霊園探険や」

阪急箕面駅前をすぎると、道路は上り坂になった。雨は小降りになっている。


稲垣は石材加工場にフェアレディを駐めた。付近のようすに変わりはない。

友永は加工場の二階に上がった。がらんとした部屋の真ん中に緋野が横たわっている。鉄骨の柱に縛りつけたロープは緩んでおらず、毛布もずれてはいなかった。緋野は足音を耳にして、わずかに顔の向きを変えたが、呻きも唸りもしなかった。

「組長さんよ、日が暮れたら出かけるで」

声をかけて下に降りた。稲垣がフェアレディからブロックを下ろしている。

「どないや」

「さすがに弱っとる。精も根も尽き果てたんやろ」

緋野は確か四十六だ。友永たちとはひとまわり以上、年がちがう。

「あいつは一日中、寝とるだけやないか」

「手足を縛られてな」

ライトエースのリアハッチを開けた。稲垣の下ろしたブロックを積む。二十個を三段に積み上げ、灯油タンクとビール瓶を載せて、ハッチを閉めた。

「よっしゃ、霊園へ行こ」

稲垣は腕の時計に眼をやった。「そろそろ四時や。時間がない」


箕面トンネルの手前、ドライブインの近くで、稲垣はフェアレディを停めた。細い道路が左に伸びていて、入口に《雲滝霊園》の立看板がある。

「あんた、山へ上がってようすを見てくれ。この車で行くのはまずい。十五分後に、ここであんたを拾う」

「ああ、分かった」

車外に出た。フェアレディが走り去る。

友永は急坂を登りはじめた。二本の轍が深く刻み込まれ、アスファルト舗装がひび割れて雑草が生えている。上から車が降りてきたら、脇の雑木林に隠れるつもりだ。

五分歩いて、平地に出た。立木の向こうに砂利敷の駐車場と休憩所らしい陸屋根の建物。人も車も見あたらず、あたりは森閑としている。遠く糠雨にけむる山腹に雛壇式の墓地がひろがっていた。

深く息を吸い、休憩所まで一気に走った。壁に背中をつけて正面にまわり込み、窓から中をのぞく。紺の上っ張りを着た老人が、煙草をくゆらしながら週刊誌をながめていた。

　これは違う——。耳を澄ますとダムの水音はかすかに聞こえるが、こんな狭い建物にケンを監禁するスペースがあろうはずもない。

　友永は休憩所を離れた。ゆっくり歩く。坂を下りきって府道に出ると、立看板の脇にフェアレディが停まっていた。

「あかん。ただの墓地や」

「時間の無駄かな」

「とにかく、開成寺園地へ行ってみよ」

「うん……」稲垣はヤレクターレバーを引いた。

　トンネルを抜けると道路は右に大きくカーブし、ビジターセンターの向かい側に《開成寺園地・第三期分譲中》と書かれた案内板が見えた。その横に、さっきと同じような急勾配の上り坂がある。

「地図ではここから三百メートルや」

「ほな、二十分後やな」

　きついとは思ったが、もう日暮れが近い。友永は車を降りた。

　坂は未舗装の砂利道だった。泥濘《ぬかるみ》に足をとられる。荒い息をつぎ、半ば走るように上がっていく。

　——と、上からエンジン音が聞こえた。樹間を通してライトが見える。

林に踏み入った。クスノキの後ろに隠れる。

すぐ脇を車が降りていった。あずき色のランドクルーザーだ。ウインドーの中は見えなかったが、色と型には覚えがある。緋野組のガレージに駐められていたランクルも同じ色で、フロントバンパーにウインチが取り付けられていた。

当たりや——。ぴんと来た。林を出て、坂を駆け上がる。

五分走って、視界が開けた。一段高くなった石垣の向こう、右に瓦屋根の休憩所があり、そこから左に二百メートルほど離れて、二棟の工事用簡易宿舎が見えた。休憩所の窓に明かりはなく、そばに車はない。宿舎の近くには大型車が三台——遠くてはっきりしないが、ベンツとセルシオ、ボルボ・エステートらしい車が駐まっている。

友永は上体をかがめ、石垣に沿って左へ移動した。工事宿舎に五十メートルまで近づくと、石垣が途切れて、遮蔽物はなにもない。ぬかるんだ泥道にキャタピラーの跡が幾筋もついている。

はじめ黒に見えたベンツはダークグリーンだった。たぶん〝S600L〟——ナンバーは読めないが、リアバンパーの左側が大きくへこんでいる。緋野のベンツに間違いない。宿舎の窓は二棟とも明かりがともっていて、中に複数の人間がいる気配がする。

友永は石垣沿いに右へ走り、坂を駆け下りた。息が切れ、足がもつれる。一気に下まで降りると、案内板のそばにフェアレディが停まっていた。

「ランクルを見たか」助手席に座るなり、訊いた。

「見てへん」稲垣は走りだす。「わしけダムの橋の上におった」

「上に緋野のベンツが駐まってた。墓地の造成現場や」

「ほんまかい」

「ケンはたぶん、プレハブの宿舎に監禁されてる」

「くそったれ、やっぱり霊園やったか」

「車は三台や。七、八人はおるやろ」

「突っ込めるか」

「間違いなく、蜂の巣や」

「………」

「どないする」

「しゃあない。南署前で交換やな」

「もう、ぎりぎりやぞ」ほとんど日は暮れた。五時五分だ。

「採石場へもどろ」

稲垣は前を走るライトバンにパッシングし、追い越した。

懐中電灯を点け、ライトエースのリアデッキで、ビール瓶にガソリンを入れた。固く捩《よじ》ったウエスを口に押し込む。十本をすべて〝火炎瓶〟にして、ボストンバッグに詰めた。積み上げたブロックをナイロンシートで隠し、リアハッチを閉めて、内側からハリガネで固定した。

稲垣は加工場裏に穴を掘って、緋野の札入れとアドレス帳、テープレコーダー、テレフォンピックアップ、作業着などを放り込み、灯油タンクに残ったガソリンを注いで火をつけた。

ふたりがかりで加工場の二階から緋野を抱え下ろし、ライトエースのリアシートに横たえて、シートベルトの金具に縛りつけた。

「さ、組長、これから曾根崎まで遠足や」

稲垣はポケットから携帯電話を出した。友永は受け取り、ダイヤルボタンを押す。

――村山や。河野の声を聞きたい。

――先に、おやっさんの声を聞かさんかい。

――待て。

緋野の口に貼ったテープを剝いだ。口許に電話をかざす。

「話せ」

「わしや。今度、ドジ踏んだら承知せんぞ」低く、緋野はいった。

――どうや、聞こえたやろ。

――なんじゃい……。

――河野に代われ。

――あほんだら。

少し間があった。

――おれや。

――大丈夫か。

――ああ。

そこで途切れた。

――聞いたか、こら。

――よし、交換や。

――八時、曾根崎署前やな。

――遅れんなよ。

――じゃかましいわい。

電話が切れた。

「おのれら、どこでなにさらしてた」緋野がいった。

「外で楽しいバーベキューや。ええ匂いやろ」

稲垣が答えた。ガソリンの臭いがする。

「このガキ、わしを嵌めたな」

「へっ、なんのこっちゃ」

「あの鉄砲玉、生きとるやないけ」

「わしの勘違いやった。てっきり死んだと思てたがな」

「覚えとけ。わしは草の根分けてもおのれらを探しだす。代紋に誓うて、おのれらをぶち殺す」

「吠えんな」

稲垣は緋野の口にテープを貼り、ナイロンシートを被せた。ドアを閉めてロックし、助手席に乗り移る。

友永は運転席に座った。キーを差し、エンジンをかける。

「さ、行こかい」稲垣はグローブボックスに拳銃を入れた。

フェアレディを南港フェリー埠頭に持って行く時間はもうなかった。ケンを救出したら、この採石場までもどってきて、車を乗り換えるのだ。

友永はクラッチを踏んだ。バックして切り返し、採石場をあとにした。

六時三分、ガラスのないサイドウインドーから風が吹き込む。

15

雨はやむ気配がない。一七一号線から新御堂筋に入り、市内に近づくにつれて雨脚が強くなる。

稲垣が携帯電話で天気予報を聞いた。

「これから本降りや。明日の午前中いっぱいは降りつづくらしい」

「都合がええ。なにかと邪魔が入らんやろ」

「くそ寒い。風邪ひくがな」

稲垣はサイドウインドーを見て舌打ちする。吹き込む雨で、緋野にかぶせたナイロンシートが濡れている。

豊崎で渋滞に巻き込まれ、新御堂筋を降りたのは七時二十二分だった。曾根崎から御堂筋へ。西天満でまた渋滞。客待ちのタクシーが三車線をふさいでいた。

「まさか、こんなに混むとは思わんかったな」

師走の二十一日、雨、大阪一の幹線道路――三拍子そろっている。曾根崎から長堀まで逃走することを考えるとゾッとした。

七時二十七分、淀屋橋。車の流れがスムーズになった。

「いつ、電話する」

予定では四十五分だった。少し早めた方がいいかもしれない。

「堺筋に出たら電話してくれ」

稲垣は答えた。「取引は八時。絶対に譲るな」

長堀通りをすぎ、道頓堀橋を渡って、千日前通りを左折した。ドラッグストアの前で車を停める。稲垣が降りてガーゼのマスクを三つ買ってきた。二つは稲垣と友永が使い、あとの一つは緋野の口に貼ったテープを隠すのだ。

車は堺筋に入った。五百メートルほど北上し、周防町通りの手前でライトトースを左に寄せ、停めた。車は多いが、歩道を行き交う人は少ない。
七時三十九分。友永は車外に出た。銀行前の電話ボックスに入る。
――村山や。いま、どこにおる。
――まだ曾根崎には着いてへんわい。
――そっちは何人や。
――わしと三島に、鉄砲玉や。
――車はベンツやな。
――おどれがそうせいというたやないけ。
――車は一台だけやろな。
――いちいちうるさいわい。おどれの眼で見んかい。
――予定が変わった。交換場所は南署前にする。
――なんやと、こら。もういっぺんぬかしてみい。
――東心斎橋の南警察署や。堺筋から、南郵便局の手前の一方通行路を西へ入れ。
――あほんだら。この時間になって、なにほざいとんのじゃ。
――おれは南署の真ん前でおまえを待ってる。車のすぐ後ろにベンツをつけるんや。
――おどれ、殺すぞ。八時にミナミまで行けるかい。
――八時までベンツを待つ。それをすぎたら、また明日や。
――ま、待たんかい。おどれの車はなんや。

――それはミナミへ来たら分かる。右のテールランプの割れた白い車や。

――この、くそガキ。

――ベンツを停めたら河野を降ろせ。こっちも組長を降ろす。おたがい人質だけが車の外に降りて、介添えはなしや。ちょっとでも妙な真似したら、組長を撃つ。人質を交換したあと、おまえらは一方通行の道をまっすぐ西へ向かって走れ。いうとくけど、南署の前は塀もガードレールもない。署のロビーから外は素通しや。ええな、分かったな。

――ほざくな、ぼけ。

――取引が失敗したら、おまえは組長に叩き殺されるぞ。よう考えとけ。

フックを下ろした。ボックスを出て車に乗る。

「えらいあわてとる。必死でミナミへ走るやろ」

「八時に間に合いそうか」

「おれの勘では、あいつはもう、曾根崎におる」

「ほな、わしらは八時五分前に南署の前や」

「ああ、そうしよ」声がかすれていた。

稲垣はマスクの袋を破った。友永は受け取って耳にかけた。指先が震えている。

「とうとう、本番やな」喉が渇く。

「そう、はじまりや」稲垣もマスクをつける。

「おれ、おもろかった」

「なにが」

「この四日間や」

「まだ、早いで」

「そうやな……」

「ケンの顔を見るまではな」

稲垣はグローブボックスを開けて拳銃を取り出した。シリンダーの弾を確かめてからベルトに差し、「あんた、これを預かっててくれ」

と、上着の左右のポケットから二つに分けた札束の包みを出す。

「なんでや……」

「わしがもし倒れたら、あんたに渡されへんやろ」

「あほなこといえ。縁起でもない」

「わしよりあんたの方が影が濃い。そう思うんや」

「また、ええかっこする気やな、え」

武上山で袋小路に追いつめられたときのことを思い出す。「いらん。そんなもんは。ケンを救けてから、三人で分けるんや」

「あんた……」

「もう、ええ。しまえ」

「そうか……」

稲垣はグローブボックスに札束を放り込んだ。リアシートに乗り移る。ナイロンシートを剝いで、緋野の顔にマスクをつけた。

「な、組長さんよ、取引は南署の真ん前でするんや。わしらもあんたも警察の厄介にはなりとうない。そやし、目立つ動きはせんこっちゃな」

稲垣は背もたれをまたぎ越してリアデッキに移った。ナイロンシートをめくって、ボストンバッグから火炎瓶を出し、一本ずつチェックして、ブロックの手前に並べる。ポケットからデュポンを出して火をつけ、炎の大きさを調節した。

「リアハッチ、開けといた方がええぞ」

「おっと、そうやった」

稲垣がハリガネを外すと、リアハッチは五センチほどはね上がった。少し開いた状態で、ハリガネを緩く結ぶ。デッキに積み上げたブロックを蹴ったら、ハリガネは弾け飛んでハッチが開くだろう。

「よっしゃ。準備完了や」

稲垣はリアシートの緋野を抱え起こして隣に座り、「七時四十九分。……そろそろ出発やで」

友永の肩を軽く叩いた。

七時五十五分、堺筋から左に入って南署前に着いた。車道に駐まっている車はなく、歩行者はいない。玄関前の車寄せに交通課の事故処理車が一台と、その横に白のスカイライン。ガラス張りのロビー、カウンターの中に五人の制服警官がいた。

友永はウインカーを点滅させ、ライトエースを停めた。背筋を伝う汗、掌もじっとり濡れている。

「――煙草くれ」稲垣がいった。

友永はショートピースを出した。なにか喋ろうとしたが、声にならない。

「あんたも吸え」

「いらん」喉がからからだ。

七時五十七分、車が四台、横を通っていった。

七時五十八分、前から自転車が来て、玄関前にとまった。レインウェアを着た若い男がアルミの岡持《おかもち》を提げて署に入る。

七時五十九分、車が三台、脇を走り抜けた。車が通るたびに心臓が迫り上がる。頭の芯が凍りついて、いまにも卒倒しそうな気がする。

八時一分、出前持ちが署から出ていった。

八時三分、フェンダーミラーにヘッドライト。大型車だ。

「来た……」

「ああ……」

稲垣はナイフを出した。緋野をシートベルトの金具に縛りつけていたロープを切る。

ダークグリーンのベンツが後ろに停まった。ヘッドライトが消える。運転席の友永にはベンツの車内が見えない。

「ケンは」訊いた。

「待て」稲垣は伸び上がって、ベンツの車内を見た。「――後ろに座ってる。矢代の隣や」

「運転は」

「三島や」

「三人だけやな」

「そう、三人や」

ベンツの他に停まった車はない。友永は長い息を吐いた。

「こっち向け」

稲垣は緋野の顔を上げさせて、眼のテープを剝いだ。喉元に銃口を突きつけて、黒縁の眼鏡をかけさせる。足のロープを切った。

緋野は後ろを向き、そこにベンツがあるのを見たようだ。それから前を向いて、足を屈伸させる。稲垣は緋野の肩にコートをかけて、後ろ手に括ったロープを隠した。

「矢代がケンを放したら、おまえは外へ出るんや。ゆっくり歩いてベンツに乗れ。走ったり暴れたりしたら背中をはじく。銃声を聞いて、警官が山ほど出てきよるやろ」

「………」緋野は稲垣を睨みつけた。口にテープを貼られているから喋れない。

——がしかし、ベンツのドアは開かない。ケンが降りてくる気配がない。

「なにしとんねん……」

「電話や」

稲垣が携帯電話を差し出した。友永は受け取ってボタンを押す。すぐにつながった。

——こら、河野を降ろさんかい。

——そっちこそ、おやっさんを降ろせ。

——こんなとこでぐずぐずしてる暇はない。いますぐ、同時に降ろすんや。

——ほな、ドアを開けんかい。

と、そのとき、前方の四つ角に左から車が現れた。赤のボルボ・エステートだ。ボルボは左折し、二十メートルほど進んで停まった。テールランプが消える。

——おい、前の車はなんや。

箕面の開成寺園地に駐められていたボルボは赤だった。

——なにをほざいとんのじゃ、こら。

——おのれら、この車を挟む気か。

——わけの分からんことをぬかすな。

矢代がわめいたとき、南署の玄関から制服警官が出てきた。まっすぐこちらに歩いてくる。矢代の声がやんだ。

警官が助手席のウインドーをノックした。友永は携帯電話を置いて、ウインドーを下ろす。

「なにしてんのや」警官は横柄な口調でいった。

「いえ、ちょっと……」

「ここは駐停車禁止や。署に用がないんなら、行ってくれ」

警官は車内をのぞき込む。マスクをしている稲垣と緋野に気づいて、訝るような表情を見せる。

「すんません。電話してただけです」

友永はサイドブレーキを下ろして発進した。ベンツのヘッドライトが点く。警官はなにかいいたそうな素振りだったが、ひきとめはしなかった。

「くそっ、矢代のガキめが」稲垣が怒鳴る。

友永は四つ角を右折した。ベンツがぴったり後ろについてくる。その後ろにもう一台、白い大型車が現れた。セルシオだ。

「いかん、二台や」

「停まるな。やられる」

アクセルを踏み込んだ。一方通行路を北へ走り、右折する。タイヤが軋み、車体が傾く。ベンツが追突し、はじかれて左にスライドした。蛇行して歩道の縁石に前輪を擦りつける。ギアを三速にホールドして直進した。

堺筋に信号待ちの軽四。脇を抜けるスペースはない。

「突っ込め」稲垣が叫んだ。

軽四が眼前に迫る。腕をステアリングに突っ張り、眼をつむった。

衝撃、バウンド。軽四をはねとばし、斜行して堺筋に飛び出した。リアが流れてドリフトする。懸命にたてなおし、アクセルを踏み込む。トラックが急ブレーキをかけ、スピンした。その横腹にライトバンが衝突する。緋野はレッグスペースに倒れ込み、稲垣はシートの背もたれにしがみついて拳銃を抜く。

「走れ。走るんや！」

交差点を二つ突っ切って右へ寄り、長堀通りに入って地下駐車場へ。バーをはじきとばして坂を下りた。ベンツとセルシオが後ろに迫る。

「くそったれッ」稲垣は頭からリアデッキにころがり落ちた。シートバックに背中をつけてブロックを蹴る。リアハッチがはね上がってブロックが走行路に落ちる。ベンツはブロックを避けてコンクリート壁面にフェンダーをぶつけた。激しくロールするベンツの脇をセルシオがすり抜ける。

稲垣は火炎瓶に火をつけた。ブロックを蹴落とし火炎瓶を投げつけるが、あたらない。セルシオは加速して横に並びかけてくる。リアウインドーから腕が伸びて、バンッ、バンッと拳銃の発射音。

くそっ、友永はステアリングを右に切ってセルシオに衝突させた。セルシオははじかれて右にロールし、ライトエースの後ろにまわる。そこへ稲垣の落としたブロックが吸い込まれた。セルシオはバウンドし、片輪を浮かせて駐車スペースに突っ込んだ。その後ろからまたベンツが現れる。

突きあたり、料金所の上り坂に差しかかった。ブレーキを踏んで左に曲がり、右にカーブする。リアデッキが下がり、稲垣がブロックを蹴った。すべてのブロックが滑り落ちて砕け散り、そこへベンツが乗り上げた。ボンネットフードがはね上がる。

友永は料金所を突破し、右折して東横堀川の脇道に入った。

「やったぞ」稲垣が喚声をあげる。「振り切った」

「あかん、ヤバい」

「なにがや」

「この車や。前輪がいかれてる」

ステアリングを右に半回転させていなければ、まっすぐ走らない。

「箕面や。なにがなんでも箕面まで走らすんや」

「分かってる」

こんなところにライトエースを放置するわけにはいかない。緋野という荷物を抱えているのだ。

赤信号で停まった。稲垣はリアハッチを引き寄せてハリガネで固定した。

「火炎瓶は」

「ころがり落ちた。三本残ってる」

稲垣はリアシートに移って、緋野を引き起こした。「組長さんよ、また失敗や。できのええ若頭のせいでな」

緋野の眼鏡を外すなり、拳を叩き込んだ。緋野は呻いてシートに突っ伏す。

「やめんかい」友永は稲垣の腕をつかんだ。

「振出しや。振出しにもどった……」

稲垣は肩で息をする。

午後八時十二分、四つ角を左に折れて川を渡り、谷町筋を北へ向かった。


南森町から新御堂筋を走って箕面に入った。ラジオのチューナーを頻繁に変えてニュースを聞いているが、長堀駐車場の事件はまだ流れない。稲垣は、矢代たちは駐車場内を逆走して堺筋の入口から逃走したにちがいないという。

「わしらのカーチェイスは駐車場の防犯カメラに撮られた。ナンバープレートも写ってるやろ」

「顔はどないや」

「マスクをしてたからな。……けど、いずれは身元が割れる」

「とうとう指名手配か」

「それが妥当な線やな」

「やっぱり、ヤクザは一筋縄ではいかん」

「遵法精神たらいうのがないからな」

国道一七一号線のバイパスを渡った。緋野はリアシートに横たわったまま動かない。白鳥の三叉路まで来て、友永は右のウインカーを出した。

「どこ行くんや」

「ルートを変える。勝尾寺の方から山へ入る」

箕面の滝を経由せずに豊能町方面へ行く遠回りの道がある。「あいつら、また霊園にもどるかもしれん。山の中で出くわしたら、今度こそお陀仏や」

粟生間谷から勝尾寺川沿いの道を上がった。坂は勾配を増し、水温のウォーニングランプが点いて、エンジンの回転数が落ちる。ラジエーターの水が漏れているようだ。

二キロほど走って車を左に寄せ、間道に停めた。友永は火炎瓶を一本持って外に出る。燃料タンクにガソリンを注ぎ、瓶を空にして勝尾寺川に降りた。水をくんで間道に上がり、ライトエースのラジエーターに入れる。五回往復すると、冷却水はいっぱいになった。アイドリングも安定する。

「大丈夫か」リアシートの稲垣が訊く。

「なんとかな」採石場まではもつだろう。

瓶を投げ捨て、灌木に向かって放尿する。ズボンのファスナーを上げたとき、遠く坂の下の方にヘッドライトが見えた。ライトはまたたくまに近づいて、一台の車が間道の脇を走り抜けた。赤のボルボ・エステートだった——。

友永は運転席に座った。稲垣はいま通った車に気づいていないようだ。

煙草を一本吸い、バックして府道に出た。


雨は降りつづいている——。

九時二分、採石場にたどり着いた。石材加工場の裏にライトエースをまわす。

稲垣とふたりで緋野を抱え降ろし、加工場に運び入れた。布テープを脛に巻きつけ、床にころがす。緋野はじっと眼をつむって抵抗しない。相当に衰弱しているようだ。

「あんた、ちょっと」

友永は稲垣にいって外へ出た。ライトエースに乗る。

「なんや……」稲垣が助手席に座った。

「さっき、車を停めて水を入れたやろ。あのとき、赤のボルボ・エステートがおれらを追い越した。たぶん緋野組の連中や」

「ほんまかい」稲垣の驚いた顔。

「あいつら、巣にもどったんや。ベンツとセルシオは箕面公園の方を通ったんやろ」

「……」

「な、考えてくれ。なんぞ方策はないんかい」

「いまは、ない」

「あんた、参謀やろ」

「その参謀がヘタばっかり打っとる」

「緋野は弱ってる。ケンも弱ってるやろ」

「そろそろ限界か」

「おれはそう思う」

「もう腰を引いてられんな」

「知恵を出さんかい」

「あと一回だけ取引しよ。今晩中や」

「場所は」

「キタや。HEPの近くがええ」

「どう逃げる」

「フェアレディや。あれでぶっ飛ばす」

「ベンツを振り切れるんか」

「ドリフトとスピンターンや。まだ腕は落ちてへん」

「………」

「とにかく、車を片付けよ」

稲垣は降りて、ライトエースのナンバープレートを外しにかかった。友永はグローブボックスの中の車検証や整備手帳、リアデッキに残った火炎瓶、ボストンバッグとナイロンシートをフェアレディに積み替える。ウインドーを一枚残らず叩き割り、タイヤにナイフを刺して空気を抜いた。稲垣も友永も濡れねずみになり、ライトエースは〝廃車〟になった。

「腹減ったな」稲垣がいった。

「缶ビールがあるで」

「アルコールはいらん」

「食い物はない」

「買いに行くか」

「おれが買うてくる」

豊能町へ出ればコンビニエンス・ストアがあるだろう。十五分で往復できる。

「すまんな」稲垣はキーホルダーを放って寄越した。加工場へ入っていく。

友永はフェアレディのドアにキーを差した。その瞬間、

「緋野がおらん」稲垣の叫び声が聞こえた。

「なんやと」

加工場に飛び込んだ。稲垣が懐中電灯をかざして突っ立っている。コンクリート床に布テープの巻きついたジーンズと靴が残され、緋野の姿はどこにもない。

「くそっ、眼隠しをとったままやった」

「探せ」

石粉の積もった床の足跡をたどると、左奥のスレートの破れ目につづいている。

「まだ遠くへは行ってへん」

外へ飛び出した。しのつく雨、懐中電灯の光の輪を無数の白い糸がよぎって落ちる。

「あのボケ、パンツ一丁や」

「分かれよ。おれはこっちへ行く」

友永は右へ走った。泥濘に足をとられる。

立ちどまって耳を澄ました。雨音のほかにはなにも聞こえない。遠くで稲垣の持った懐中電灯がちらちらする。

手探りで前に進んだ。なにかにつまずいてバランスをくずし、叢《くさむら》に倒れる。起き上がって周囲を見まわすが、底のない闇が広がっているだけだ。

あかん、ぐずぐずしてられん――。稲垣の懐中電灯に向かって走った。

「無理や。緋野は見つからん」

採石場のまわりは雑木林だ。おまけに雨。「たったふたりで山狩りはできん」

「あのガキが逃げたらケンが死んでまう」

低く、稲垣はいう。「あいつが連絡をとるまでにケンを救け出すんや。こないなったら、人質の交換とか悠長なことというてる暇はない」

「突っ込むんか」

「そう、霊園や」

稲垣はうなずいた。「わし、いうたやろ。最後の最後は出たとこ勝負や、とな」

「ああ……」

「キーくれ。わしが運転する」

加工場の裏へ走った。フェアレディのドアを開け、稲垣は運転席、友永は助手席に座る。エンジンがかかり、発進した。空き地の真ん中で稲垣は車を停め、サイドウインドーを下ろす。バタンッと一回ドアを開閉して、窓から上体を出した。

「こら、出てこんかい。ぶち殺したるぞ」

叫び声をあげて、拳銃を空に向け、一発撃った。

「よっしゃ、これでええ」いって、また走りだす。

「なんのまじないや」

「ドアの音で、わしが車を降りたと思わせたんや。緋野のボケ、わしが採石場に残ってると勘違いしよるやろ」

「芸が細かいな」

「ちょいと思いついただけや」

府道四号線を箕面川ダムに向かう。

16

箕面トンネルを抜けた。道路は大きく右にカーブしている。稲垣はスピードを落とし、ガードレール脇にフェアレディを停めた。

「どないする」

稲垣が訊いた。「霊園まで、この車で上がれるか」

「そら、行けるけど、駐めるとこがな……」

あの上り坂は未舗装の砂利道だった。道幅は狭く、途中で三ヵ所ほどヘアピン状にカーブしていて、霊園に行き着くまで車を駐められるような場所はなかった。

「車で上がるのはヤバイ。Uターンはできんし、まず間違いなく見つかるやろ」

「ヘッドライトを消して行くのは」

「真っ暗闇や。五メートル先も見えへん。エンジン音も聞こえる」

「けど、車がなかったらケンを運ばれへん」

「それはケンを救け出してからの話や。その前におれらがやられてしまう」

「しゃあない。車は置いとこ」

稲垣はうなずいて、「府道から霊園までの距離は」

「直線距離は三百メートルやけど、その倍以上はあるな」

「ということは、歩いて十分弱か」

「走ったら五分や」

「わし、この足やで」

「三国では走ったやないか」

「へっ、それもそうや」

「霊園には休憩所がある。左の方が造成現場で、プレハブの宿舎が二棟建ってる。ケンはたぶん宿舎の方や」

「その宿舎から道路の下り口までは」

「二百メートルは離れてるな」

「そら、いかん。追いつかれる」稲垣は右膝をさする。

「林に飛び込むんや。あとは山の中を下りるほかない」

「しもたな。登山靴を忘れたがな」

「行こ。時間がない」

「よし……」走りだした。

開成寺園地の案内板の手前で、稲垣は車を停めた。左に急勾配の上り坂、右にビジターセンターが見える。

「ここらには車を隠せんな」

「待て」地図を広げた。百メートルほど先に林道がある。林道はハイキングコースになっていて、ふもとに営林署事務所がある。事務所までは車が入れるはずだ。

「まっすぐ行け。左に林道や」

「便利な地図やで」稲垣はアクセルを踏んだ。

林道を少し入ると、コテージ風の建物があり、その横に空き地が見えた。両脇の鉄柱から細い鎖がたれている。稲垣は車を切り返し、無造作にバックした。鎖はリアスポイラーに引っかかってちぎれた。

友永はホイールレンチをベルトに差して、車を降りた。寒さに身震いし、くしゃみをする。

稲垣は懐中電灯と火炎瓶を二本持って外に出た。一本を放って寄越す。

林道から府道に出て、北へ歩いた。右に入って坂をのぼりはじめる。車の轍を泥水が流れていて、靴を踏み入れるたびに、くるぶしまで水が上がる。友永も稲垣もずぶ濡れだ。パンツから靴下まで雨が染みとおっている。稲垣は先に立って、懐中電灯を下に向け、足許を確かめながら歩を進める。貧相な背中が左右に揺れ、上着の裾から滴がたれる。

「あんた、明かりはヤバいで」

「ああ……」稲垣は懐中電灯を消した。

「なんか、体が凍りつくみたいや」歯ががちがち鳴る。手足の関節が軋むようだ。

「寒中水泳や。そう思え」稲垣の声もふるえている。

「この夜中に、山で泳ぐか」

「溺れる心配はない」

木立が途切れ、前方にぼんやりと〝白い帯〟が浮かんだ。石垣だ。府道からちょうど十分で、開成寺園地に着いた。遠く左の方に、小さな灯が二つ見える。

「何時や」稲垣が訊いた。

友永はうずくまってダイバーズウォッチにライターの光をあてた。

「十時三十八分……」

「ええ時間やな」

稲垣は携帯電話を出した。「矢代にかけてくれ」

「どういうんや」

「最後の取引を持ちかけたれ。時間は午前三時。場所は……そうやな、ミナミの高島屋にしとこか」

「正面玄関前のロータリーやな」

ボタンを押すと、すぐに矢代が出た。

――こら、また仕掛けくさったな。

――じゃかましわい、それはおどれやろ。

――駐車場から逃げたんかい、え。

――ぼけ、いらん心配さらすな。

――あと、いっぺんだけチャンスをやろ。ミナミの高島屋へ来い。

――何時や。

――午前三時。今度、失敗したら、組長を処分する。脅しやないぞ。

——ばかたれ、こっちは鉄砲玉をいてまうぞ。

——ただのチンピラと、心燿会の金庫番や。値打ちが違うやろ。

——この、くそガキ。

——午前三時。高島屋北側のロータリー。これがほんまの最後や。

——分かった。待っとれ。

——一時になったら、また電話する。そのときに河野の声を聞くからな。

——おやっさんの声を聞かさんかい。

——ほざくな。おまえはいうとおりにしたらええんじゃ。

電話を切った。

「ケンは矢代のそばにおる。間違いない」

「よっしゃ。突っ込も」

「どうやるんや」

「あんた、車に火をつけてくれ。わしはそのあいだにケンを救い出す」

「火をつけるんは簡単や。あんたは危ない」

「これがあるがな」

稲垣は腰の拳銃を押さえた。「邪魔するやつは弾いたる」

「撃つのはええ。……けど、逃げられんぞ」

「そのときはそのときや。人間、いつかは死ぬ」

「ケンはおれが救ける。あんたは火をつけるんや」

「あほぬかせ」

「その貧弱な体でなにができるんや。ケンを背負うて走れるんかい」

「なんやと、こら」

「あんたの気性は分かってる。けど、体力はない。おれはあんたの道連れにはなりとうないんや」

「こ、こいつ……」

「どうにもならんときは、おれは逃げる。共倒れにはならん」

友永は火炎瓶を稲垣に突きつけた。「火をつけたら、あんたは車のとこへもどれ。おれはケンといっしょに山を下りる。下りたらダムの方に向かって懐中電灯を振りまわすから、あんたはフェアレディでおれとケンを拾うんや」

「……」

「頭を冷やせ。あんたが突っ込むのはまずい。それぐらい分かるやろ」

稲垣の腕をとって、火炎瓶を握らせた。懐中電灯をひったくる。「ここで揉めてる暇はない。緋野が矢代に電話したらどないするんや」

「くそったれ」稲垣は銃を抜いた。銃把を向けて友永に渡そうとする。

「いらん、そんなもんは」

「あんた……」

「もうええ。行くぞ」

石垣に沿って左へ走った。宿舎の明かりが大きくなり、前に駐められた四台の車が識別できる。ボルボとランドクルーザー、セルシオ、ベンツが並んでいた。

友永は泥をすくってワイシャツに塗り付けた。顔にも塗る。稲垣から折りたたみナイフを受け取った。

「十分経ったら、火をつけてくれ」ホイールレンチを握った。

「な、あんた……」

「うん……」

「いや、なんでもない」

「十分後や。頼むぞ」

石垣の切れ目から這い出した。躙るようにして宿舎の裏へまわる。雨が足音を消し、窓から射す光を遮る。

泥にまみれて手前の宿舎の壁面にとりついた。トタン屋根を叩く雨音、頭上に窓が二つ、立ち上がって壁に背中をつけ、少しずつ窓に近づいた。膝が震えている。頭が熱い。ひとつ息を吸い、顔をのぞかせた。男がふたり、向かいあってカップラーメンを食っている。ケンはいない。

四つん這いになって隣の窓に移った。そこは資材置場で、壁際に型枠やセメント袋が積み上げられていた。奥の出入口近くに男がひとり、石油ストーブの前に胡座《あぐら》をかいてマンガ雑誌を読んでいる。そしてもうひとり、ベニヤの床の中央に紺のスーツを着た髪の短い男——。

「ケン……」つぶやいた。

手と足首にナイロンロープ、ケンは背中を丸め、膝を抱え込むような姿勢で横たわっている。赤のスタジアムジャンパーをはおった見張りの男は、緋野組の事務所に突っ込んだとき、留守番をしていたチンピラだ。マンガから眼を離さない。

友永は腰をかがめた。軒下にうずくまって考える。

二枚ガラスの窓にはクレセント錠がついている。外から開けることはできないからガラスを割るしかない。が、割れば音がする。見張りにも気づかれる。

表にまわって出入口から侵入するのは不可能だ。入るのはこの窓しかない。

どうするんや、え——。焦燥、恐怖、悔恨、戦慄、あと三分で車に火がつく。

おれはなにをしてるんや、なんでこんなとこにおるんや——。逃げたかった。尻尾を巻いて逃げたかった。この四日間の出来事がめまぐるしく脳裡をよぎる。

緋野の誘拐、飯田屋の取引、ケンの拉致、武上山の逃走、中島の鋼材倉庫、止々呂美の採石場、ミナミの暴走、雨の逃避行……。

腕の時計を見すえた。窓の明かりに秒針が浮かび上がる。

もう、あとには退かれへんのや。退いたら稲垣もケンも死んでしまう——。喉の奥でくりかえした。——ここで退いたら、おれは一生負け犬や。

濡れた闇を微塵に砕くような音がして、壁が震動した。

友永は立ち上がった。窓をのぞく。ガラス越しに燃え上がる炎が見える。スタジアムジャンパーが戸を引き開けて外に飛び出していった。

「なんじゃい」「火事や」「あほんだら」「消せ」口々にわめきたてる声。それにかぶせるように拳銃の発射音がした。二発、三発と連射する。

「どこや」「撃て」「やってまえ」怒号と銃声にあわせて、友永はガラスを割った。腕を入れて錠を外し、窓を開けて中にころがり込む。

「ケン、おれや」耳元でいった。ケンがこちらを向く。「逃げるんや」ホイールレンチを捨て、ナイフでロープを切った。ケンの腕をとって引き起こす。ケンは膝立ちになり、あえぎながら窓にとりつく。臀を押して外に落とし、友永も肩から落ちる。「こっちや」ケンを引きずって走った。転倒して起き上がり、ケンの腋に肩を入れて走る。

ドーンと爆発音が響いて、一瞬、空がオレンジ色に染まった。車の燃料タンクに火がまわったのだ。叫びと銃声を背中に聞き、友永とケンは林の中に飛び込んだ。斜面を滑って下草をなぎ倒し、灌木に腰を打ちつけてころがる。眼の前は闇だけでなにも見えず、直線的に下へ降りていく。ケンの息づかいは荒く、もがくように手で叢をかき、膝で地面を蹴る。ケンを引きずるようにして友永は走った。

太い木の根方につきあたった。はっと我に返ると、もう銃声がやんでいる。木の後ろにまわり込み、洞になった窪みに倒れ込んだ。落ち葉が厚く堆積し、底に水がたまっている。

「おい、大丈夫か」

「ああ……」ケンが呻く。

「まだ走れるか」

「腹や……」

「なんやて」

「腹が減った」

「なにも食うてないんか」

「水だけや」

「傷は？　撃たれた傷は」

「分からん。……大したことない」

ケンの意識は確かだ。がしかし、体に力がない。

「がんばれ。もうちょっとや」

「おまえ、あほや」

「なんでや」

「来るとは思てなかった」

「約束したやろ。救けるとな」

「稲垣は」

「撃ちあいや。派手にやっとる」

「あいつも、あほや」

「逃げるんや。連中が探しにくる」

ケンの腕をとった。肩に寄りかからせて降りはじめる。滑って尻もちをつき、起き上がってまた歩く。

遠く上の方からエンジン音が近づいてきた。ディーゼルエンジンの音だ。樹間を通してライトがちらちらする。

友永はうずくまった。車はテールランプを見せ、坂を降りていった。

「ランクルは燃えてなかったな」

「稲垣は……」

「あいつは殺しても死なへん」

そう思いたい。稲垣が迎えにこなければ、ふたりは凍死する。

また動きだした。百メートル近くは降りたはずだ。膝が硬直し、爪先《つまさき》の感覚がなくなった。ケンを支える右腕が痺れている。

斜面を降りつづけた。もう三十分は経っている。ケンが重い。撃たれたケンの左脚はほとんど自由がきかず、動きが眼に見えて鈍ってきた。

稲垣のことが気にかかる。撃たれなかったのか。うまく逃げおおせたのか。営林署事務所まで行き着いたのか――。

と、そのとき、枝を踏みしだく音が聞こえた。左だ。

「伏せろ」ケンを押さえた。友永も伏せる。

砂利道の方で丸い光が揺れた。思いのほか近い。

「なにか聞こえんかったか」「気のせいやろ」「ほんまかい」「無駄や。見つかるわけない」「若頭にどつきまわされるぞ」「あっちや」「どこ行くんや」

話し声は途切れた。足音が遠ざかる。

しばらく待って、ケンの背中を叩いた。ケンは伏せたまま動かない。

「おい、なにしとんのや」ケンを揺さぶった。

「眠たい……」つぶやいた。

「あほ、寝るな。凍え死ぬぞ」

「あんた、先に行け」

「起きんかい、こら」

ケンの襟首をつかんだ。「立て。歩くんや」

ケンはのろのろと立ち上がる。

笹の茂みに踏み入った。泥に足を滑らせ、バランスをくずす。ケンがころび、友永もころんだ。掌に痛みが走り、なにかが刺さった。笹の切り株だ。泥と血をなめとり、唾を吐いた。ケンを引きずって歩く。一段高くなった茂みを越えると、前方に微かな光が見えた。等間隔で並んでいる。箕面川ダムの水銀灯だ。

「着いたぞ。もうちょっとや」

ケンを励まし、山裾まで下りた。ケンは立木にもたれかかって座り込み、友永は隠れてようすをうかがう。

左から白い乗用車が来た。右から人型トラック。――府道を行き交う車は、平均して一分間に四、五台か。付近に人影はなく、駐まっている車はない。

友永はかがんでライターの火をつけ、時計を見た。十一時五十七分、山を下りはじめてから一時間が経っている。稲垣が無事なら、営林署事務所へ走ってフェアレディに乗ったはずだ。稲垣はきっと待っている。

上着のポケットから懐中電灯を出した。この光を緋野のやつらに見られるおそれもなくはない。しかし、ケンは衰弱しきっている。

頼む、気づいてくれ――。ダムに向かって点灯し、ゆっくり三回まわして消した。

車が水しぶきを散らして府道を疾走する。ワゴン、トラック、セダン、ミニバン……。

――そうして、ダムの橋の上をヘッドライトが近づいてきた。車は右折して左へ寄り、スピードを落とした。レモンイエローのフェアレディだ。

「来たぞ」ケンを引き起こした。

フェアレディが停まった。ドアが開く。

友永とケンは木の陰から出た。ケンをリアシートに押し込み、友永も乗る。フェアレディはノーズを浮かせて発進した。

「泥だらけやな」稲垣がいった。

「あんたこそ」

「シートを汚すなよ」稲垣は笑った。


箕面公園は通らず、勝尾寺の方から国道に向かった。粟生団地を左折して茨木へ出る。稲垣はヒーターを最強にしたが、友永の震えはとまらない。ケンはひと言も口をきかず、眼をつむって後ろに横たわっている。

友永は上着を脱ぎ、血の出ている左の掌にテープを巻きつけた。傷は意外に深く、ずきずきと疼く。

「どこでやった」ラジオの音量を絞って、稲垣が訊いた。

「笹の茂みや。切り株が刺さった」

「いまやからいうけど、わし、あんたの顔を二度と見られんような気がしてた」

「おれが逃げるとでも思たんか」

「いや、この男は死ぬかもしれんと思たんや」

「お生憎《あいにく》やな。生きて還ったがな」

「ちゃんとケンを連れてな」

「あんたはどうやったんや」

「ベンツとセルシオを燃やしたった。二台ともドアが開いとったし、中にガソリン撒いて火をつけた」

「撃ちあいをしたやろ」

「逃げるとこを見つかったんや。六、七人、出てきよった」

「まさか、あんた……」

「わしが撃ったんは二発だけや。二十メートルも三十メートルも離れとって、チャカの弾が当たるかい」

稲垣は石垣の陰から雑木林に飛び込んだ。斜面を滑り落ち、あとはやみくもに走りつづけたから、どこをどう逃げたか分からない。ともかく見当をつけて南の方へ走ったら、運よく林道に行きあたったという。

「林道づたいに営林署へ走って車に乗った。途中で見失うたんやろ、ひとりも追いかけてこんかったがな」

「連中は、あんたより、こっちを探す方にかかってたんや」

「そうか。大事な人質やもんな」

「おれらが逃げたあと、車が下に降りていった。ランクルや」

「矢代が乗ってたんやろ。ああいう腐れはいちばんにフケよるんや」

「ひょっとして、緋野から電話がかかったというのは考えられんか。おれはそんな気がしたんやけどな」

「なるほど、緋野を迎えにいったという線もあるな」

稲垣はうなずく。「いや、そっちの方が正解かもしれん」

「となると、人質の交換は終わったということや」

「都合のええ解釈やで」

「矢代に電話して訊いてみたらどないや。組長さんはお帰りになりましたか、と」

「そいつはおもろいけど、このとおりや」

稲垣は携帯電話を抜き出した。接続部が折れて、ちぎれかかっていた。


茨木インターチェンジから名神高速道路に入った。吹田ジャンクションを経由して阪神高速道路へ。ヒーターが効いて、車内は三十度以上になっている。それでも暑さは感じない。

「どこ行くんや」友永は訊いた。獣医のところへ向かっているのだが、場所は聞いていない。

「都島の毛馬《けま》や。元浜いうて、小さい医院を構えとる」

「よめはん、子供は」

「おるけど、逃げられた。あんな博打狂とは暮らせんのやろ」

「腕は確かなんか」

「知らん。犬や猫が死んでも医療ミスというのはないからな」

いって、稲垣はラジオの音量を上げた。臨時ニュースが流れはじめる。

——昨日、午後八時十分ごろ、大阪市営長堀駐車場で発砲事件がありました。南警察署の調べによりますと、駐車場一号棟の堺筋入口から、白のデリバリーバンと乗用車二台が無人発券所を突破して地下一階の駐車場に進入し、ピストルを撃ちあいながら駐車場内の走行路を東へ走りました。その際、デリバリーバンから火のついた火炎瓶一本と約二十個のセメントブロックが走行路に落とされ、デリバリーバンは末吉橋西詰の料金所を突破して松屋町方面へ逃走。乗用車二台はブロックに阻まれて料金所手前で停止し、一方通行の走行路を逆走して堺筋入口から逃走しました。警察は緊急配備をしてデリバリーバンと乗用車二台の行方を追っていますが、この発砲事件は三日前の十二月十九日に発生した飯田屋デパート阿倍野店の発砲事件と関連があり、いずれも同じ暴力団組織が関係しているのではないかとみて、阿倍野警察署と南警察署が合同で捜査にあたるとしています。なお、逃走した白のデリバリーバンはトヨタのライトエース、乗用車は濃いグリーンのベンツと白のトヨタ・ビルシオで、両車とも車体がかなり損傷しているとみられています。次に、昨日午後九時二十分ごろ、藤井寺市西古室のスナックで——。

「へっ、ピストルの撃ちあいをしながら走ったというとるやないか」

稲垣はラジオのスイッチを切った。「こっちは撃たれただけや」

「どこかの物好きが警察に通報しよるで。傷だらけのライトエースやベンツを見かけましたと」

「もう遅いわい。ベンツとセルシオはスクラップ、ライトエースは廃車になった」

「明日あたり、緋野組の名前が出るかもしれんな」

「そしたら、わしらの名前も出る」

「指名手配か……」

「そういうこっちゃ」

「ツケはまわってくるんやな」

「とことん逃げたるがな」

この男には後悔も反省もない。


大阪市内に入った。毛馬橋から西へ五百メートルほど走った阪急千里線のガード沿い、市立斎場の向かいに《元浜ペットクリニック》があった。古い棟割長屋の一軒を改装して、一階を診療所にしているらしい。元浜の趣味だろうか、玄関前の狭いカーポートにホンダのゴールドウイングが駐められている。

稲垣と友永は車を降りた。稲垣が壁のインターホンに向かって二言、三言話すと、玄関に明かりがついた。ドアが開く。

「なんや、こんな時間に」

しわがれた声。スウェットスーツに黒いカーディガンをはおった、五十がらみの貧相な男だった。寝癖のついた半白の髪、縁なし眼鏡、ちょび髭を生やしている。

「どろどろやないか」元浜は眉をひそめた。

「ちょいと、わけありでね」

「喧嘩か」

「そんなとこですわ」

「ま、入れ」

「すんまへん」

稲垣とふたりでケンを抱え起こした。車から降ろす。

医院内に入ると、八畳ほどの待合室と、奥に診療室。元浜は丸椅子に腰かけて煙草を吸いつけた。

「そこに寝かせて、服を脱がしてやれ」

ケンをペット用の診察台に横たえた。台は短いから、ふくらはぎから先がはみ出す。スーツとワイシャツ、靴下を脱がし、トランクスだけの裸にした。

「ひどいな……」元浜がいった。

ケンの左脚、太腿には焦茶色の晒《さらし》が巻かれている。もとは白だったのが血で変色したのだ。

元浜は晒を無造作に剝ぎとった。ウッ、とケンが呻く。

傷はぱっくりと口をあけていた。こびりついた血と、乳白色の脂肪層。皮膚が黒ずみ、なにか饐えたような異臭がする。

「なんで、こんなになるまで放っといた」元浜は稲垣を振り仰いだ。

「事情は聞かん約束でっせ。わしらのこの格好を見たら分かりまっしゃろ」

「無茶しよる」

元浜は舌打ちをした。「傷が膿んでる。このままやと敗血症やぞ」

「治したってください」稲垣は頭を下げた。「金はあります」

「金のことより、救急病院へ行け」

「ここが病院で、あんたは医者ですやろ」

「しゃあないな」元浜はまた舌打ちをして、「これはなんの傷や」

「ピストルですわ」

「弾は入ってないんやろな」元浜に驚いたふうはない。

「そのはずです」

「傷はこれだけか」

「肋骨と指もやられてます」友永が答えた。

「よう生きとるな」

元浜は立って診察室を出ていき、湯を張った洗面器とタオルを持ってきた。

「体を拭いたれ。パンツも脱がすんや」

友永と稲垣はケンを素っ裸にして体中を拭いた。ケンは痛いとも寒いともいわず、腫れてふさがった眼をじっと天井に向けている。

　元浜は触診をはじめた。

「この男はボクサーか」と訊く。

「似たようなもんですわ」と、稲垣。

「鋼《はがね》みたいな筋肉や。よう鍛えとる」

　元浜はケンに痛むところを訊きながら患部を押さえ、ケンが顔をしかめると、そこを消毒して湿布薬を貼る。右の第七肋骨と第八肋骨の部分にテーピングをし、左手の中指と薬指、小指に添え木をあてて、テープと包帯で固定した。

「肋骨は安静にしてたら、つながるはずや。指は治療が遅れたし、まっすぐには伸びんやろ」

　元浜はいい、ケンの太腿の傷口を開いて洗浄した。消毒薬を塗る。傷のまわりに麻酔薬を注射し、縫合用の針と糸を用意した。

「押さえててくれ。暴れるかもしれん」

　稲垣とふたりでケンの左脚を押さえた。元浜は縫いはじめる。ケンは眼をつむったままぴくりともしない。

　縫合が終わった。元浜は傷のまわりと左腕の静脈に抗生物質を打った。

「三時間ごとに膿を拭きとって消毒してやれ。包帯も替えるんや」

「敗血症には……」

「たぶん大丈夫やろ。薬が効いたらな」

「効かんかったら」

「人間相手の病院に連れてったれ。死ぬよりマシや」

元浜はポリ袋に、注射器と抗生物質のアンプル、錠剤の抗生物質、消炎剤、鎮痛剤、解熱剤を、ひとつずつ服用法と分量を説明しながら入れ、「――みんな、犬猫用や。それなりに効くやろ」

消毒薬と湿布薬、絆創膏、包帯も入れた。

「ほんま、助かりましたわ」稲垣がいう。「で、金は」

「そうやな、五万ほどもろとこか」

「けっこう」

稲垣はポケットから五万円を出した。机の上に置いて、そこにまた五枚の一万円札を足す。「五万は治療費。こっちの五万で口にチャックをしてもらえまっか」

「ヤバい橋を渡っとるな、え」金を一瞥して、元浜はいう。

「最近、〝盆〟の調子がよろしいねん」

「わしはあかん。さっぱりや」

「河岸を変えたらどないです」

「変えたらトロを詰めないかんがな」

トロ、とは賭場の借金のことをいう――。

「ついでというたらなんやけど、着替えの服はおまへんか。このとおり、泥だらけですねん」

稲垣はまた五枚の札を机に置いた。

「あるがな、服ぐらい」

稲垣はスウェットスーツのポケットに金を入れ、奥の階段を上がっていった。しばらくして、両手に大きなショッピングバッグを提げて下りてきた。

「どれでも着てくれ」いって、ソファにバッグの中身をぶちまける。

「なんと、上等な服でんな」

ほとんどゴミにしてもいいような服ばかりだった。それでも乾いているのがありがたい。

「ちょっと、そっちを向いててもらえまっか」

元浜は背中を向け、稲垣と友永は濡れた服を脱いだ。下着と靴下を替えて、友永はチェックのネルシャツにコーデュロイのズボン、紺の丸首セーターと薄茶のブルゾンを着た。ズボンは丈が短くて、くるぶしが見えている。稲垣はだぶだぶのウールのズボンにとっくりセーター、その上に黒のジャンパーをはおった。稲垣はケンの下着も替えて、コットンパンツにトレーナー、ツイードのジャケットを着させる。三人ともひどい取り合わせだ。

稲垣は脱いだスーツから札束やキーホルダーを抜いて、ポケットに入れた。拳銃をべルトに差す。友永も財布や小銭を移し換えた。

「先生、もうよろしいで」

稲垣がいうと、元浜はこちらを向いた。

「似合うやないか。どの服も高級品やで」

「わるいけど、靴ももらえまっか」稲垣はもう金を出さなかった。

「玄関にあるのを履いていけ」元浜は邪険にいう。

「ほな、行きまっさ。世話になりましたな」

稲垣はケンの腕をとって立たせた。友永が脇から支える。

「——な、おっさん」

ケンが口をきいた。「わしの左手、拳は握れるんか」

「それはできるやろ」と、元浜。

「脚の方はどないや」

「さあな。傷は深いけど、動脈や神経は逸れてる」

「そうかい……」ケンはにやりとした。

廊下に出たら、足許に毛むくじゃらのシーズがいた。尻尾を振ってじゃれついてくる。

「なんですねん、これ」稲垣がいった。

「犬や。猫に見えるか」

「そら、馬には見えんけど」

「欲しかったらやる。持って帰れ」

「これ、牝でっか」

「牡や。立派なタマがついとる」

「ほな、いりまへん」

　さもおかしそうに稲垣はいった。

17

　ケンを車に乗せた。稲垣がエンジンをかけて走りだす。

「な、あんた、これからどうするんや」友永は訊いた。

「山陽自動車道で岡山まで行く。倉敷から瀬戸大橋で四国へ渡るんや」

「検問なんぞしてへんやろな」

　さっきのニュースの〝緊急配備〟というのが気にかかる。

「警察が追うてるのはライトエースや。黄色のフェアレディやない」

「あの獣医、口は固いんか」

「あんなやつが信用できるかい」

　稲垣は鼻で笑う。「あいつが欲しいのは明日の賭け銭や」

「ほな、おれらの名前がニュースになったら」

「わざわざ通報するような間抜けやない。……けど、極道にちょいと頬っぺたをなでられたら、尻の穴まで見せよるで」

「おれ、思うんやけどな」

友永はひとつ間をおいて、「石鎚へ三人で行くのはまずいような気がするんや」

「なんでや」

「おれもあんたも、いままで警察に縁がなかったわけやない。指紋はあちこちに残してるし、三人セットで指名手配されたら、湯治場の連中が怪しむかもしれん。そやし、おれはここで解散したいんや」

「解散するのはかまへん。金も分ける。しかし、あんたはどこへ飛ぶんや」

「東京に連れがいてる。ほとぼりが冷めるまで静養や」

ほんとうは沖縄へ飛ぶつもりだ。那覇の雑踏にまぎれ込めば、半年や一年はしのげるはずだ。

「あんた、本気かい」稲垣の声が沈む。

「本気や。ここで別れよ。ケンはもどったし、おれの義理は果たしたやろ」

「そうか……」稲垣はブレーキを踏んだ。車を左に寄せてガードレール脇に停める。

「すまん。おれの好きなようにさせてくれ」言葉をつないだ。

稲垣はなにかいいたそうな素振りを見せたが、黙ってポケットから封筒を出した。破れ目から帯封がのぞいている。

「五百万や。それと、芳賀から掠めた百七十万。……合わせて六百七十万やな」

「なんやかんや買物したやろ」友永は着替えたブルゾンの襟をつまんでみせた。

「ライトエースも買うたし、全部で五十万は遣うたかな」

「おれは二百でええ。六百の三分の一や」

「丼勘定やな」稲垣は二百万円を差し出した。

「明細はいらんがな」

友永は札束をポケットに押し込む。「皮肉なもんやで。西尾のときは、たった半日で三百万。それが今度は、死ぬようなめにおうて二百万や」

「あんた、二千万はどないするんや。損金があるんやで」

「あの金はもうあかん。絵に描いた餅や。小切手がキャッシュになるころには、警察が手ぐすねひいとる」

そう、金を引き出した途端、手が後ろにまわる。

「あんた、欲がないんや」

「欲があったら、ダライコ屋なんかしてなかった」ドアを開けた。雨が降りかかる。

「ほんまに行くんかい」

「この四日間、おれは夢を見てた。いまとなっては、おもろい夢や」

「その夢のとどのつまりが、極道と警察に追われるお尋ね者や」

「おれら、どういう罪になるんやろな」

「そら、誘拐罪やろ」

「緋野や矢代が喋るかな」

「それはないな」

「ほな、どんな罪や」

「恐喝、銃刀法違反、住居不法侵入、放火、交通違反……いろいろあるで」

「なんと、凶悪犯やないか」

「どうしようもないハグレが三人、うまいこと集まったもんや」

「類は友を呼ぶ、か」

「もう、会うことはないな」

「そう願いたい」

「東京でなにをするつもりや」

「さあな……。あてはない」

「ほんまに、さいならか」

「そう、さいならや」車外に出た。

「な、あんた……」稲垣がいった。

「なんや」振り返った。

「元気でな」

「ああ」ドアを閉めた。

ひとつクラクションが鳴って、フェアレディは走り去った。

ガードレールをまたいで、雑居ビルの軒下に走り込んだ。スナックの扉越しにカラオケが聞こえる。下手な歌だ。

時計を見た。一時五十八分。

さ、どうする――。自問した。

アパートに帰りたい。着替えも欲しいし、持ち出したいものもある。

アパートに緋野組の手はまわっているだろうか――。

(そんなはずはない。矢代には村山で通したし、ケンはおれの本名も知らんかった)

警察はどうだ――。

(まだ、おれの身元は割れてない。もし割れてたら、それらしいことがニュースに流れたはずや)

ほんとうに大丈夫か――。

(部屋にもどるんなら、いましかない。今晩中に荷造りして空港へ走る。指名手配される前に飛行機に乗るんや)

意を決して歩道に出た。タクシーに手を上げると、ハザードランプを点滅させて停まった。

此花、六軒家川を渡った。阪神電鉄西大阪線の高架をくぐって、四貫島に入る。府営団地を右折すると、左に区民体育館が見えた。

「ちょっと、ゆっくり走ってくれるかな」

運転手にいった。「この辺は初めてでね」

無機的なワイパーの音。体育館の塀沿いに違法駐車の列。雨でほとんど見とおしはきかず、車の中に人が隠れていても察知できない。

体育館の裏門を過ぎ、公衆電話ボックスの脇を通った。薫英荘の二階の窓に明かりはなく、いつも帰りの遅い隣の部屋のバーテンはいないようだ。

「次の角を左へ」

運転手は返事をせず、ウインカーを点けた。

体育館のまわりを一周し、また薫英荘の前に来た。友永はタクシーを停め、料金を払って降りた。屋根付きの鉄骨階段を上がり、足音のしないように外廊下を歩いて二〇五号室。ドアに鍵を差し、部屋に入った。施錠して、蛍光灯の紐をひく。

五日ぶりの黴くさい臭いが鼻をさす。ブルゾンとズボンを脱ぎ捨て、チノパンツとエアフォースジャケットに着替える。タンスの抽斗から預金通帳と保険証を出し、ジャケットの内ポケットに入れた。押入れの戸を開けて、中の段ボール箱をみんな下におろす。ボストンバッグを出して、下着やシャツを詰めはじめたとき、表の道路から微かなエンジン音が聞こえた。

隣のバーテンが帰ってきたかな——。思った瞬間、虫が知らせた。

友永は立って、カーテンの隙間から外を見下ろした。電話ボックスの向こうに、さっきは見かけなかった白いセダンが駐まっている。

あかん、ヤバいぞ——。居すくんだ。

落ち着け。落ち着くんや——。足をひき剝がすようにして動きだす。

玄関のドアに耳をつけた。外廊下に人の気配がある。それも複数だ。

友永は靴箱からデザートブーツを出した。畳の上で履く。蛍光灯を消し、窓際に立った。カーテンは閉めたまま、少しずつ窓を開く。窓のすぐ下はブロック塀が建ってい、塀と外壁のあいだは幅一メートルほどの避難通路になっている。通路の入口付近にはいつも十数台の自転車とバイクが駐められ、大家が何度注意しても、きれいに並べられることがない。通路を左奥へ行くと、突きあたりに赤錆びた格子戸があり、南京錠がかかっていたような気がする。格子戸の向こうは、確か、金物屋と製麵工場にはさまれた路地のはずだ。

——と、そこへドアのノブをまわす音がした。ノックと同時に、「友永さん」と、男の声。

「くそッ」カーテンを引き開けた。両手でつかんでぶら下がり、膝から外へ躍り出る。カーテンがひきちぎれ、レールが折れて、体が宙に舞う。友永は地面に叩きつけられ、起き上がって走りだした。

「逃げたぞ。こっちや」男が自転車を蹴散らして追ってくる。

通路の突きあたり、格子戸に飛びついた。躙り上がる。

「待て、友永」男に足首をつかまれ、引き倒された。反転した右の手に植木鉢。土くれをつかんで男の顔に叩きつけると、ウッと呻いて眼を押さえた。渾身の力を込めて男をはねのける。這って格子戸にとりつき、乗り越えた。

「追え。裏へまわれ」男の叫び声が雨に谺する。


路地を走り抜け、バス通りを渡った。児童公園を突っ切り、水道局のポンプ場を抜ける。府営団地まで走って北港通りに出た。千鳥橋の駅前で、エンジンをかけたまま駐まっているタクシーを見つけ、仮眠中の運転手を叩き起こして乗り込んだ。

「関空。関西新空港」汗が噴き出して背筋を伝う。

タクシーは発進した。リアウインドー越しに後方を見やるが、追ってくる車はない。

「お客さん、どうかしたんですか」運転手が訊いた。

「いや、なんでもない」

「息が切れてるよって……」

「傘を忘れたんや。それで走ってきた」

「どこへ行きはるんです」

「札幌や。朝一番の飛行機に乗る」

「スキーでっか」

「葬式や」いうと、運転手は口をつぐんだ。

友永はシートにもたれかかって眼をつむった。

——やはり、身元は割れていた。柳月堂パーラーのテーブルやカップに残した指紋から足がついたのなら、警察は早くからケンや友永の名を割り出していたのかもしれない。警察はミナミでカーチェイスをしたベンツとセルシオのナンバーを防犯ビデオの映像から割り出し、それをたぐって飯田屋の発砲事件との関連を探りあてたのだと思う。

稲垣とケンのことが気にかかる。レモンイエローのフェアレディは、まず間違いなく手配されている。検問にはかからなくても、あんな目立つ車に乗っていれば、必ずどこかで網にひっかかる。四国へ行こうと九州へ走ろうと、あのフェアレディに乗っている限り、時限爆弾を抱えているのと同じことなのだ。

フェアレディを棄てろ、ひと言そういいたい。

がしかし、稲垣たちの先行きを案じる余裕はない。まず自分がどう逃げるのか、それが先決だ。

「お客さん……」運転手がなにやらいっている。

「うん……」

「北港入口から湾岸線に上がりましょか」

「好きなように」

左の足首が疼く。アパートの部屋から飛び降りたときにくじいたらしい。

阪神高速道路湾岸線、りんくうジャンクションを経由して、空港連絡橋を渡った。《横風走行注意・四十キロ規制》の電光表示。たった五キロほどの橋を渡っただけで千二百円も請求されたのには驚いた。往復料金とはいえ、ふざけた値段だ。

空港ビルはばかでかい。タクシーを降り、二階プラットホームから国内線ロビーに入った。午前四時前だというのに、けっこう人が歩いている。その半数以上は正月を観光地で過ごそうという若い男女のふたり連れだ。舌打ちしたいような気分だが、搭乗客が多ければ、それだけ紛れやすいともいえる。

航空会社のチケットカウンターはすべて閉鎖されていた。ＪＡＬ（日本航空）とＡＮＡ（全日空）をまわって時刻表を調べる。十二月二十二日の関空発沖縄行きは——。

＊ＪＡＬ８９１　08：20
＊ＡＮＡ４９１　09：45
＊ＪＡＬ８９５　11：25
＊ＡＮＡ４９５　13：30
＊ＪＡＬ８９９　20：15

の五便があった。

「８９１便やな」

カウンターが開き次第、チケットを買えばいい。沖縄行きは観光客でいっぱいだろうが、キャンセル待ちをすれば、ひとりやふたりは搭乗できるはずだ。念のため、搭乗時間までに銀行の預金（仲興運輸から受け取った休業補償金と、伊誠会の西尾をさらったときの金の残り）をすべて引き出しておく。

煙草が吸いたくなった。エスカレーターで三階のレストラン街に上がり、自販機でハイライトを買った。火をつけようとして灰皿を探したが、どこにも見あたらない。

煙草をくわえて二階へ下りた。広い通路の突きあたり、南出発口のそばに親子連れがいる。黄色のフードつきコートを着た幼児を、椅子に座った母親が見守っている。

ふっと、子供のよちよち歩きが稲垣の後ろ姿にダブった。

山陽自動車道を疾走するレモンイエローのフェアレディ。ステアリングを握る稲垣。眠りつづけるケン——。

「ちょっと」背後で声がした。

「えっ……」振り返ると、制服警官がいた。

「空港ビル内は禁煙です」

「あ、そうでしたか」

まだ煙草をくわえていたのだ。

プラットホームに出て、煙草を吸いつけた。吐いたけむりの向こうに、稲垣の横顔がまた浮かび上がる。

煙草くれるか——。

よう吸うな、他人の煙草ばっかり——。

わしには好みというもんがない。女も酒も煙草もな——。

おれ、あんたという男が分からん——。

わしもときどき分からんがな——。

煙草をもみ消して、プラットホームの階段を下りた。タクシーが十数台、乗り場に並んでいる。

ドアが開き、友永は乗り込んだ。

「どちらへ」運転手が訊く。

「四国」

「なんです……」

「石鎚へ」

そう答えていた。

解説　黒川作品の底流にあるもの

牧村　泉

黒川博行さんには、一度お会いしたことがあります。

わたしが大の黒川ファンなのを知っている編集さんたちが、大阪で黒川さんと一杯飲《や》るときに、おまえも混ざるか？　と声をかけてくれたのです。駆けだしの新参作家にとって憧れの作家と対面できるというのは、『冬のソナタ』ファンがヨンさまに会わせてやると言われるようなものです。わたしはマタタビを嗅ぎあてた猫のように涎を垂らし、飼い主をお迎えする犬のように尻尾を振って、いそいそとくっついていきました。

はじめてお目にかかる黒川さんは、わりと強面《こわもて》なおっちゃんでした。いや、いっそ正直に「かなり怖い」と言ってもいい。何しろ大阪は北新地に近いホテルのロビーで、だらんとした格好で柱にもたれて、ぶっとい葉巻をふかしていらっしゃるのです。

「昔、ちょっと悪さしとってん」と言われたとしたら、あっさり「あ、そうですか」と信じてしまいそうです（ちなみに関西地方では、「悪さ」とは往々にして「警察のお世話になる程度の悪いこと」を指します）。おまけに無口でもあるらしく、あまりお話しなさいません。

それでなくても緊張してるのに、何を話せばいいものか。あのマタタビはどこへやら、今度は借りてきた猫と化しはじめたわたしの目に、そのとき、映ったものがありました。一見、無愛想な黒川さんの口元がときおり、微妙に「にっちゃり」ゆるむのです。それはまるでやんちゃなガキ大将が、そのままおっちゃんになったかのような笑い方です。あれっと思ってよくよく耳を傾けてみれば、相変わらず葉巻をふかしながら、

「最近、グリコのおまけ、集めてるねん」

ぼろっと思わぬことも仰います。

「えーと、タイムスリップグリコとかのあれですか？」

「いや、昔の。木でできたやつ」

「えーと、それはどうやって？」

「オークションで」

「ネットのですか？」

「うん」（ここでにっちゃり）

まったく、あんたはガキかい！　と、思わず突っ込みたくなってしまうではありませんか（よう突っ込みませんでしたが）。

外面の緊張はなかなか解けませんでしたが、そのころからわたしは心のどこかで、ちょっとずつリラックスしはじめたのでした。

作家とその作品を同一視することは愚の骨頂だと知っての上で、それでもその「にっちゃり」は、黒川さんの小説に出てくる男たちをどこか彷彿とさせるものがありました。

ところで黒川さんといえば、まず第一に思い浮かぶのは、「大阪弁会話の面白さ」です。大阪府警捜査一課シリーズに登場する黒マメコンビやブンと総長、あるいは二宮と桑原のお馴染み『疫病神』コンビ。彼らが交わす会話ときたら、大阪在住のわたしですら声を出して笑ってしまうほど面白い。そこらの下手っぴいな漫才コンビに、爪の垢でも煎じて飲ませたいぐらいです。なのに肝心の黒川さんは、さるインタビューに答えて、こんなことを仰っています。

自分では、面白い会話を書こうとはあんまり意識してないんですけど、大阪弁やし、わりにコンビのやりとりが多いんで、どうしても漫才的な文章やと言われがちですね。ただ、漫才と言われるのは不本意なんですよ。本人は洒落たこと言わせようと思って書いてるのに、大阪弁やと漫才に見られてしまう（笑）。

（『ポンツーン』二〇〇四年十月号）

意識してないのに面白い。さすがは黒川さんやと思わず膝を打ちたくなるところですが、しかし今はそんなことを言っている場合ではない。ついでに、そのわりにご自身が無口なのはなんでやねん、という突っ込みもさておくとして、着目していただきたいのは、黒川さんが「漫才と言われるのは不本意」だと仰っていることです。笑ってもらうのはともかくも、それは決して漫才ではない。ならば黒川作品の、面白さの正体とはなんでしょう。実は、黒川さんは『てとろどときしん』という短編集の文庫版あとがきで、黒マメコンビのやりとりについて、こんなふうに書いていらっしゃいます。

　わたしは大阪の古典落語を頭においています。

そうか、落語だったのか。あの面白さの根っこは、上方落語にあったのか。しかし、だとすれば、どうして落語なのでしょう。漫才もしくは江戸落語ではなくて、上方の古典落語でなくてはならない理由とは。専門的な考察は演芸評論家の方々にお任せするとして、あえて乱暴且つ強引に言い切ってしまえば、わたしは、それは人生の「可笑しみ」にあるのではないかと推測しています。

たとえば、本書『迅雷』です。

これは、街でくすぶる外れ者《もん》たちが、暴力団の組長さんを誘拐してしまうという、それはもうとんでもないお話です。何しろ被害者がヤバい人なものだから、警察に通報するわけにもいかない。かといってあっさり身代金を支払うには、ヤクザの面子がおさまらない。なのでお話は一直線に、騙す者と騙し返す者の壮絶な腹のさぐり合いへと突き進んでいくわけですが、この展開が本当にえげつない。本文を未読の方がいらっしゃるといけないのでここでは詳しくは触れませんが、まったく狐と狸の化かし合いとは、こういうことかと思わされます。

「やっぱり、ヤクザは一筋縄ではいかん」
「遵法精神たらいうのがないからな」

そのヤクザを誘拐しておきながら、こんな会話をしれっと交わす犯人どもの厚かましさもかなりのものですが、しかし、この小説でなんといっても凄いのは、誘拐された当事者であるところの組長です。もうええ加減に諦めたらどうかいな、と思わず嘆息したくなるほどに、懲りずに腹芸を繰りだすしぶとい組長。彼の執念につきあっていると、面白さがどうこう言う以前に、なんだか身につまされてきたりもします。ああ、人間というものは、どこまで滑稽にできているのか。なんとしてでも危機を脱しようと知恵を絞る姿が、「可笑しみ」でなくてなんなのか。まったく人間という生き物は難儀なもので、必死で足掻《あが》けば足掻くほどに、その愚かしさや格好悪さがいっそう浮き彫りになってきたりするのです。そういえば上方落語というものも、大笑いしているうちにいつしか人生の哀感すら感じてしまうような、凄みのある芸だったではありませんか。

たぶん、黒川博行さんという作家は、その切なくも滑稽な人間の有りようを、ものすごくちゃんと見ておられるのだと思います。それも徹底的に生々しくリアルに。でも決して愛情を忘れない柔らかな目線で。驚くほど綿密な取材をされるのも、登場人物をあまり知られていない地味な仕事に就かせることが多いのも、そのことと無縁ではないような気がします（たとえば本書の主人公の友永は「ダライコ屋」ですが、無知なわたしは、世の中にこんな仕事があるということを、この小説ではじめて知りました）。

友永は、あれほど散々な目に遭ったにもかかわらず、ラストでまたもや余計な行動に出てしまいますが、このシーンを読みながらあーあとため息を吐《つ》いたのは、おそらくわたしだけではないでしょう。あれほどしんどい思いしたんやから、今さらそんなことせんでもええのに。そんなん自分からわざわざ、災厄を拾いに行くようなもんやんけ。

同時に、そんな友永の行動が嬉しくて口元をほころばせてしまうのも、やっぱりわたしだけではないでしょう。馬鹿げた行為と承知の上で、それでもそうせずにはいられない。そういう生き物だからこそ、人間は、愛さずにはいられないぐらいに面白い。黒川作品の底流には、そんな愛しい「可笑しさ」が脈々と流れています。

なお、蛇足ながら付け加えれば、本作の他にも黒川さんは、誘拐をテーマに『二度のお別れ』と『大博打』という長編を書かれています。どちらもめちゃくちゃ面白いので、未読の方にはぜひお勧めしたいところですが、実はこれらの作品にはちょっとした共通点がある。『迅雷』以外の二作にはどちらも警察が登場して、犯人との知恵比べを展開するのですが、しかしその警察が……犯人を……。特に『二度のお別れ』は、黒川さんのデビュー作にして黒マメコンビの初お目見え作でもあるのに……なのに彼らは……ああ、これ以上書いたらネタバレになる。ここはせめて、黒川さんの市井の人々への愛情が、どちらも色濃く感じられる作品だとだけ申しあげておきましょう。

最後に。登場人物という点で、ひとつだけ黒川さんにお願いがあります。

この『迅雷』を例に引くまでもなく、黒川さんの小説には、シビアなくせにどこか脇が甘いというか、なんとなくセコい男たちがよく出てきます。彼らが実にチャーミングで愛おしいのは述べてきたとおりですが、しかし、悔しいことにこの男たちの活躍に比べて、女たちが真正面に出てくることがあまりない。初期の長編『キャッツアイころがった』は女子大生が頑張るお話でしたし、風俗の女性が出てくる短編もありますが(『てとろどときしん』に収録の「ドリーム・ボート」)、それでも男たちの活躍ぶりに比べれば、圧倒的に少ないのです。

女であるところのわたしには、それがほんの少しだけ不満です。別に恋愛小説でなくてもいい。一度でいいから、食えん男と食えん女の壮絶な化かし合いを読ませてはいただけないでしょうか。いや、あれほどリアルな取材をされる黒川さんのことですから、そのあたりを口実にして、「わし、女の取材なんかでけへんから、あかん」などと仰るかもしれませんが、心配はご無用です。

あの「にっちゃり」した笑顔に惹かれて、つい胸襟を開いてしまう女たちは、いくらでもどこにでもいるはずですから。

（作家）

単行本　一九九五年五月　双葉社刊
一次文庫　一九九八年五月　双葉文庫刊

文春文庫

迅《じん》 雷《らい》

定価はカバーに
表示してあります

2005年5月10日　第1刷
2017年7月5日　第14刷

著　者　黒《くろ》川《かわ》博《ひろ》行《ゆき》
発行者　飯窪成幸
発行所　株式会社 文藝春秋

東京都千代田区紀尾井町 3-23　〒102-8008
TEL 03・3265・1211
文藝春秋ホームページ　http://www.bunshun.co.jp
落丁、乱丁本は、お手数ですが小社製作部宛お送り下さい。送料小社負担でお取替致します。

印刷・凸版印刷　製本・加藤製本　Printed in Japan
ISBN978-4-16-744707-6

（　）内は解説者。品切の節はご容赦下さい。

北村　薫
玻璃《はり》の天
ステンドグラスの天窓から墜落した思想家の死は、事故か殺人か——表題作「玻璃の天」ほか、ベッキーさんの知られざる過去が明かされる、『街の灯』に続くシリーズ第二弾。（岸本葉子）
き-17-5

北村　薫
鷺《さぎ》と雪《ゆき》
日本にいないはずの婚約者がなぜか写真に映っていた。英子が解き明かしたそのからくりとは——。そして昭和十一年二月、物語は結末を迎える。第百四十一回直木賞受賞作。（佳多山大地）
き-17-7

桐野夏生
柔らかな頬（上下）
旅先で五歳の娘が突然失踪。家族を裏切っていたカスミは、必死に娘を探し続ける。四年後、死期の迫った元刑事が、事件の再調査を……。話題騒然の直木賞受賞作にして代表作。（福田和也）
き-19-6

北森　鴻
深淵のガランス
画壇の大家の孫娘の依頼で、いわくつきの傑作を修復することになった佐月恭壱。描かれたパリの街並の下に隠されていたのは!?　裏の裏をかく北森ワールドを堪能できる一冊。（ピーコ）
き-21-6

北森　鴻
虚栄の肖像
銀座の花師にして絵画修復師の佐月恭壱が、絵画修復に纏わる謎を解く極上の美術ミステリー。肖像画、藤田嗣治、女体の緊縛画……絵に秘められた思いが切なく迫る傑作三篇。（愛川　晶）
き-21-7

北川歩実
猿の証言
類人猿は人間の言葉を理解できると主張する井手元助教授が失踪。井手元は神の領域を侵す禁断の実験に手を染めたのか？　先端科学に材をとった傑作ミステリー。（金子邦彦・笠井　潔）
き-32-1

貴志祐介
悪の教典（上下）
人気教師の蓮実聖司は裏で巧妙な細工と犯罪を重ねていたが、綻びから狂気の殺戮へ。クラスを襲う戦慄の一夜。ミステリー界の話題を攫った超弩級エンターテインメント。（三池崇史）
き-35-1

（　）内は解説者。品切の節はご容赦下さい。

木下半太
女王ゲーム
女王ゲームとは命がけのババ抜き。優勝賞金10億円、イカサマ自由、但し負ければ死。さまざまな事情を背負った男女8人の死闘がはじまる。一気読み必至のギャンブル・サスペンス。

き-37-1

黒川博行
蒼煌
芸術院会員の座を狙う日本画家の室生は、選挙の投票権を持つ現会員らへの接待攻勢に出る。弟子、画商、政治家まで巻き込み、手段を選ばぬ彼に周囲は翻弄されていく。（篠田節子）
く-9-8

黒川博行
煙霞《えんか》
学校理事長を誘拐した美術講師と音楽教諭。馘首の噂に踊らされ、正教員の資格を得るための賭けに出たが、なぜか百キロの金塊が現れて事件は一転。ノンストップミステリー。（辻　喜代治）
く-9-9

黒川博行
国境　（上下）
「疫病神コンビ」こと二宮と桑原は、詐欺師を追って北朝鮮に潜入する。だがそこで待っていたものは……。ふたりは本当の黒幕に辿り着けるのか？　圧倒的スケールの傑作！（藤原伊織）
く-9-10

黒田研二
キュート＆ニート
引きこもりニートの鋭一は、ひょんなことから姪のリサの面倒を見るはめに。幼稚園で起る様々な事件をリサと一緒に解決するうち、縮こまった鋭一の心も開かれていく。（佳多山大地）
く-31-2

今野　敏《びん》
曙光の街
元KGBの日露混血の殺し屋が日本に潜入した。彼を迎え撃つのはヤクザと警視庁外事課員。やがて物語は単なる暗殺事件から警視庁上層部のスキャンダルへと繋がっていく！（細谷正充）
こ-32-1

今野　敏
凍土の密約
公安部でロシア事案を担当する倉島警部補は、なぜか殺人事件の捜査本部に呼ばれる。だがそこで、日本人ではありえないプロの殺し屋の存在を感じる。やがて第2、第3の事件が……。

こ-32-3

（　）内は解説者。品切の節はご容赦下さい。

近藤史恵
モップの精は深夜に現れる
大介と結婚したキリコは短期派遣の清掃の仕事を始めた。ミニスカートにニーハイブーツの掃除のプロは、オフィスの事件を引き起こす日常の綻びをけっして見逃さない。（辻村深月）
こ-34-5

近藤史恵
ふたつめの月
契約から社員本採用となった途端の解雇。家族の手前、出社のフリで街をさまよう久里子に元同僚が不審な一言を告げる。まさか自分から辞めたことになっているとは。（松尾たいこ）
こ-34-4

五條　瑛《あきら》
エデン
ストリートギャングの柾人は、なぜか政治・思想犯専用の刑務所に入れられる。K七号施設と呼ばれるそこに、柾人は陰謀のにおいを感じるが……。ノンストップ近未来サスペンスの傑作。
こ-39-2

佐野　洋
事件の年輪
老境にさしかかり、みずからの人生を振り返る男たちの前に、かつての出来事が謎をまとってよみがえる。軽妙な筆致で老いがもたらす災厄を描く傑作短篇ミステリー全十話。（阿部達二）
さ-3-25

笹本稜平
時の渚
探偵の茜沢は死期迫る老人から、昔生き別れになった息子を捜し出すよう依頼される。やがて明らかになる「血」の因縁と意外な結末。第18回サントリーミステリー大賞受賞作品。（日下三蔵）
さ-41-1

笹本稜平
フォックス・ストーン
あるジャズピアニストの死の真相に、親友が命を賭して迫る。そこには恐るべき国際的謀略が。「フォックス・ストーン」の謎とは？　デビュー作『時の渚』を超えるミステリー。（井家上隆幸）
さ-41-2

佐々木　譲
勇士は還らず
米サンディエゴで日本人男性が射殺され、遺留品には、六九年サイゴンで起きた学生の爆死事件の切り抜きが……。だが、被害者の妻はなぜか過去のことについて口を閉ざす。（中辻理夫）
さ-43-4

（　）内は解説者。品切の節はご容赦下さい。

佐々木 譲
廃墟に乞う
道警の敏腕刑事だった仙道は、ある事件をきっかけに休職中。だが、心身ともに回復途上の仙道には、次々とやっかいな相談事が舞い込んでくる。第百四十二回直木賞受賞作。（佳多山大地）
さ-43-5

佐々木 譲
地層捜査
時効撤廃を受けて設立された「特命捜査対策室」。たった一人の専従捜査員・水戸部は退職刑事を相棒に未解決事件の深層へ切り込む。警察小説の巨匠の新シリーズ開幕。（川本三郎）
さ-43-6

島田荘司
溺れる人魚
ポルトガル・リスボン。ほぼ同時刻に二キロ離れた場所で同じ拳銃により死亡した二人。不可能犯罪の裏には、稀代の名女性スウィマーを襲った悲劇が。表題作などロマン溢れる四篇。
し-17-8

島田荘司
最後のディナー
石岡と里美が英会話学校で知り合った孤独な老人は、イヴの夜の晩餐会の後、帰らぬ人となった。御手洗が見抜いた真相とは？「龍臥亭事件」の犬坊里美が再登場！　表題作など全三篇。
し-17-9

篠田節子
ホーラ
—死都—
十数年の不倫関係を続ける女性ヴァイオリニストの亜紀と建築家の聡史。エーゲ海の孤島を訪れた二人に次々と襲い掛かる恐怖は、罰なのか。華麗なるゴシック・ホラー長篇。（山本やよい）
し-32-10

柴田よしき
桃色東京塔
警視庁捜査一課の岳彦がやってきたI県縹村。捜査のパートナーは夫が殉職したばかりの地元の警官・日菜子。迫る事件が二人の距離を変えていく「遠距離恋愛」警察小説。（新津きよみ）
し-34-14

柴田よしき
恋雨《こいさめ》
恋も仕事も失った茉莉緒は、偶然の出会いから若手俳優・雨森海のマネージャーに。だが海の周辺で殺人事件が起き、茉莉緒は真相を追う。芸能界を舞台にした傑作恋愛ミステリー。（畑中葉子）
し-34-15

（　）内は解説者。品切の節はご容赦下さい。

追伸
真保裕一
交通事故に遭った妻と、五十年前に殺人容疑で逮捕されていた祖母。二人の女が隠そうとした真実は何なのか。それを明かしたのは、夫婦の間で交わされた手紙だった――。（村上貴史）
し-35-6

最愛
真保裕一
十八年間、音信不通だった姉が頭に銃弾を受け病院に搬送された。それは、姉が殺人を犯した過去を持つ男との婚姻届を出した翌日の事だった。姉は何をしていたのか――。（大矢博子）
し-35-7

スメラギの国
朱川湊人
新居に決めたアパートの前には、猫が集まる不思議な空き地。それが悲劇の始まりだった。最愛のものを守るために死闘する人と猫。愛と狂気を描く長篇ホラーサスペンス。（藤田香織）
し-43-3

DANCER　ダンサー
柴田哲孝
遺伝子工学の研究所から消えた謎の生命体《ダンサー》。ストーカーに悩む踊り子・志摩子の周囲で起こる奇怪な殺人事件に『TENGU』『KAPPA』の有賀雄二郎が挑む。（西上心太）
し-50-1

コズミック・ゼロ　日本絶滅計画
清涼院流水
元日の午前零時、全国の初詣客が消えた。それが謎の集団〝セブンス〟が仕掛けた日本絶滅計画の始まりだった。鬼才が放つ、まったく新しいパニック・サスペンス！（森　博嗣）
せ-10-1

緋《あか》い記憶
高橋克彦
思い出の家が見つからない。同窓会のため久しぶりに郷里を訪ねた主人公の隠された過去とは……。表題作等、もつれた記憶の糸が紡ぎ出す幻想の世界七篇。直木賞受賞作。（川村　湊）
た-26-3

地を這う虫
髙村　薫
――人生の大きさは悔しさの大きさで計るんだ。夜警、サラ金とりたて業、代議士のお抱え運転手……。栄光とは無縁に生きる男たちの敗れざるブルース。「愁訴の花」「父が来た道」等四篇。
た-39-1

（　）内は解説者。品切の節はご容赦下さい。

高嶋哲夫
虚構金融
汚職事件で特捜部の事情聴取を受けた財務官僚が死んだ。自殺との発表に疑問を持ち、独自捜査を始めた検事の周囲で不審な事件が……。日米の政財官界にまたがる国際謀略サスペンス。

た-50-4

高嶋哲夫
ファイアー・フライ
研究所に勤める仕事一筋の木島優二は、社長の身代わりに誘拐され横領の濡れ衣まで着せられてしまった。あげくに妻は上司と不倫中。舐められすぎた男のどん底からの痛快な大逆転。

た-50-6

高野和明
13階段
前科持ち青年・三上は、刑務官・南郷と記憶の無い死刑囚の冤罪をはらす調査をするが、処刑まで時間はわずか。無実の命を救えるか？　江戸川乱歩賞受賞の傑作ミステリー。（友清　哲）
た-65-2

高野和明
K・Nの悲劇
若い夫婦に訪れた予想外の妊娠。経済的理由から中絶を決意した時、妻に異変が起きる。治療を開始した夫と精神科医を襲う壮絶な事態。恐ろしくも切ないサイコホラー傑作。（春日武彦）
た-65-3

辻村深月
太陽の坐る場所
高校卒業から十年。有名女優になった元同級生キョウコを同窓会に呼ぼうと画策する男女六人。だが彼女に近づく程に思春期の痛みと挫折が甦り……。注目の著者の傑作長編。（宮下奈都）
つ-18-1

堂場瞬一
アナザーフェイス
家庭の事情で、捜査一課から閑職へ移り二年が経過した大友だが、誘拐事件が発生。元上司の福原は強引に捜査本部に彼を投入する……。最も刑事らしくない男の活躍を描く警察小説。

と-24-1

堂場瞬一
虚報
有名教授が主宰するサイトとの関連が疑われる連続自殺事件。それを追う新聞記者がはまった思わぬ陥穽。新聞報道の最前線を活写した怒濤のエンターテインメント長編。（青木千恵）
と-24-4